あなた、そこにいてくれますか

Will You Be There

ギヨーム・ミュッソ
吉田恒雄 訳

潮文庫

SERAS-TU LÀ? by GUILLAUME MUSSO

だれもが一度はしてみる質問――過去に戻ることができるのなら、人生の何を変えたらいいのか？

やり直しがきくのなら、どの間違いを直せばいいのか？　苦しみ、後悔、未練のどれを消してしまいたいのか？

ほんとうに、運命を新しく書き換えてしまってもいいのだろうか？

どういう人間になり？
どこへ行く？
だれといっしょに？

主な登場人物

エリオット・クーパー……レノックス病院の医師
アンジー・クーパー……エリオットの娘
イレナ・クルス……………オーシャン・ワールドで働く海洋動物専門の獣医師
マット・デルーカ………エリオットとイレナの親友

プロローグ

カンボジア東北　雨季
二〇〇六年九月

赤十字のヘリコプターは定刻に着陸した。

ジャングルに囲まれた高地に、丸太と小枝だけで建てられた粗末な百戸ほどの家がある。時の流れにさえ忘れられてしまったような僻地《へきち》にあるその村は、アンコールやプノンペンの観光地から遠く離れている。すべてを濡《ぬ》らすような湿気、何もかも泥まみれだ。

パイロットはタービンエンジンを切ろうともしない。任務は、現地にはいっている人道支援チームを町に連れ帰ることだ。普段なら何の問題もない。ただ九月の滝のように降りつづく雨がヘリコプターの操縦を困難にする。燃料の使用は制限されていたが、全員をなんとか帰還させるには充分なはずだ。

ただし、素早い対応が求められる……。

外科医二名、麻酔医一名と看護師二名は、昨晩から詰めていた臨時診療所を走りでた。

この一帯は、マラリアやエイズ、結核が猛威をふるい、また対人地雷がいたるところに埋まっている地域だ。この数週間、医療チームは近辺の村を駆けめぐり、限られた方策を駆使しながら施療や義足の装着を行ってきた。

パイロットの合図で、チーム全員のうち四名がヘリコプターに乗りこんだ。最後のひとり、六十代の男は、少し後ろにさがったまま、まわりに集まったカンボジア人の一団を呆然《ぼうぜん》と眺めていた。去る決心がつかないようだ。

「ドクター、急いで！」パイロットが叫んだ。「すぐに飛ばないと、フライトに間に合いませんよ」

医師はうなずいた。乗ろうとしたとき、視線がひとりの老人が抱えあげている子供に注《そそ》がれた。いくつだろう？　二、三歳といったところか。子供の顔は、上唇を垂直に割るような裂け目によって、ひどく変形している。遺伝性の唇裂《しんれつ》だ。生涯、本人はスープか粥《かゆ》のようなものしか食べられず、おそらくは発声も妨げられてしまうだろう。

「先生、急ぎませんと！」ナースのひとりが懇願するように叫んだ。

「この子に手術をしないといけない」頭上で回る回転翼の音に負けないよう、医師は叫んだ。

「もう時間がないんです！　洪水で道路は寸断されたし、ヘリコプターだって何日か待たないと来てくれないんですよ」

しかし医師は動かない。その幼い男児から目をそらすことができなかった。この土地には因習が残っていて、《みつくち》の子は親に捨てられてしまうことがよくある。また、孤児院に収容されたとしても、障害のため養子に引き取られる可能性も、まずないだろう。

看護師が追い討ちをかけた。

「先生は明後日《あさって》サンフランシスコにいなければならないんですから。手術の予定が詰まっています、それに講義と……」

「先に行ってくれ」ようやく医師は決断し、ヘリコプターから離れた。

「それならわたしも残ります」看護師も決意し、飛びおりた。

ナースの名はエミリーという。若いアメリカ女性で、医師と同じ病院に勤務していた。パイロットは首を振りふりため息をつく。機は垂直に上昇して一瞬停まり、そして西に向かって去った。

医師は男児を腕に抱えたが、まっ青になっている子供は身体《からだ》を縮めていた。ナースを従えて診療所に引き返すと、医師は、麻酔をする前に、子供を落ち着かせようと話しかけた。麻酔後、子供が眠ってしまうのを待って、慎重にメスで軟口蓋《なんこうがい》をはがし、切れ目を合わせるように引いた。それから、手術痕が残らないように、口唇の整形をした。

＊

手術が終わり腰を下ろそうと、医師はトタンと大きな葉を葺《ふ》いた縁側に出た。長い手術だった。二日前からほとんど寝ていなかったので、疲れが一気に出た。タバコに火を点《つ》け周囲を見まわす。雨は少しおさまっていた。陽《ひ》の光が差す雲間あたりが、赤とオレンジ色に染まっている。

残ったことに後悔はない。毎年、彼は赤十字社のために数週間アフリカかアジアに出かけていた。人道支援の活動をしていて無傷でいられるはずはない。だがそれは半ば習慣のようになっていたし、またカリフォルニアの病院の医長という、毎日同じような生活からくるストレスの解消にも役立っていた。

タバコをもみ消しているとき、後ろで人のけはいがした。ふり返ると、ヘリコプター出発時にあの子供を抱いていた老人が立っていた。村の長《おさ》のような立場の男だ。クバンという民族衣装をまとい、曲がった背中、顔には深いしわが刻まれている。あいさつなのだろう、両手を組んで顎に当て、首筋をまっすぐにしたまま医師の目を見つめていた。そして自分の住まいまでついてくるように、手で合図をした。

米の酒を医師に勧めながら、彼は話しだした。

「ルー・ナンというんです」

医師はそれがあの男児の名であることが分かり、うなずいた。

「あの子の唇を治していただいて、ありがたく思っておるんです」

医師はその礼を謙虚に受け、少しきまりが悪くなり、目をそらした。ガラスのない窓から、すぐそばに広がる熱帯林が見渡せる。ラタナキリの山を少し上に行った辺り、ほんの数キロメートルのところに、いまだにトラやヘビ、ゾウがいることを考えると妙な気分だ。そんな夢想に浸っていたので、老人が尋ねていることの意味をすぐに理解できなかった。

「……もし願い事のひとつが叶《かな》えられるとしたら、何を選びますかな？」

「えっ？」

「先生、この世であなたの最大の望みは何でしょう？」

はじめは何か気のきいた冗談で応じようと思ったのだが、疲労と思いがけない感傷から、医師は静かにこう言った。

「ひとりの女性に会いたいものだな」

「女の人ですか……」

「そう、たったひとり……わたしが愛した唯一の女性です」

そのとき、世界からとり残されたこの辺境の地で、ふたりの男のあいだに何かしら厳粛な共感のようなものが生まれた。

「その女の人がどこにおられるのか知っていますか？」あまりに単純なその望みにいささか驚いたように、老人が聞いた。

「彼女は死んでいます、三十年前に」

老人は眉をひそめ、それから長いあいだ考えていた。沈黙のあと、決然と立ちあがると部屋の奥に行った。今にも落ちてきそうな棚に財産の一部が積まれている。乾燥させたタツノオトシゴ、朝鮮人参、フォルマリン漬けの絡み合った毒ヘビ……。

しばらくその雑然とした中をあちこち引っかき回したあと、老人は探していた物を見つけたようだ。


医師のそばに戻ったとき、老人は小さな瓶を差しだした。

そこには金色の錠剤が十個はいっていた。

1

第一の出会い

ある美しい晩、未来は過去となる。
そこでふり返ると人は自分の青春を見る。

ルイ・アラゴン

マイアミ空港
一九七六年九月　三十歳のエリオット

九月のフロリダ、日曜の午後……。
サンダーバードのオープンカーを運転する若い女が、空港ターミナルへ通じる道路を走っている。風に髪をなびかせ、かなりのスピードを出し、何台か追いぬいてから、出発ロビーの前にしばらく停まった。助手席の男を降ろすだけのあいだだ。男はトランクからバッグを出し、ドアに屈《かが》み込んで運転席の女にキスした。ドアをばたんと閉める音。男は鋼鉄とガラスのビルにはいっていった。

彼はエリオット・クーパーという。すらりとした体型の感じのいい男だ。サンフランシスコの医師だが、革ジャンパーとぼさぼさの髪の毛のせいか、少年のような雰囲気がある。慣れたようすで、搭乗券を受けとるためチェックイン・カウンターに足を向けた。マイアミ発サンフランシスコ行きだ。

「もうわたしに会いたくなったでしょ？」

聞きなれたその声に驚き、エリオットは跳びあがるようにしてふり向いた。向かい合った女がエメラルド・グリーンの目を向けた。挑むような視線、だが、か弱さも感じさせる。ローライズのジーンズに、《ピース＆ラブ》と縫いこまれたスエードの細身のジャケット、その下に故郷ブラジルカラーのTシャツを着ている。

「あれっ、いつだったかな、最後のキスは？」女の首元に手をやりながら彼が言った。

「一分はたっているわ」

「そりゃあずいぶん前だ……」

男が女を抱きしめた。

女はイレナという名で、彼が運命の相手と決めた女性だ。十年以上も前に知り合った。

エリオットのポジティブな面はすべて彼女のおかげだ。医師になったことや他人にオープンであること、節操のある生き方とかの……。

イレナが追ってきたことに彼は驚いている。というのも、別れの長いシーンは避けようというのがふたりの合意だったからだ。数分だけ延ばしたとしても、結局のところ慰めよりもつらさが増すのは分かりきっている。

この恋愛は三時間の時差、また東西の海岸を隔てる四千キロメートルの距離という障害があり、ふたりの関係を複雑にしていた。彼女はフロリダに、彼はサンフランシスコに住んでいるから。

当然ながら、それまでの年月のあいだに、いっしょに暮らしはじめる選択もできた。しかしふたりはそうしなかった。はじめは、馴《な》れ合いになってしまうのが不安だったから。より平穏である毎日の代償として、毎回会うたびに感じ、ふたりの生き甲斐《がい》でもある、あの興奮を失いたくなかったから。

そして、それぞれの仕事上の環境に合わせた生活を築きあげてしまった。一方が太平洋岸に、一方が大西洋岸に。果てしなく長く感じられた医学の勉強のあと、エリオットはサンフランシスコの病院に外科医の職を見つけた。イレナのほうは、オーランドにある世界最大のオーシャン・ワールドで獣医師として働き、イルカやシャチの世話をしている。数カ月前から、彼女はまた、世間の話題にのぼりはじめていた組織、グリーンピースのために多くの時間を割いている。五年前、環境保護と平和運動の活動家によって設立され、《虹の戦士たち》と呼ばれる彼らは核実験反対の抗議活動で知られるようになっていた。しかし彼女がそのキャンペーンに参加するようになったのは、むしろクジラやアザラシを殺戮《さつりく》することへの反発からだ。

したがって、ふたりのどちらもが充実した生活を送っている。退屈する時間などない。ただ……新たな別れのたび、苦しみが前にも増して耐えがたくなる。

《サンフランシスコへご出発の七一一便のお客さまは、搭乗ゲート一八番にて……》

「あなたのフライトでしょ？」男の抱擁から離れながら彼女が聞いた。

男はうなずく。彼女のことはよく分かっていた。

「その前に、ぼくに何か言いたいんだね？」

「そうよ。搭乗ゲートまでいっしょに行く」男の腕をとって彼女が言った。

いっしょに歩きながらイレナが、たまらなくかわいらしいラテン訛《なま》りで、一気にまくし立てた。

「世界が破局に向かっているということは、わたしだって理解してるのよ、エリオット。冷戦、共産主義の脅威、核兵器開発競争……」

毎回ふたりが別れなければならない瞬間、彼女に会えるのはこれが最後なのではないかと彼は思ってしまう。彼女は炎のように美しい。

「……資源の枯渇、公害もね。熱帯林の破壊、あるいは……」

「イレナ？」

「ええ？」

「結局、何を言いたいんだ？」

「ふたりの子供が欲しいの、エリオット……」

「すぐにここでかい、空港だよ？　みんなが見てるけど……？」

男はそんな返事しか思いつかなかった。不意を衝《つ》かれたのでジョークでごまかした。

しかしイレナは笑える気分ではないようだった。

「わたし、冗談のつもりじゃないの、エリオット。忠告しておきますけど、真剣に考えておいてね」そう言って手を離し、出口に向かう。

「待ってくれよ！」彼が引きとめようと叫んだ。

《……行き七一一便にご搭乗のエリオット・クーパーさま、最後のご案内です、搭乗ゲート……》

「くそ！」あきらめて、搭乗口に向かうエレベーターに乗りながら、エリオットはうめいた。

出発ロビーは九月の陽光にあふれている。

エリオットは手を振ろうとした。

だが、イレナはもういなかった。

サンフランシスコに着陸したときは、もう夜だった。フライトが六時間だから、カリフォルニアでは午後九時を過ぎている。

ターミナルを出てタクシーを拾おうとし、思い直す。ひどく腹がへっていた。イレナの言葉に落ち着きを失ってしまい、機内食には手をつけられなかった。しかし、家の冷蔵庫が空っぽなのも分かっていた。二階のレストランが目にはいった。ゴールデンゲート・カフェ。イーストコーストまでときどき同行する親友のマットと、そこで食べたことがある。カウンターに席を取り、サラダ、ベーグル二個にシャルドネ・ワインを注文する。時差で疲れていた。目をこすりながら、奥にある電話を借りたいと頼んだ。イレナの番号にかけても出ない。フロリダは午前零時過ぎのはずだ。家にいるのはたしかだが、話したくないらしい。

とうぜん予期しておくべきことだったな……。

それでもエリオットは、イレナの話に対する自分の反応が間違っていたとは思っていない。実際のところ、彼は子供を望んでいない。

それが本音だ。

感情だけの問題ではない。イレナに対する愛はそれこそ売るほどあるが、しかし愛だけでは不充分だ。というのも、この七〇年代半ばという時代は、人類がよい方向に向かっているとはとても思えない。要するに、そういった世界で子供をつくるという責任を、彼はとりたくないのだ。

その論理をイレナは分かろうとしない。

カウンターに戻り、食事を終えるとコーヒーを頼んだ。いらいらして、無意識のうちに手を強く握りしめていた。上着のポケットにしまったタバコが、誘いかけてくるようで気になり、一本吹かしたい誘惑に勝てなかった。

禁煙しなければならないのは分かっている。その害毒を話題にする人が彼のまわりに増えていた。十五年ほど前から、免疫学でニコチンによる依存性が証明されていたし、エリオット自身も外科医として、肺がんや心臓血管の機能障害のリスクが喫煙者に多いこともよく知っている。だが、多くの医者の例にもれず、彼も自分のことより他人の健康を気づかっていた（レストランや飛行機の中でタバコを吸うのが、ごく当たり前。喫煙がまだ魅力あるもので、文化的にも社会的にも自由な時代だった）。

もうやめよう、煙を吐きだしながら思った。気落ちしているいまの状態では、禁煙の努力をする気分になれない。

焦点の定まらない目で仕切りガラスのほうを見る。その男を見たのはそれが最初だった。裸足《はだし》にスカイブルーのパジャマという奇妙な格好の男が、仕切りの向こうから彼を観察しているようだ。目を細めてよく見ようとした。六十代、鍛えられてまだ若々しい体躯《たいく》、短く切った顎ひげもわずかに白くなりかけているだけで、それが男にショーン・コネリーを老けさせたような感じを与えている。エリオットは眉をひそめた。何をしているんだ、この男は。裸足にパジャマ、空港でこんな時間に？

若い医師はそんな余計な心配をしなくてもよかったはずだ。だが未知の力に促されたように、彼は立ちあがり、レストランの外に出た。男は、とつぜんそこに放りだされてしまったかのように、戸惑っている。男に近づけば近づくほどエリオットは、奇妙な悪寒が自分を襲ってくるのを感じた。何者だろう？　病院か施設から脱けだしたのかもしれない……。だとすれば、医師として手助けする義務があるのではないか？　三メートルそばまで来たとき、自分の動揺している原因が分かった。男が五年前にすい臓がんで亡くなった父親と瓜二つだったからだ。

狼狽《ろうばい》しながらも、もっと近寄った。そばで見ると、その似ているさまは驚くほどだった。顔の形、頬のえくぼ、すべて彼が父親から受け継いだものだ……。

父かもしれない……。

正気をとりもどさなければだめだぞ！　父親は死んだ。たしかに死んだ。納棺にも火葬にも立ち会っていた。

「何か困ってるんですか？」

男が数歩あとずさりした。男も同じように動揺しているようだ。頼もしさと頼りなさ、相反した印象を伝えてくる。

「何か手伝いましょうか？」くり返した。

相手はひと言つぶやいただけだった。

「エリオット……」

どうして名前を知っている！　それに、この声……。

エリオットと父親の関係はけっしてうまくいったことがないと言ってもいいだろう。しかし父親が死んでしまった現在、エリオットは、父親を理解するようもっと努力すべきだったと、ときおり悔やむこともあった。

呆然としつつ、ばかげているとは思ったが、エリオットは聞かずにはいられない。その声は震えていた。

「父さん？」

「いや違う、エリオット、わたしはきみの父親じゃない」

奇妙なことに、そのしごく当たり前の答えにエリオットは少しも安心できなかった。何かさらに驚くべきことの起きる予感があった。

「あなたはだれなんです？」

男がエリオットの肩に手を置いた。その目が親しげに輝く。しばらくためらってから男は答えた。

「わたしはきみだ、エリオット……」

エリオットは数歩さがり、驚愕《きょうがく》のあまり身動きできなかった。男は続けた。

「……わたしはきみだ、三十年後の」

*

三十年後のぼくだって？

エリオットが理解できないといったふうに両手を広げた。

「どういう意味なんだ？」

男は口を開いたが、しかし説明を続ける時間がなかった。大量の鼻血を出したからだ。それがパジャマの上着を染めた。

「上を向いて！」ポケットにあったレストランのテーブルナプキンを出し、エリオットはいまや自分の患者となった男の鼻に当て、指示した。

「もうだいじょうぶだろう」安心させようと、男に言ってやった。

一瞬、往診カバンを持っていればよかったかなと思うが、出血はすぐに止まった。

「こちらにいらっしゃい、冷たい水を顔にかけるといい」

男はすなおに従った。だが、ふたりで化粧室にはいったとき、男の身体が発作を起こしたように小刻みに震えだした。

助けようとしたエリオットを、男は力いっぱい押しもどした。

「わたしに触れてはいけない！」トイレのドアを押しながら男が命じた。

相手の気迫に圧倒され、エリオットは外で待つことにした。行きがかり上、男のことが心配になった。

なんておかしな話だろう。まず肉体的に生き写しであること、それと、あのわけの分からない言葉――わたしはきみだ、三十年後の――次に、鼻血と震えだ。

まったく、なんて一日だろう！

しかしその一日はまだまだ終わっていない。ずいぶん待たせるなと思い、化粧室にはいってみた。

「いますか？」

細長い化粧室だった。洗面台を見た、だれもいない。窓も非常口もない。男は個室のどれかにはいったのだろう。

「だいじょうぶですか？」

返事がない。失神でもされたら困ると思った医師は、最初の個室に駆けよってドアを開けた。だれもいない。

二番目のドア、無人だ。

三番目、四番目……十番目、空だった。

思いあまって天井に目をやる。どの天井板にも動かされた形跡はなかった。

不可能だ、しかし明白な事実を認めなければいけない。男は消えた。

2

未来には興味があるな、これから数年はそこで過ごそうと思っているんでね。

ウディ・アレン

サンフランシスコ
二〇〇六年九月　六十歳のエリオット

とつぜんエリオットは目を覚ました。ベッドのずいぶん変な位置で眠っていた。鼓動が速くなっていて、汗びっしょりだ。

悪夢ってやつだ、これは！

普段は夢など覚えてもいないのに。まったく奇妙な夢を見てしまったものだ。彼はサンフランシスコ空港をふらついていた。そこで自分の……もうひとりの自分にばったり会った。生き写しだが、あちらはもっと若くて、彼を見てやはり驚いていたようだ。すべてがひどく現実的であったし、ほんとうに三十年前に跳ね返されてしまったようで、面食らった。

エリオットはそばのテーブルに置いたリモコンで窓のシャッターを上げてから、金色の錠剤のはいった瓶を不安げに見つめた。開けてみる。九錠残っていた。昨晩、寝る前に好奇心から一錠だけ呑んでみた。それがあの不思議な夢の原因だったのだろうか？小瓶をくれたカンボジアの老人は、薬の効能に関して、説明が曖昧《あいまい》だった。ただ彼は、「ぜったいに悪用しないでください」と、いきなり深刻な面持ちになって釘を刺してきた。

エリオットはよろよろと立ちあがると、マリーナを見下ろす出窓まで行った。そこからはアルカトラズ島とゴールデンゲート・ブリッジの絶景が見渡せる。朝陽が街の上にガーネット色の光を投げかけ、それが次々に色合いを変えていく。沖をヨットやフェリーボートが霧笛を鳴らしながら行き交い、早朝にもかかわらず、ジョガーが数人、海岸沿いに芝生の植わった広大なマリナ・グリーンを走っている。

見慣れたその景色のおかげでいくらか落ち着いた。昨夜の波乱に満ちたストーリーの夢もすぐに忘れるにきまっている。そう自分に言い聞かせたところで、窓ガラスに気がかりな映像を見た。パジャマに黒い染みが広がっている。

血？

鼓動が速まったがすぐに元に戻る。夜中に鼻血が出た。それを夢の中に置き換えたにすぎない。プロセスとしては典型的なものだ。驚くにあたらない。

半信半疑のままバスルームに向かう。シャワーを浴びてから仕事に出かけるつもりだった。シャワーの温度を調節し、バスルームが蒸気でいっぱいになるまで、じっと考えこんでいた。まだ何かのせいで気分が落ち着かない。何だろう？　パジャマを脱ごうとして、ふと思いつき、パジャマのポケットを探ってみた。血だらけのテーブルナプキンがはいっていた。赤い染みを透かして市《まち》を象徴する橋の図が見え、**ゴールデンゲート・カフェ（サンフランシスコ国際空港）**と書かれてあった。

また鼓動が速くなり、今度はなかなか落ち着けなかった。

＊

病のせいで頭がおかしくなってしまったのだろうか？

年の初めに内視鏡検査をした際、自分が肺がんであることを知った。正直なところ、驚きはなかった。四十年間も毎日のようにタバコを一箱以上も吸いつづけて、その報いを受けずに済むわけがない。そのリスクをいつだって意識していたわけだし、覚悟していた。生きていく上で背負わざるをえないリスクだ。無菌室の中で終わるような人生を送りたいとか、是が非でも人生のトラブルを避けたいとか思ったことはない。ある意味で、エリオットは運命というものを信じていた。物事は起こるべきときに起こり、そして人はそれを受け入れるしかないのだ。

医者の目で直視するほかない。厄介ながん。急速に進行するタイプで、治療が困難なやつだった。ここ数年でこの分野の医学は、患者の生命を延ばすための新薬開発により進歩していた。しかし彼の場合には手遅れだった。腫瘍《しゅよう》が早期に発見されなかったため、ほかの臓器にも転移していることが分かったのだ。

おきまりの治療、つまり化学療法と放射線療法を組み合わせたものを勧められたが、断った。すでにこの段階では、できることがあまり残されていなかった。がんとの勝敗はもうついていた。彼は数カ月以内に死ぬ。

いまのところ、自分の病を周囲に隠すことには成功していた。だが、それがいつまでも続くわけではない。しつこい咳《せき》に悩まされるようになっていた。肋骨《ろっこつ》と肩のあたりの痛みがひどくなり、頑健であるとの評判をとっていた彼が、とつぜんの疲労に襲われるようになった。

彼が恐れているのは痛みではない。何よりもまわりの人間の反応を心配していた。なかでもニューヨークの医学部研修に行かせた二十歳の娘アンジー、それに、いつでも何でも分かち合ってきた親友のマット、このふたりが知ったときの反応が恐ろしい。

シャワーから出て急いで身体を拭《ふ》き、ワードローブを開く。慎重に着ていくものを選んだ。エジプト綿の半袖シャツにイタリア製スーツ。支度をしているうちに病の影が消え去って、男らしい働き盛りの人間の姿がそれにとって代わった。つい最近まで、そのあふれんばかりの魅力で、若くて美しい女たち、ときには自分の年齢の半分もいかない相手と付き合うこともあった。しかし、いつも長続きしない。エリオット・クーパーと身近に接した者は、彼の人生にはたったふたりの女しか存在しないことを知ってしまう。ひとりは娘のアンジー。もうひとりはイレナという女性だった。

イレナは三十年前に死んでいた。

＊

歩道に出ると、太陽、波、風が迎えてくれた。日の出を見ようと立ちどまり、それから小さなガレージの扉を開けた。フォルクスワーゲンの旧式ビートルに乗りこむ。もう遠い過去になったヒッピー・ジェネレーションの名残だ。屋根をはずしたまま、慎重に大通りへはいり、フィルモア・ストリートを上がって、ビクトリアン風の家が立ち並ぶパシフィック・ハイツに向かった。映画で見るように、サンフランシスコの道路は切りたった急坂が続く、奇妙なジェットコースターだ。だがエリオットは、交差点で車をジャンプさせて喜ぶような年ではなかった。カリフォルニア・ストリートで左折したとき、一番乗りの観光客を乗せてチャイナタウンに向かう路面電車と交差する。チャイナタウンにはいってしまう手前、グレース教会からブロックをふたつ先に行った地下駐車場にはいると、そこは彼が三十年前から勤務しているレノックス病院だ。

小児外科医長として、彼は病院の中心人物のひとりと見なされている。しかし昇進はごく最近のことだった。遅い出世だった。医師になってからずっと、彼は患者を第一に優先し、医学的な説明のみならず患者の精神面のケアも大事にしてきた――外科医には珍しい。肩書きが気になったことはない。ゴルフとか、週末はタホ湖に出かけて交際範囲を広げようとしたこともなかった。それでも、同僚の子供が手術を受けざるをえない場合、彼らが助けを求めてくるのはたいていエリオットだった。これは医者の世界で決定的な意味を持つ。

＊

「こいつの成分分析をしてくれないか？」

小瓶の底から錠剤のかすを回収し、ビニールパックに入れたものを、エリオットは研究室の責任者サミュエル・ビロウに渡した。

「何だい、これは？」

「そいつをきみが調べるのさ」

カフェテリアに寄って今日最初のカフェイン摂取を済ませてから、手術衣に着替えた。麻酔医、ナース、それに彼が指導するインド人の女性インターンからなるチームがすでに彼を待っていた。患者はジャックという名の生後七カ月の華奢《きゃしゃ》な赤ん坊で、先天性心疾患によるチアノーゼを呈している。これは心臓奇形のひとつで、血液への酸素供給が妨げられるため、乳児の手足の指がこわばり、唇が青くなるという症状を引き起こすものだ。

乳児の胸部切開を準備しているあいだ、エリオットは役者が舞台に出るときのようにあがっている自分を感じている。彼にとって、心臓手術はいつになっても何かしら不安を感じさせるものだ。それを何度やったのか？　数百回、数千回やっているはずだ。五年前、テレビのルポで取材されたとき、針のように細い血管を、肉眼では見えないような糸で縫い合わせるエリオットは、《黄金の指》とまで褒めそやされたくらいだ。だが毎回、同じ緊張感、失敗することへの恐怖心がある。

手術は四時間以上も続くだろう、その間《かん》、心臓と肺の機能は停止され、それを代替装置が補う。心臓の配管工よろしく、エリオットは、心室中隔に開いている穴をふさぎ、次に気管を開いて大動脈に右心室からの血液逆流を避けるようにするのだ。極めてデリケートな手術だから、多くの訓練と集中力が要求される。手こそ震えていなかったものの、心の一部がほかに向いていた。もうごまかしようがない自分の病気のこと、昨夜の不思議な夢へと。自分が上の空であることにはっと気がつき、気がとがめたが、すぐにこれからやるべき使命に神経を集中した。

手術が終わったとき、エリオットは成功という結論を出すにはまだ早すぎるということを、乳児の両親に伝えた。数日間、乳児は集中治療室で監視され、肺と心臓が完全に機能を回復するまで人工呼吸器の助けを借りることになる。

まだ手術衣のまま、駐車場に出た。陽はすでに高く上がっていて、一瞬目がくらんだ。力尽きてへとへとだが、頭の中で疑問が渦巻いていた。このまま病気である事実を拒みつづけるのは正しいことだろうか？　手術中に気分が悪くなっていたら、どうなっていたか？

頭をはっきりさせようと、タバコに火を点け最初の一服を満足な気持ちで味わった。このがんのいちばんの特典は、どんなにたくさん吸おうともう構わないということだった。もはや病気の進行を気にする必要がない。

微風を感じて身体が震えた。間もなく死ぬということを知ってから、自分を取り巻くものに対する感覚が鋭くなっていた。街の鼓動を、まるで生き物ででもあるかのように感じるのだった。病院は小さなノブ・ヒルのてっぺんにあった。そこからだと、港と埠《ふ》頭《とう》での動きが手に取るように感じられる。最後の一服を吸ってタバコをもみ消す。決心がついた。月末限りで執刀をやめ、娘とマットに病気の件を話そう。

それで終わり。後戻りはできない。自分の存在意義を感じられる唯一のこと——患者を治療すること、それを二度とやらない。

そのとつぜんの決断をもう一度だけ考えてみる。すると自分が年をとったみじめな人間に感じられた。

「クーパー先生?」

ふり向くと、インド人のインターン生、シャリカが立っていた。白衣を着替え、洗いざらしのジーンズに細いストラップのついたきれいなタンクトップを着ていた。恥ずかしそうにコーヒーを差しだした。彼女の全身には、美しさ、若さ、生命が息づいている。

エリオットはコーヒーを手にとると、微笑《ほほえ》んで礼を言った。

「お別れを言いに来ました、先生」

「お別れ?」

「アメリカでの研修は今日が最後なんです」

「そうだった」彼は思いだした。「きみはムンバイに戻るんだったね」

「皆さんのホスピタリティとご親切に感謝しています。先生からはたくさん教えていただきました」

「きみの協力には感謝している。シャリカ、きみはいい医者になるよ」

「でも、先生のような偉大なドクターにはとても」

エリオットは若い女医の賛辞に照れくさくなり、首を振った。

彼女が一歩踏みだしてきた。

「わたし思ったんですけれど……わたし思ったんですけれど、今晩いっしょにお食事ができないかなと」

一瞬のうちに彼女のきれいな銅色の肌が真っ赤になった。内気な性格だから、その申し出をするために相当な努力をしたに違いない。

「残念だが、それはできない」話の成行きにすっかり驚いてエリオットが答えた。

「分かりました」

数秒おいて、シャリカが続ける。

「わたしの研修が正式に終了するのは午後六時です。ですから今晩になれば、もうあなたはわたしの指導医ではありませんし、わたしはもうあなたの研修生じゃありません。もしそれを気になさってるんでしたら……」

エリオットは相手をよく観察した。この娘は何歳だろう？　二十四？　二十五にはなっていない。彼女に誤解されそうな態度を見せたこともなかったはずだ。エリオットは困惑していた。

「そういうことではないんだ」

「変ですね、先生がわたしに無関心じゃなかったと、わたしずっと感じていたんですけど……」

何と答えればいいのか？　彼の半分はすでに死んでいると、残りの半分もそれを追いかけていると言えばいいのか？　愛に年齢はないと、それとも、それがとんでもない幻影だと？

「きみに何と言ったらいいのか分からない」

「そうだったら、何もおっしゃらないことです」きびすを返しながらシャリカがつぶやいた。

自尊心を傷つけられ、彼女はもうかなり遠くまで去っていた。が、何かを思いだしたようだ。

「ああ、忘れてました」彼女はふり向かずに言った。「交換台が、お友達のマットさんからの伝言を受けていました。三十分前から先生を待っていて、かなりいらいらなさっているんだそうです」

＊

エリオットは病院を転げるようにして出ると、タクシーを停めた。マットと昼食をとることになっていた。かなり遅れている。

愛に一目惚《ひとめぼ》れというものがあるように、ときには友情にもそれに似たものがある。マットとエリオットは四十年前にある特別な状況下で知り合った。一見すると、ふたりの男は互いに正反対で、フランス人のマットは、美しい女や人生の楽しみを追求する外向的な性格、一方のエリオットは遠慮がちで孤独を好む人間だ。ふたりは共同で、カリフォルニアのペリゴールと呼ばれるナパ・バレーにぶどう園を買っていた。そこでつくるワインは、口当たりのいいカベルネ＝ソーヴィニヨンと、パイナップルとメロンの味を思わせるシャルドネなのだが、マットのひたむきな販売努力のおかげで、全米はもちろんのことヨーロッパやアジアでも評判を得ている。

エリオットにとって、マットはたとえほかの友人たちが去ってしまったあとでもひとり残ってくれる友だ。ある日面倒な問題を抱え込んでしまったとしても、真夜中に電話をかけて相談できるような相棒でもあった。

とにかくいまは急ぐことが肝要だ。マットがわめき散らすことに変わりはないだろうが……。

*

ふたりがしばしば昼食を共にするレストラン・ベルビューは、海に臨むエンバルカデーロ通りにある。グラスを手にしたマット・デルーカは、ベイ・ブリッジ、トレジャー・アイランドやビジネス街の摩天楼《まてんろう》を見渡す外のテラスで、もう三十分も辛抱強く待っていた。

三杯目のマティーニを頼もうとしたとき携帯電話が鳴った。

「やあ、マット、申しわけない、ちょっと遅れてしまう」

「何を急ぐ必要がある、エリオット。この長い年月で、おまえの時間厳守についての特別な思考法には慣れてしまっているよ」

「信じられんな！　まさか怒っているんじゃないだろうね？」

「いやいや、そんなことはない。おまえさんは医者で人の命を救うんだから、何だって許される、常識だろうが」

「そう思っていたんだが、きみという人間はすぐに機嫌を損ねる……」

マットが笑いを浮かべた。携帯電話を耳に当てたまま、テラスを離れ、広いレストランの中にはいった。

「注文しておこうか？」海産物が並んだ棚に近づきながら、マットが聞いた。「目の前にいるカニが、おまえに食べられたくてそわそわしているぞ」

「任せる」

マットは、電話を切って係を呼ぶと、そのカニの運命を定めてやった。係が奥に向かって叫ぶ。

「ロースト・クラブ、おふたり様、通しまーす！」

十五分後、チーク材と鏡で豪華に飾られた広いダイニングを、エリオットが走るように横切ってきた。デザートワゴンにつまずき、ウェイターとぶつかりながら、ようやく親友が待ついつものテーブルにたどり着いた。彼が最初に口にしたのは警告だった。

「友情を大切にするんなら、『遅れた』とか『また』とか言わないでくれ」

「何も言ってないだろう、エリオット。十二時にこのテーブルを予約しておいた。いまは午後一時二十分、だがおれは何も言ってない。ところで、カンボジアはどうだった?」

話しだそうとしたとたん、エリオットが咳《せ》きこんだ。

マットが発泡水をグラスに注《つ》いでやった。

「その咳はちょっとひどいな」マットが心配した。

「だいじょうぶだ」

「いくらなんでも……検査したほうがいいんじゃないか? CTスキャンとかあるだろう……」

「医者はこっちだよ」メニューを開きながらエリオットが言った。「何を頼んでくれた?」

「くどいようだが、顔色がよくない」

「そういった調子でずっと続けるつもりかい?」

「ちょっと心配になっただけだ。おまえさんは働きすぎだ」

「だいじょうぶだと言ったはずだ。今回のカンボジアでの仕事でちょっと疲れただけさ……」

「行くべきじゃなかったんだ」マットが顔をしかめながら断定した。「アジアとなるとなあ、おれは……」

「とんでもない、非常にいい勉強になった。でも、おかしなことがひとつあったんだ」

「何かね？」

「カンボジアで、ある老人にひどく感謝されてね。その人がアラジンの魔法使いみたいに、願い事をひとつ言えって言うんだ……」

「なんて答えた？」

「不可能なことを頼んだよ」

「ゴルフでなんとか勝てるようにかい？」

「なんとでも言うがいいさ」

「いや、教えてくれ」

「ある人間と再会したいと、彼に伝えた」

その瞬間マットは、親友が真剣なのに気づき、表情を変えた。

「それで、だれに会いたい？」答えは分かっていたが、聞いてみた。

「イレナ……」

ふたりの男は悲しみに包まれた。しかしエリオットは憂鬱《ゆううつ》な気分になってしまうのを抑えた。ウェイターが前菜を運んでいるあいだエリオットは、錠剤のはいった小瓶に関する奇妙な話や、昨晩見た夢のことを友人に語って聞かせた。

マットが安心させようとした。

「おれが思うに、おまえはそんな話を忘れ、息抜きをすることだな」

「想像などつかんだろうが、あの夢は実際に起きたことみたいだった。三十歳の自分と会うというのは……驚くべきことだよ」

「その薬のせいだと、おまえはほんとうに思っているのか？」

「ほかに何がある？」

「何かへんてこなものでも食べたのじゃないか？」マットが適当に言ってみた。「おまえは中華のテイクアウトを食いすぎだと思うがね」

「よせよ」

「いやまじめな話だ。チョウさんの店にはもう行くな、あそこの北京ダックはぜったいに犬の肉を使っているぞ」

＊

昼食は気持ちよく進んでいた。マットには周囲を愉快にさせるという稀有《けう》な才能がある。エリオットは、彼といっしょにいるとき、暗くなる気分や不安を忘れた。会話はジョークやもっと軽い方向に向いていった。

「バーのそばにいる若い女を見たか？」バナナ・フランベを口に入れながらマットが言った。「おれを見ているだろう？」

エリオットはカウンターのほうをふり返った。美しき水の精が、限りなく伸びた脚、小鹿のような目で、物憂げにドライ・マティーニを舐《な》めていた。

「あれはコールガールだよ、きみ」

マットがかぶりを振った。

「まるではずれだね」

「賭《か》けるか？」

「彼女がおれのほうを見ているから、おまえは妬《や》いているんだろ」

「何歳くらいだと思う？」

「二十五」

「きみは何歳だ？」

「六十」マットが認めた。

「だからコールガールだって言ってるんだ……」

マットには効いたようだったが、すぐに猛烈な反撃に出た。

「何言ってる。いまほど体調のいいときはないんだぞ！」

「年はとるものさ、友よ。そういうものだし、それが人生だということを、きみはそろそろ認めるべきだと思うがね」

マットは不安を抱きながらその明白な事実に思いを向けた……。

「さて、ぼくは行かなきゃ」立ちあがりながらエリオットが言った。「もう少しだけ人命を救いに行く。きみはどうする？　午後の予定は？」

カウンターに目をやったマットは、水の精が若い客と話しているのを寂しげに確認した。何年か前だったら、水の精をその美男の手から奪いに行きかねなかったのだが、いまの彼は、よせばいいのに最後のもう一戦に臨むボクサーのように、時代遅れになっている自分を感じていた。

「車をパーキングに置いてある」エリオットに追いつきながら言った。「病院まで送ろう。おれのような年寄りには、検診が必要だろうからな」

3

きれいな女性の横に一時間ほど座ってごらんなさい、一分にしか感じられないでしょう。

熱いフライパンの上に一分だけ座ってごらんなさい、一時間にも感じられるでしょう。

これを相対性といいます。

アルベルト・アインシュタイン

サンフランシスコ
一九七六年　三十歳のエリオット

「ここ、なかなかいいだろう?」砂の上に寝たまま、丘に囲まれ眼前に広がる、巨大な湾を指さしてマットが聞いた。

いま、ふたりの若者は金持ちではない。昼にレストランで時間をかけるなどということはできない。昼時になると浜辺に来て、いっしょにホットドッグで素早く昼食をすませ、仕事に戻っていく。

強い日差しの一日だった。遠く、薄い霧に包まれたゴールデンゲートが、乳白色の雲の絨毯《じゅうたん》に浮かんでいるようだった。

「まったくだ。向かいの監獄よりずっとましだよ!」サンドウィッチにかじりつきながらエリオットが同意した。

「今日はとっておきの大ニュースがあるぞ」マットが謎めいた口調で告げた。

「ほんとうか? 何だい?」

「もうちょっとの辛抱さ、相棒。お楽しみはあとにとっておこう……」

晩夏の最後の太陽を浴びに来た若者の一団が周囲を賑《にぎ》やかにしていた。男たちはベルボトムのパンツに、プリントシャツに頬ひげ、女たちはまだら模様のロング・チュニック、スエードのベスト、アクセサリーというファッションで装っている。

マットがトランジスタラジオをつけると、イーグルスのヒット曲『ホテル・カリフォルニア』の粘りつくようなメロディーが流れた。

リフレインに口笛で合わせながら、マットは浜辺を見渡した。

「右にいる娘《こ》を見ろよ、こっちを見てるんじゃないか?」

エリオットが目立たないように視線を向けた。ビーチタオルの上に横になり、妖精のように優雅で美しい女が、ソフトクリームをのんびり味わっていた。二メートルもあるような長い脚を組むと、女はふたりのほうに流し目を送ってきた。

「そうらしいな」

「おまえはどう思う？」女のほうに合図を送りながらマットが聞いた。

「承知しているとは思うが、ぼくの人生にはもうだれかがいるのでね」

マットが手を振ってそれをさえぎる。

「全哺乳類で番《つがい》になって暮らすのは五パーセントしかいないってのを知っているか？」

「だからどうした？」

「おまえも九五パーセントのほうにはいって、そんな原則なんかで人生を面倒にするなって言ってるんだ」

「イレナはきみと同じ意見じゃない……」

マットは、ホットドッグの最後のひと口をほお張りながら、友人のほうに心配そうな視線をやった。

「おまえ、だいじょうぶか？　今日はずいぶん顔色が悪いぜ」

「そんなに褒めるな、恥ずかしくなる」

「ちょっと心配になっただけだ。おまえは働きすぎだ」

「労働は健康のもと」

「分かった、おまえはあの中華テイクアウトにまた行ったな。おまえのうちのすぐ下の……」

「チョウさんのところか？」

「そうだよ。北京風のカモ炒めってのを食べたかい」

「あれは非常にうまい」

「猫の肉だって噂だぞ……」

アイスクリーム売りが回ってきてふたりの会話を中断させる。

「どれにしましょう、ピスタチオ、カラメル、ココナツ？」

エリオットは友人に選択と注文を任せた。売り子が去ると同時に、会話は中断されたところからまた始まった。

「フロリダの週末はどうだった？　何か心配事でもあるみたいだな……」

「昨夜《ゆうべ》、奇妙なことが起きたんだ」エリオットが白状した。

「聞かせろよ」

「空港である人間に会ったんだ」

「女か？」

「男だ……六十代の」

マットは眉をひそめていたが、エリオットは、空港のトイレで姿を消してしまった例の不思議な訪問者との奇妙な出会いを語った。

何秒か沈黙したあとでマットは顔をしかめた。

「やはりなあ、思っていたよりも重症だ」

「本当のことなんだ」

「いいか、よく聞くんだ。ちょっと骨休みをしろ」

「心配することはない」

「どうしておれに心配をかけたがるんだ、エリオット。もうひとりのおまえが未来からやってきて、おまえとやさしくお話をするってのか？　まともな話じゃないぞ」

「分かった、別の話をしよう」

「愛するイレナは元気かい？」

エリオットは海のほうに頭を向け、しばらくのあいだ、ゴールデンゲートの鉄柱を包む薄い霧に視線をやった。

「彼女は子供を欲しがっている」沈んだ声で答えた。

マットの表情が輝いた。

「それはすごいじゃないか、おれを名付け親にしてもらいたいな」

「ぼくは子供が欲しくない」

「ほう?　またどうして?」

「よく分かっているじゃないか。世界は危険になりすぎている。予測がつかない……」

マットがまたかというように目を上げた。

「たわごとを言ってるんだよ、おまえは。そのおちびさんを護《まも》るためにおまえはいる。イレナも、それにおれだってそのつもりでいるぞ。そのために親ってものがいるんじゃないか」

「きみにとっては簡単だろうよ。プレイボーイやって、二日ごとに恋人を替えているんだからな。どう見ても、家庭を築こうとしているようには見えない」

「それは、おれがイレナのような女性とめぐり合えなかったからだろう。そういったうまい話はおまえにしか起きないんだ。地球上にふたりとない女がいた、そしてそれをおまえが仕留めちまったんだから。でも、そのことを理解するには、おまえは愚かすぎるんだ……」

エリオットは目をそらし、何も答えなかった。浜辺に大きな波がひとつ押し寄せ、ふたりのほうにしぶきを投げかけてきた。陽気な気分が戻ってくるまでしばらく時間が必要だった。それから会話はもっと軽い話題に移った。

マットはもう潮時だと判断し、バッグの中からロゼ・シャンパンをとりだした。

「何を祝うんだい?」エリオットが尋ねた。

マットは興奮を抑えられないようだ。

「やったんだ、見つけたんだよ、相棒！」栓を飛ばしながら、彼はやっと白状した。

「運命の女をか？」

「違う！」

「世界から飢餓を撲滅する方法？」

「土地だよ、相棒！　われらが未来のワインヤードだよ！　丘の頂上にある最高の土地で、でっかい木造の家付きだ……」

マットは数年前にパイロットの免許を手に入れた。それから水上飛行機をローンで購入すると、湾の上をツーリストを乗せて飛ぶ遊覧飛行で稼いでいた。しかし、エリオットと組んで自分のワイナリーをナパ・バレーに持つという、壮大な夢をずっと育《はぐく》んでいたのだった。

「投資するにはもってこいの時期だということも、おまえには教えといてやる」狂喜しながら説明した。「現在のところ、バレーにはまだほんのわずかしかワインヤードがない。だがワインはカリフォルニアの未来なんだ。こいつはおれたちの赤い黄金となる。分かるか？　すぐに取りかかれば、ひと財産がわれわれのものさ！」

ぜんぶを信じたわけではない。だが友の幸せそうなようすを見て満足したエリオットは、その土地を来週のウィークエンドに見に行くと約束し、腕時計のアラームで現実にひきもどされるまで、マットが壮大な夢を語るのを愉快そうに聞いていた。

「さて、行かなきゃ」立ちあがって身体を伸ばしながら、エリオットは言った。「もう少しだけ人命を救いに行く。きみはどうする？　午後の予定は？」

マットは後ろをふり向いて妖精がまだいるのを確かめた。待っていたかのように、女が明らかにそれと分かるようなウインクを送ってきた。

若く、美しく、マットは輝いている。未来が目の前に広がっていた。

「ちょっと、おれも聴診をしてあげなければならない患者がいるんでね」彼が言った。

＊

渋滞に引っかかってしまい、タクシーはハイド・ストリートでずっとのろのろしていた。エリオットは料金を支払ってタクシーを捨てた。病院まではそう遠くない。歩いたほうが早そうだ。タバコに火を点け、歩調を速めて道を上っていった。仕事場に近づくにつれ、いつものようにぼんやりとした不安を覚えた。いつも同じ疑問が湧《わ》いてくるのだ、人に期待されるだけの能力があるのかと。正しい判断ができるのか、患者を死なせてしまわないだろうかと。

まだ彼は、何事にもびくともしない年齢に至っていなかった。鎧《よろい》も兜《かぶと》もなく、心の武装も整っていない。現在までのところ、文句なしのコースを辿ってはいた。バークレーで優秀な成績を修め、一年飛び級、ボストンで四年間のインターンと小児科の専門研修。そのつどうまくやり、褒賞まで手にした。

それでも、自分がこの職業に向いているのかどうかの確信は持てなかった。もちろん、他人と関わること、人の役に立てることとの満足感はあった。ときには、手術がうまくいき、患者の命を取りとめることができた一日の終わりには、ほとんど幸福感に酔いしれることもある。そんなときは、車に乗ってマリーナ沿いを猛スピードで飛ばす。生命のために闘い、勝利を収めたそんな晩、彼は数時間だけ、なんだか神と同列になったような気分になる。だがその至福もけっして長くは続かない。翌日があり、そのまた翌日があって《死んではいけないはず》の患者を失ってしまう。

ほんとうにこの仕事に向いているのか、とまた自問するのだった。

どんな医者になろうか？　この道を選んだのは、ある重要な出来事があったからだ。後悔はしていない。しかし日によって、マットの不安のない人生を羨《うらや》ましく思うことがある。医者になってから、何もする時間がない。読書や運動のような、趣味に割く時間はなかった。

病院のホールにはいり、白衣を引っかけるとすぐに二階に上がる。エレベーターの鏡が疲れた男の姿を映していた。熟睡できなくなってから、もうかなりになる。夜間の当直で身につけた、十分単位のこま切れで猫のように丸くなって眠る習慣のせいだ。

タイルでまぶしい治療室にはいると、緊急医療のインターン生、リンが待ちうけていた。

「症状について分からないことがあるのですが、ドクター・クーパー」そう言いながら、いっしょにいるロマノ夫妻を紹介した。

夫のほうは、小柄で黒い髪、感じのいいイタリア系だ。女のほうは金髪で背が高い。北方系だろう。典型的な蚤《のみ》の夫婦だった。

夫妻は、入院したばかりの、いまはベッドで昏睡《こんすい》している娘アナベルに付き添って病院に来ていた。

「お母さんが昼に帰宅して、この状態のアナベルを発見したそうです。朝、目を覚まさなかったようです」リンが説明する。「総合診断を頼んでありますし、アメンドーサ先生にもコンピュータ・トモグラフィーをお願いしました」

これは新しい医療用映像装置で、《CTスキャナー》と呼ばれ世界じゅうで使われはじめていた。

エリオットは昏睡《コーマ》状態の患者に近づいた。アナベルは十五歳くらいの少女で、母親ゆずりの金髪と父親からは愛らしい顔を受け継いでいた。

「最近、頭痛あるいは吐気《はきけ》を訴えていましたか?」

「いいえ」母親が答えた。

「麻薬は？」

「とんでもありません！」

「睡眠中に頭を打ったとか、ベッドから落ちたということは？」

それもなかった。

エリオットは、少女を聴診するまでもなく、生命が彼女を見放し、死が病室のどこかに待ち伏せてその時を待っているのを感じた。

それでも聴診の結果は安心できそうだった。アナベルはしっかりと呼吸をし、心臓も肺も正常だ。エリオットは次に角膜反射を調べるが、これにも異常がない。

しかし瞳孔《どうこう》を見ると楽観できないことが分かった。患者の頭をゆっくりと左右に揺さぶり、目が頭の動きに連動しないことを確認した。それから、胸骨を押さえてみると、少女の手が奇妙に緊縮した。

「よい反応じゃない、そうなんですね？」ロマノ氏が聞いた。「脳に関連した問題があるんでしょうか？」

エリオットは慎重に答える。

「診断を下すには早いですね、検査結果を待ちましょう」

数分後、結果が出てレントゲン写真を照明台に並べるまでもなく、エリオットはすでに目にするものが分かっていた。大学病院だから、インターン生に診断させる。

「小脳付近の浮腫《ふしゅ》ですか？」

「そう」エリオットがつらそうに確認する。「脳血腫ができているな」

暗室から出て、アナベルの両親に話そうと思った。

「どうでしょうか、先生？」ドアを開けたとたん、夫妻が同時に聞いてきた。《心配いりません、あの子は間もなく昏睡から覚めますよ》と軽く返答ができればいい。しかし、事実は違っていた。

「まことに残念ですが、お嬢さんは脳出血を起こしており、絶望的な状態です」

両親がその知らせの重大さを理解するまでにしばし沈黙の時があった。母親は声にならない叫び声をあげたが、父親はあきらめない。

「でもあの子は呼吸しています！　まだ生きているでしょ！」

「ええ、いまのところは。ですが血腫は大きくなり、呼吸機能に障害を与えます。そして呼吸が停止します」

「人工呼吸器をつけられませんか？」母親が要求した。

「ええ、お母さん、人工呼吸器をつけることはできます。ですが結果は変わらないのです」

父親はよろめくように娘に近づいていった。

「なぜ……なぜこの子が脳出血なんかに？　まだ十五にもなっていないんです……」

「いつでもだれにでも起こりうるんです」エリオットが答えた。

窓からのぞくまばゆい太陽が容赦のない光で部屋を満たし、少女の金色の髪を照らしていた。この少女が再び目を覚ますことがないとは信じたくない。

「でも、手術をやってみようともなさらないんですか？」母親がすがるように言った。

夫がそばに寄り妻の手をとる。

エリオットは、母親に視線を合わせると、やさしい口調で言った。

「これ以上のことはできません、ロマノさん。残念です」

いっしょに残り、ふたりの不幸をいくらかでも分かち合い、慰めの言葉を見つけてあげたいと思う。このような状況で、どんな言葉もないことはよく分かってはいた。

もうナースが彼を呼びに来ていた。午後三時に手術の予定があって、すでに時間は過ぎている。

部屋を出る前に、本来ならば使命を全うする意味で、両親に臓器提供の同意を求めるはずであった。その場合、現実からまったく乖離した話を続けることにより、彼は、少女の死がほかの人々の命を救うことを両親に納得させるのだ。たしかに、エリオットはその使命を最後までやり遂げるべきだったが、今日の彼にはそれをするだけの気力がない。

そうして彼は、気落ちし、また同時に怒っていた。手術室にはいる前、彼は洗面所に寄って顔に水をかけた。

ぜったいに子供は持たない。鏡に映った自分を見て誓った。子供を持たなければ、その子が死ぬこともない！

イレナが理解できないのなら、それも仕方ない……。

＊

オーランド、フロリダ州
一九七六年

広大なオーシャン・ワールドに夜が訪れるところだ。今日最後の太陽光線が糸杉の影を奇妙にかたどっているあいだ、イルカやウミガメ、アシカなどを見て満足した海洋公園の客も、だんだん去っていく。

イレナはシャチのプールに屈み込んで、《海の殺し屋》の中でもいちばん大きなアヌーシュカを水面に呼ぼうとしている。

「こっちにいらっしゃい！」

シャチの背びれをつかんで仰向けにさせようとした。

「怒らないの、痛くないから」なだめながら注射針を刺した。少量の血液を採取するためだ。

　これはいつでも微妙な作業だった。シャチはクジラ目の中でもっとも知能が高いが、獰猛《どうもう》でもある。愛嬌《あいきょう》のある姿にもかかわらず、アヌーシュカは体長六メートル、四トンという怪物で、尾びれの一撃で人間を倒すことも、また五十本近くある鋭い歯を持つ顎《あご》で、人間の手足を食いちぎってしまうこともできるのだ。イレナは、手当てをするときはいつも、治療をゲームに見立て、動物が進んでそれに参加するよう心がけていた。普段なら問題ない。動物とのコンタクトにおいて特別のフィーリングを持っていたから、彼女は優秀な獣医師として認められている。

「はい、もういいわ」針を抜きながら言った。

　ご褒美にバケツ一杯の冷凍魚を与えてから撫《な》でてやる。

　イレナは自分の仕事に情熱を感じている。専任獣医師として、彼女はパークにいる動物すべての肉体、心理両面の健康に関する責任者だ。プールの保全、餌《えさ》の選択、また調教師による動物の訓練も監督していた。彼女の若さでこれだけの責任を兼務するというのは、かなり異例だ。たしかに、このポストを手に入れるためにはたいへんな苦労をした。幼いころから、海洋動物、特にクジラに夢中だった。獣医師の免許とは別に、海洋生物学を専攻し、動物心理学の高度な研修も受けていた。しかしこの分野では働く場所が極めて限られており、まれにしか仕事にありつけないし、またイルカやシャチを相手に働けるチャンスとなると、宇宙飛行士になるくらいわずかなものだった。それでも彼女はあきらめようとしなかった。そしてそれは正しい選択だった。というのも、五年前の一九七一年、ウォルト・ディズニーは、巨大な娯楽施設ディズニーランドの建設地として、この小さな町オーランドを選んだからだ。ツーリストがなだれのように押し寄せるようになると、一地方都市にすぎなかったオーランドはフロリダ随一の観光拠点となった。オーシャン・ワールドが、ミッキーマウスのあとを追い、全米最大の海洋公園として建設された。パークの正式オープンに先立つ一年前から、ある年長の獣医師に約束されていたポストを手に入れようと、イレナはパーク首脳部に頻繁に連絡をとりつづけた。こうして試用期間を得るチャンスを与えられ、結局その年長者の代わりに正式採用となった。アメリカのよい面はここにある。能力が、年齢や性別、出身よりも優先されるのだ。

イレナは自分の仕事が好きだ。グリーンピースの仲間が、動物を囲って飼うことに顔をしかめているのは知っている。しかしオーシャン・ワールドが環境保護に気をつかっている事実は認めざるをえないだろう。おまけにイレナは会社首脳部から、マナティー保護に関する広範な計画のための資金援助を勝ちとっていた。

イレナはプールを離れ、オフィスに向かった。採取血液のフラスコにラベルを貼り、それを分析するため小さな研究室に回す。仕事にかかる前、冷水で顔を洗いたくて洗面所に寄った。今日は一日じゅうあまり体調がよくなかった。

顔を上げると、洗面台の上の鏡に涙を流している顔が映った。自分でも気がついていなかった。

「なにやってるのよ！」自分にそう言いながら腕で涙をぬぐう。

エリオットとの最後の会話が忘れられない。子供を持ちたいと言ったときの彼の反応のせいだ。いつも同じだった。彼のためらいが理解できない。結婚したくないのだと彼女には受けとれてしまう。

しかし、一瞬たりとも彼の愛情に疑念を抱いたことはない。ふたりの絆《きずな》が緩んでしまうようなことはけっしてなく、いつでも相手をあっと言わせよう、相手の望みを叶えたい、びっくりさせたいという、いい意味での緊張感があった。

でもこの愛は、時間という浸食作用に勝てるのかしら？　もうすぐ三十歳になる。外見は輝いているように見えた。フロリダにはいくらでも男はいる。自分にはまだ充分に魅力があることにも気がついていた。でも、あと何年？　もう以前の身体つきではない。浜辺や観客席の二十歳前の娘たちの新鮮さ、それが失われつつあるのを感じていた。

老いることにそれほどの抵抗はない。だが周囲の考え方が変化していた。自由恋愛や性の解放は、彼女にはとうてい認められるものではない。ふたりの愛はけっして風化するはずがないと信じていたから、愛する男がほかの女性とカーマスートラの体位をすべて試すようなことは考えたくもない。

少し水を飲んでから、ティッシュで瞼《まぶた》をぬぐった。

どれほどエリオットに惹かれているのか、それを充分に示していなかったのかもしれない。もともと彼女は控えめな性格だから、愛の言葉は得意でない。しかしだれかを愛するなら、演説などいらない。それを知り、感じる、それで充分なはず。しかも女が男に対し、自分の子供の父親になってくださいと頼むのだから、充分に明らかじゃない？それに、彼を愛しているからこそ、いっしょに子供をつくりたいと彼女は言ったのだ。自分の満足のためにどうしても妊娠したいと思っている女たちとは、少しだけ事情が違う。エリオットとの子供が欲しかった、ふたりの愛の延長として。

ところが、どうも彼はそうではないようだ。

彼女にはその理由が理解できない。

子供を持ちたいという欲望が、自分の家族と密接に関わっていることには気づいていた。イレナは、ブラジルのつましいながら家族が愛しあう環境に育ったことを幸運に思っていたし、母親になって喜びを感じるであろう自分が分かっていた。エリオットは父親と対立関係にあった。彼の拒絶反応はそこから来ているのだろうか？

それでもイレナは、自分が子供を幸せにできるということに疑いを抱いていない。何度か病院にエリオットを迎えにいったとき、仕事中の彼を見る機会があった。小児科医だから、彼も幼い患者とじょうずに付き合う方法を知っている。彼は安定していて、未熟でも利己的でもない。彼女のまわりにはそうでない男たちがたくさんいた。エリオットに、愛情深く、子供の意見をよく聞く父親の姿を想像するのは容易だった。そんなわけで彼女は何度か、避妊薬を呑むのをやめ、《間違い》のせいで既成事実にしてしまおうかと思ったほどだ。しかしそんなことをしてしまえば、お互いの信頼関係を損ねてしまったという自責の念にとらわれるに違いない。

なら、何が問題なのかしら？

彼について多くのことを知っている——毅然《きぜん》とした態度、他者を愛する心、知性、体臭、肌触り、背骨の形、笑うときのえくぼ……。けれども、愛する人の些細《ささい》な面で、気づかないことがあるのかもしれない。その未知の部分があるから、愛は続くのではないかしら？　そして、とにかく、確実なことがひとつある。彼が運命の男性であり、彼女の将来の子供たちの父親であること。それは彼以外のだれでもない。

＊

サンフランシスコ

一九七六年

ビートルのハンドルを握って家に向かいながら、エリオットは気分が晴れなかった。今日はスピードも出さない。命を救おうと闘い、負けたのだ。自分は神ではなかった。取るに足らない一医者にすぎない。

ゆっくりと夕闇が迫っている。外灯とヘッドライトが一斉に点《とも》ったようだ。疲れていた。動揺もしていた。この二日間のフィルムを巻きもどしてみる。イレナとの行き違い、昨夜空港で会った奇妙な男のこと、そして救うことができなかったアナベル。人生が自分の手からすり抜けてしまうように感じるのは、どうしてなのか？　どうも人生の主導権を握れていないようだ。

もの思いに耽《ふけ》っていて、フィルモア・ストリートとユニオン・ストリートの交差点にはいるときシフトダウンするのが遅れた。車が軽く歩道側に振れ、何か抵抗を感じ、鈍い音が聞こえた。

パンクかな？

エンジンを切って車から降りた。タイヤとバンパーを調べる。

なんでもない。

先へ行こうとしたとき、うめき声のようなものが道の反対側から聞こえてきた。

まったくついてない……エリオットはため息をついた。

道を横切り犬のほうへ歩いた。ベージュ色のラブラドール・レトリーバーで、横たわったまま右足を曲げていた。

「さあ、動いてみろ！」けがをさせていないことを祈りながら、声をかけた。

だが子犬はまったく動こうとしない。

「行け！」足蹴《あしげ》にするそぶりを見せながら脅かした。

犬が声にならない悲鳴を上げる。苦しんでいるのは明らかだった。血だらけの脚でまったく動けないようだ。だがエリオットはそれほど動揺はしない。動物にはあまり関心が持てないのだ。彼が相手にするのは人間だ。男、女、子供、老人……病院で治療するすべての患者だった。しかし動物は……。

肩をすくめ、犬に背を向けた。これ以上、犬なんか相手にしている暇はない。

車に戻り、何の感傷も抱かずにキーを回した。

もちろんイレナであったなら、こそ泥のように逃げたりしないだろう。動揺し、犬に手当てを施してから、飼い主をなんとか探しだすに違いない。

もちろんイレナなら……。

イレナが助手席に座っているかのように、彼女のつぶやきが聞こえた。《動物が嫌いな人は、人間のことだってほんとうは好きじゃないの》

ばかげている！　そう思いながら首を振る。それでも二十メートル先で車を停めると、嫌々ながら後もどりした。

四千キロメートルも離れているというのに、彼女はエリオットを思うままにしていた。

「さあ、来い」犬を後部座席に乗せてやりながら言った。「ちゃんと手当てしてやるから」

＊

エリオットはマリーナに着くとほっとする。海岸沿いに並ぶ住居は、現代建築と多様な伝統的な建物とが、気持ちよく混ざりあっていた。小塔のある邸宅が、鉄とガラスの新しいアパートメントハウスと肩を並べ、魔法のように、一種の不均衡な調和を見せている。

もうすっかり夜になって強い風が吹いていた。海岸のアベニューに沿った芝生で、少年がたくさんの豆電球をつけた凧《たこ》を揚げて遊んでいた。

エリオットは入口の前に車を停めると、注意深く犬を降ろした。動く《荷物》を抱え、医師は地中海風建築の美しい家に向かった。

キーを回し、エリオットは家にはいる。風変わりな住まいだった。五十年前に建てられたもので、サイエンス・フィクションからインスピレーションを得る未来派建築の専門家、ジョン・ロートナーの手で完全に改築されたものだ。

スイッチを押すと、内部が波の反射のように揺れる青い光に照らされた。

それからラブラドールの子犬をカウチに寝かせ、往診カバンをとり、傷を診た。脚のひどい切り傷を別にすれば、打撲傷がいくつかあるだけだった。奇妙なことに、首輪も着けていないし、人を警戒しているようだ。

「おい、風来坊《ラスタクエール》、おまえはぼくが好きじゃない、だがそれはお互い様だ！　でもおまえはぼくを必要としている。手当てしてやるからじっとしてろ……」

そう警告を与えてから、傷口を殺菌し、包帯を巻いた。

「これでいい。今晩と明日は安静にすること。さあ失せろ！」そう言ってエリオットは立ちあがった。

サロンと書斎を横切ってキッチンまで行った。その三つのスペースはひとつの広い空間を分けたもので、中庭に面している。中庭にはどっしりとしたアラスカ杉が植わっていて、目立たない照明を当てられていた。

冷蔵庫から白ワインを出し、グラスに注《つ》ぐと二階に上がった。二重ガラスのはいった大窓からは、テラスが海に突きでた桟橋のように見えている。

グラスを片手に籐椅子《とういす》に腰かけ、ほてった顔を風に当てた。

束の間、アナベル・ロマノの顔が頭をよぎった。

くそみたいな一日だった。そう思いながら目を閉じる。
その瞬間、一日がまだまだ終わりにならないことに、彼は気づいていない……。

4

夢はとっておきたまえ。
どんなときにそれが必要になるか、けっして分からないのだから。

カルロス・ルイス・サフォン

サンフランシスコ
二〇〇六年九月　六十歳のエリオット

エリオットがマリーナに戻ったときにはもうすっかり夜になっていた。私道に車を停め、もう三十年前から住んでいる地中海風建築の家にはいる。するとセンサーによって自動的に家の照明が点った、波の反射のように揺れる青い光のせいで、部屋が波間に浮かんでいるようだ。サロンと書斎を横切ってキッチンまで行く。娘がニューヨークに行ってから、家の中はがらんとして静かになってしまった。古い相棒のラブラドール犬、ラスタクエールが死んだあと、動物は飼っていない。冷蔵庫から白ワインを出し、グラスに注いだ。腰から広がってくる痛みのせいで、二階へ上がる階段がつらい。寝室に寄り、昼間からずっと頭を離れなかった例の小瓶を、枕元の引出しから出した。

それからテラスに出る。湾とヨットハーバーの絶景が見渡せる。

ウェーブ・オルガンが鳴らすフクロウのような音色が聞こえてくるので嬉しくなった。堤防の突端に置かれた奇妙な装置で、パイプの中にはいる波のおもむくままにメロディーが奏でられる。

こういうものはサンフランシスコにしかないな、古い籐椅子に腰かけながら思った。顔に当たる風で身体が震えた。今朝と同じように、半信半疑、しかし引きつけられるように九つの錠剤を見つめた。

どういう成分なのか皆目分からない。昨夜の体験をもう一度味わってみたい。ほんとうのことを言えば、幻想など抱いていない。この錠剤が昨夜の夢に関係しているとはまったく思っていなかった。

しかし、もう一度あの薬を試してみたい……。

ゆっくり一錠を手のひらに落とし、一瞬ためらう。

それが、毒とか、頭をおかしくさせる得体の知れないものの可能性さえあった。

だからといって、何のリスクがあるのか？　いずれにしても、間もなくがんにやられてしまうのだ。

ちょっと早めかちょっと遅めか、それだけの問題だ……。錠剤をワインで流しこみながら思った。

何も起こらない。ソファに身を沈めて待った。病のせいか、老いと疲れを感じる。ここ数時間のことをフィルムを巻きもどすように思いうかべた。月末を区切りにもう手術をしないという、とつぜんの苦しい決断について考える。

くそみたいな一日だった。そう思いながら目を閉じた。

そうして眠ってしまった。

5 第二の出会い

時を旅することが不可能であるという証拠は、未来からの団体旅行客が押し寄せてこないことでも明らかだ。

スティーヴン・ホーキング

サンフランシスコ
一九七六年九月　三十歳のエリオット

「のんびりお寝《やす》みかね？」

びっくりして目を開けたので、エリオットは椅子から転げ落ちてしまった。床に這《は》いつくばったまま目を上げる。ぼんやりした人影が星の光に浮かびあがった。空港で見た昨夜の男だ。腕を組み、笑いながらこっちを見ていた。自分のいたずらに満足のようすだった。

「うちのテラスで何をしている？」エリオットが怒った。

「きみの家はわたしの家だ……」奇妙な訪問者が言い返した。

驚き、また醜態を見せたのがきまり悪くて、エリオットは跳ねおきた。こぶしを握りしめて相手に近寄る。それからしばらくふたりはにらみ合っていた。まるで同じ背格好だ。

「何をやっているつもりなんだ？」エリオットが詰めよった。

相手はそれには答えず、穏やかに言い返す。

「理解したくない、違うかね？」

「何を？」

「真実……」

エリオットが肩をすくめた。

「何だい、その真実ってのは？」

「わたしがきみであるという真実だ」

「あんたがどうしようもなくいかれているという真実だろ！」

「お若いの、どうもきみは興奮しやすいみたいだな」

エリオットは相手をじっくりと観察した。

今晩の男は、昨夜のしわだらけのパジャマではなく、コットンパンツに清潔なシャツ、それに仕立てのよいジャケットを着ていた。この男は威厳もあってカリスマ性みたいなものも感じさせる。言っていることだって支離滅裂ではないし、精神科の患者というよりもビジネスマンといったほうがいい。

エリオットは年長である相手を説得しようと、穏やかな声で話しかける。

「いいですか、ぼくはあなたが病気だと思っている。診てくれている先生がいるでしょう……?」

「医者はわたしだ」

くそ、これじゃだめだな。エリオットは頭を掻《か》いた。こういう場合は、どうすればいいのか? 警察を呼べばいいのか? 救急車? 精神科? 見たところ暴力的ではない。だがそうなるかもしれない。

「家族がきっと心配していると思いますよ。名前を教えてくれれば、住所を調べて送っていってあげてもいいが」

「名前はエリオット・クーパーだ」ゆっくり相手が言った。

「それはありえない」

「いったいどうして?」

「なぜなら、エリオット・クーパーはぼくだからだ」

「身分証明書を見せようか？」相手が財布を出しながら申しでた。

どうも楽しんでいるようだ。

エリオットは差しだされたカードを調べる。信じられなかった、氏名も生年月日も自分と同じだ！　写真だけ三十歳くらい老けていた。

こんなものは意味がない、落ち着こうとした。証明書の偽造ということだってある。でもなぜそんな面倒なことをする？　何の目的で？

考えてみれば、納得できる説明はひとつしかない。これはぜんぶマットがしかけた悪ふざけだ。しばらく彼は、その考えにすがりついたが、完全にそう思っていたわけではない。たしかに、マットは人をかつぐのが大好きだし、変わったところもある男だ。しかし、ここまでやるはずがない。彼が悪ふざけを企むのだったら、これほど込みいったものではなく、むしろ下半身をねたにするはずだった。

マットなら、ストリップ・ダンサーか高級コールガールの一団を送ってくる。エリオットは考えた。自分はエリオット・クーパーだと言いはる六十男なんかじゃないだろう。もの思いに耽っていたので、エリオットは相手がすぐ近くまで寄ってきたのに気づかなかった。相手の顔が深刻になっていた。エリオットの腕をつかむとじっと見つめてきた。

「いいかね、お若いの。信じられんだろうが、ほんとうにわたしは三十年前に戻れる方法を見つけたんだ」

「そうだろうね」

「きみはわたしを信用しなければいけないんだ、いいね！」

「あなたの言っていることは、まったくでまかせだ！」

「もしでまかせだと言うのなら、どうやってわたしが空港のトイレから出られたのか説明できるかね、きみ？」

エリオットは返事ができなかった。この男はおかしいけれど、当意即妙に答える。

「申しわけないが……」エリオットが何かを言おうとしたが、相手はすぐにさえぎった。

「謝る必要はないんだ、いいね」

そのとき、ガラス窓のほうから訴えるような鳴き声が聞こえてきた。エリオットが驚きの表情を浮かべた。どうやって来たのか分からないが、あのラブラドールの子犬が傷を負っているにもかかわらず二階まで上がり、自分の存在を知らせようと嬉しそうに吠えていた。

「ラスタクエール！」初老の男が幽霊でも見たように叫んだ。

子犬は大喜びで男の両腕に飛び込んでいき、手を舐め、くんくんとそこいらじゅうを嗅《か》ぎ回る。まるでいつもやっているあいさつのようだった。

「この子犬と会ったことがあるんですか?」ますます分からなくなって、エリオットが聞いた。

「もちろん、こいつはわたしの犬さ!」

「あなたの犬だって?」

「わたしたちの犬だな」

気が変になりそうだった。男はエリオットの神経を逆なでしている。しかし、追いはらうにはどうすればいいか、違う作戦を見つけないといけない。相手の機嫌を損ねないことだ。

しばらく沈黙したあと、大まじめに聞いてみた。

「それでは、ほんとうに未来から来たんですね?」

「そういう見方もできるだろうね」

エリオットはうなずく振りをし、バルコニーの手すりに肘《ひじ》をついた。そこから、懸命に何かを探しているように道路を見下ろした。

「おかしいな」しばらくたってから彼が言った。「あなたのタイム・マシーンが見えないようだが。道路に停めたんですか、それともサロンに?」

相手は微笑を隠さなかった。

「いいぞ、悪くない。コメディアンを目指したことがあるのか?」

返事の代わりに、エリオットはきっぱりと言ってやった。

「いいかね、ご老体。ぼくはあんたを知らないし、どこからやってきたのかも知らない。しかし、言っている内容ほど、あんたがおかしくなっているとは思えない。あんたは芝居をやっているんだ」

「その目的は？」

「そんなこと知るものか。正直言って、どうでもいい。うちから出ていってくれ。それしか要求しない。ただし穏やかに言うのは、これが最後だってことだ」

「心配するな、すぐにいなくなる」

しかし男はいなくなる代わりに、籐椅子にゆったりと腰を下ろすと、ポケットからタバコをとりだした。赤白の箱に黒く商標の書かれた有名ブランドだ。

エリオットはそれが自分の吸っているものと同じマークであることに気づいた。だが驚くには当たらない。あまりにも一般的なものだったから。

「まあ考えてみれば……」輪になった煙を吐きだし、男はライターを手前のテーブルに置きながら言った。「きみが信じないというのも理解できる。時とともに確信というものはぐらついていくものだ。若かったころを思いだすよ。科学的思考をし、合理主義的にしか物事を判断しなかった」

「で、現在はどうなんだ？」

「誠意を尊ぶ人間」

かすかな風がテラスを通っていった。秋の美しい夜だ。大気汚染にさらされているわりには、空が澄みわたっていて、星と、青白い光を投げかける真ん丸の大きな月が、すぐそばにあるようで、それはみごとなものだ。月夜の心地よさにうっとりしたようすで、男はタバコを灰皿に押しつけた。

「いいかげんに、あるがままのわたしを信用してくれてもいいのじゃないか、エリオット。わたしはきみの味方だよ」

「厄介者、それがあんたさ」

「厄介者……でもきみのすべてを知っている」

エリオットは真っ赤になった。

「そうだとも、あんたは何でも知っている、だってあんたはぼくだもの。まさにそれがあんたの妄想なんだ！　しかし、何を知っている？　タバコの銘柄、生年月日……それと？」

エリオットが怒りに身を任せたのは不安だったからだ。気づかぬうちに、力関係が逆転しているのが感じられたし、相手が決定打をまだ出していないのが見てとれた。エリオットを落ち着かせようとするつもりか、男は重々しい調子で続けた。

「きみがだれにも、親友あるいは、人生を分かち合っている女性にさえ言ってないことを、わたしは知っている」

「例えば？」

「きみが聞きたくもないこと」

「さあ、言ってもらおうじゃないか。隠すことなんか何もないんだ、ぼくには」

「賭けるかね？」

「何についてあんたは話したいんだ？」

男はしばらく考えてから言った。

「親父のことを話そうか」

その質問は、予期していなかった平手打ちのようにエリオットを打ちのめした。

「どうして父が関係してくる？」

「ぜったいに自分から白状こそしなかったが、親父はアルコール依存症だった、違うかね？」

「それは嘘だ！」

「もちろんほんとうだとも。世間に対しては、立派なビジネスマン、愛情あふれる夫であり、よき父親だった。しかし家族、きみときみの母親にとっては、また違った話だ。そうだね？」

「あんたは何も分かっていないよ」

「わたしが知っているということを、きみは知っている。親父は年をとってから少しはおとなしくなったが、きみがまだ小さかった当時、かなりひどくきみを痛めつけた。思いだしたかな？」

エリオットが口をきけないでいると、男は続けた。

「飲みすぎてしまった晩に、そうなってしまう。酔うと、すぐにいら立ってしまい、殴ることで落ち着くんだ……」

ロープに追いつめられたボクサーのように、エリオットは抵抗もできずにその言葉を聞いていた。

「きみはずっと長い間耐えてきた。ときにはわざと挑発することもあった。そうだろう？　というのは、きみに対してうっぷんを晴らしているあいだは、父が母に向かっていかないのをきみは知っていたからだ」

男はしばらく沈黙したあと、聞いた。

「もっと続けようか？」

「とっとと失せてくれ！」

男が上体を傾けてきて若いエリオットの耳元で囁《ささや》いた。

「ある日の午後、きみは学校から戻ってくると、手首を切ってバスタブの中で血を流している母を見つけた……」

「ちくしょう！」堪忍袋の緒が切れて、エリオットは相手の襟首をつかんだ。

しかし男はまったく動じずに最後まで言いきった。

「母が一命を取り止める、まさに間一髪のところできみが帰宅し、救急車を呼んだ。しかし母は、そのことをぜったい他人に言ってはいけないときみに約束させた。きみはそのとおりにした。シャワーの仕切りガラスを割る母をきみは手伝い、救急隊員にも、濡れたタイルに足を滑らせ転んだのだと説明した。それがきみたちの秘密だ、だれひとり知ることのないね」

いま、ふたりの男はにらみ合っていた。若いエリオットは傷ついていた。家族の秘密が、いまこのようなかたちで暴かれるとは予期していなかった。その思い出は、追いはらおうと心の奥深いところに埋めてあったのだが、まだ生々しいものだった。

心の傷痕《きずあと》――。

「当初、きみはうまく切りぬけたものと思っていた。だがその二年後、母はアパートの十二階から飛びおりてしまった」

男の言葉ひとつひとつがアッパーカットのようにエリオットを切り裂いていく。

もう長い年月、彼は泣くことなどなかった。それがいま、自分がひどく脆《もろ》いように感じられる。強烈なフックでこっぱ微塵《みじん》にされ、立ったままノックアウトされた気分だった。

「それ以来きみは、母親の自殺に責任の一端があるのではないか、もし自分が人に相談していれば結果は違ったのではないか、そう思わずにはいられなかった。そうすれば、母は専門機関による心理相談あるいは治療を受けられたかもしれない。まだ続けようか?」

何か言おうとエリオットは口を開いたが、声も出ない。

男も動揺しているようだったが、さらに危険な水域にはいり込んできた。最後のとどめを刺すための時を見計らっていたのだ。

「だれに聞かせたいのか知らんが、きみは、子供を持ちたくないのはこの世の中が陰険で、未来も絶望的であるからだと言っているようだな。しかしそんなことがほんとうの理由ではないだろう、エリオット……」

若いほうが眉をひそめる。相手が何を言いたいのか分からなかった。

「きみは子供が欲しくない。それはきみが、親に愛されなかったと思いこんでいるからだ。そしていま、きみもまた自分の子を愛せないのではないかと疑っている。まったく人間の心というものは不可思議だ、違うかな?」

エリオットは否定しなかった。見ず知らずの男が、彼の心の奥底を踏みにじり、すべてを白日の下にさらすのに、ほんの三分間もあれば充分だったということだ。さまざまなちっぽけな秘密の惨めな集合体、それがエリオットという男の真の姿だった。

一陣の強い風がテラスの上を過ぎていった。男は襟を立てるとエリオットに近づき、そして慰めようとするかのように肩に手を置いた。

「触るな！」エリオットは手すりのほうに離れながら言った。頭に酸素が届かないような気分で、これまでのあらゆる確信は揺らいでしまっていた。そして、ひとつ重大なことに気づいた。これをわざわざ暴露する目的は何なのか？

「そのぜんぶが真実だと仮定しよう」未知の訪問者をじっと観察しながらエリオットは言った。「それで、あんたはぼくに何を求めている？」

初老の男がかぶりを振った。

「きみに何も期待していないさ、お若いの。がっかりさせて残念だが、わたしはきみに会いに来たんじゃない」

「では、何を……？」

「わたしが戻ってきたのは、彼女を見るためだ。彼女に……」

男はまた財布を出し、今度は色あせたカラー写真をエリオットに見せた。

セントラル・パークでイレナが雪を投げているところだった。輝く表情、頬が真っ赤になっている。エリオットがいちばん好きな写真だ。昨年冬に撮ったもので、ずっと自分の財布に入れてあるものだ。

「どうやって手に入れた？　一度でもイレナに近寄ってみろ、叩きのめして……」

男はその脅かしの最後まで待たず、すっと立ちあがった。去っていくときがきたように、で、犬の頭を撫でると出窓に向かって数歩進んだ。空港で姿を消す直前に見せたように、男の身体が震えていることにエリオットは気づいた。

今度こそ、あんなぐあいに去られてはたまらない！

男をつかまえようと駆けよったが、しかし……遅すぎた。相手はテラスから家の中にはいり、ガラスの引戸を閉めてしまった。

「ここを開けろ！」ぶ厚いガラスをどんどん叩きながら叫んだ。

蛍光ゲルの作用によって、夜になるとガラスは洒落《しゃれ》た緑色に変色する。建築家のアイデアによるこの仕掛けは、ガラスをマジックミラーにしてしまう。テラスに置き去りにされたエリオットは、相手に見られるだけで、見ることができない。

「開けてくれ！」また叫んだ。

一瞬の沈黙があり、ガラスの向こう側から声が聞こえた。

「わたしの言ったことを忘れるな。わたしはきみの味方であって敵じゃない」

この男をこのまま逃がすわけにはいかない。相手をもっと知る必要があった。ほかに方法が見つからず、エリオットは鋳鉄製の椅子を振りかざすと思いっきり窓に投げつけた。ガラスは細かい輝くかけらとなって散った。家の中にはいり、階下まで追いかけ、表まで出てみた。

影もかたちもなかった。

テラスに戻ると、子犬が、悲しそうに、闇の中で遠吠えを始めていた。「だいじょうぶだ」子犬を両腕に抱えながらエリオットが言った。「もう終わった」

だが心の中ではまったく正反対のことを思っていた。厄介なことのはじまりにすぎないだろうと。

6

仲よく過ごしたあの幸せな日々を思いだしてほしい。
あのころ、人生はもっと美しかった、太陽もいまより輝いていた。

ジャック・プレヴェール　ジョゼフ・コスマ

一九七六年　三十歳のエリオット

子犬を抱え、エリオットは車に急いだ。事件をマットに話してやらなければならなかった。最初の行動はイレナに電話することだったが、彼女が出る前に切ってしまった。頭がおかしくなったと思われずに、どう説明すればいいのか？　いや、彼女に心配させる前に、やはりもう少しいまの状況を理解しておかないと。

ビートルのドアを開け、新しい相棒を助手席に乗せた。体験したばかりのあの奇妙な冒険で彼と同じくらい動揺している子犬に、彼は愛着を感じはじめていた。

エリオットはマリーナを抜けてイタリア街にはいった。夜もかなり更けていて道路はすいていた。ロンバード・ストリートにはいり、世界でもっとも曲がりくねった道と呼ばれる八つのヘアピンカーブをうまく切りぬける。花に埋もれ照明の当てられている坂道の、その名に恥じないすばらしさをゆっくり観賞するには、今晩の彼には考えるべきことが多すぎた。

早く着きたい一心で、エリオットはノースビーチを猛スピードで横切り、二十数年前にマリリン・モンローがジョー・ディマジオと結婚式を挙げた聖ピーター&ポール教会のふたつの鐘楼の前を通って、テレグラフ・ヒルのてっぺんに向かった。サンフランシスコの急な坂道には用心して掛からないといけない。丘の頂上まで来ると、エリオットは歩道に向かって斜めに駐車し、市の条例が定めるようにハンドルを歩道側に切っておいた。

「いいか、おまえはここで待ってろ」子犬に命令した。

犬がうなって抵抗したが、甘やかさなかった。

「かわいそうだが、これは譲れない」断固として、ドアを閉めた。

ユーカリにはさまれた小道を抜け、テレグラフ・ヒルの、斜面を彩る花壇に囲まれた階段を下りていった。この辺りの風景はほんとうに美しくて、現実のものとは思われないほどだ。大都会の真ん中にとつぜん現れた田園。ここからだと、白く光るコイト・タワーを背にして、市全体を眼下に見下ろせる。豊かに彩りを添える植物が、エンジャク、野生インコ、クロツグミ……小鳥たちの安全なすみかとなっている。シャクナゲ、フクシア、ブーゲンビリアに囲まれて蛇行する木造の階段を伝って、エリオットは、斜面に貼りつくように建つ一群のアール・デコ風のバンガローに向かう。ちょうど中間の辺りで、まとまりのない庭に続く門前まで来た。いつものように垣根を飛び越えてしまうと、木造の家の玄関だ。中からマーヴィン・ゲイの粘るようなリフレインが聞こえていた。扉を叩こうとしたが、開いていたのでかまわず中にはいる。親友に自分の体験を早く聞いてもらいたくてもどかしかったのだ。

「マット、いるか？」サロンにはいりながら呼んだ。「信じられないことが起きたんだ……」

そこでふと立ちどまった。窓近くのテーブルにはマカロンの置かれたそばにシャンパングラスがふたつあった。インド香が焚《た》かれ、よい香りが漂っている。エリオットは眉をひそめると部屋を見渡した。暖炉のそばにハイヒール、カウチにはパステルカラーのブラジャー、レースのパンティーが小さな像に引っかけてあった。どうもマットはひとりではないようだった。しかしそのほうがまともだ。マットがその下着を自分で着ているとなると！　エリオットはつま先だって退散しようとした。そのとき……。

「ハーイ」

いたずらを見つかった子供のようにふり向いた。昼間、浜辺で見た女がイブの装束で目の前に立っていた。

「ああ……こんばんは」視線をそらしながら、もぐもぐと返事をした。「邪魔して……」

一応は恥ずかしげに、片手を胸に、もう一方を下腹に当ててはいたが、全身が官能そのもののような波を送っていた。

「あなたも加わるなんて、マットったら何にも言ってくれないんだから」からかうように女が言った。

「いや、そうじゃない……きみが思っているようなことをやりたいわけじゃない。ぼくが来たのは、ただ……」

「こんな時間に何だ?」身体にシーツを巻きつけただけのマットが現れて、割りこんできた。

「どうも邪魔しちゃったみたいだな」

「なかなか鋭いぞ! でも、一応ティファニーを紹介しとこう。次のボンド・ガールのオーディションを受けるんで、サンフランシスコに来ている」

「会えて嬉しいよ。えーと……握手はしない、両手がふさがっているようだから」

ティファニーがそれに応えて、歯石を取ったばかりのエナメルのような白い歯を見せた。

エリオットはマットにふり返って言った。

「マット、きみの助けがいる」

「いますぐか！　明日まで待てないのか？」魅惑的な相手との楽しいひとときが遠ざかるのではないかと、マットが聞き返した。

「きみの言うとおりだな。じゃあ、明日電話しよう」エリオットはがっかりしながらも退《ひ》いた。「邪魔して悪かった」

エリオットが玄関に向かったとき、友人が何か重大なことで悩んでいると察したマットは、あとを追いかけ肩をつかんだ。

「ちょっと待てよ、何があったんだ？　話してみろよ」

部屋の反対側で服を着ていたティファニーは、自分が除《の》け者《もの》にされているような気がし、もう消えたほうがいいと判断したようだ。

「じゃあね、おふたりだけにしてあげるわ」服を着ながら男たちに向かって言った。

「男同士がいいんなら……」

「違う、違う、違う、そういうんじゃないんだ！」不安になったマットが女を引きとめようとした。「きみが考えていることとは、まったく違うんだ。エリオットは親友だ」

「ダーリン、別にいいのよ」家から出ていきながら女が言った。「ここはサンフランシスコなんだもの、分かっているわよ……」

半裸のままマットは庭まで追いかけ、すべての聖人の名にかけて自分はゲイではないと誓い、電話番号を聞きだそうとした。だが女は、それを邪険にはねつけた。さらにマットが執拗に迫ろうとしたそのとき、太平洋からの突風がトーガ代わりのシーツを吹き飛ばしてしまった。真っ裸になってしまったマットは、近くにあった植木鉢で下半身を隠そうとする。平べったいサボテンだった。それでもマットは、まだティファニーを追っていく。女はハイヒールを履いているにもかかわらず、カモシカのように駆けだしていた。隣の家の電気がつき、よろい戸が鳴った。大騒ぎに目を覚まされた隣家の老女が窓から頭を出した。その怒った顔を見たマットはあわてて引き返し、家に戻ることにした。玄関にたどり着いた瞬間、階段のステップで滑り、踊り場に転んでしまった。サボテンの棘《とげ》がもっとも敏感な器官に刺さっていた。

苦痛に悲鳴を上げながら後ろ手にドアを閉めると、エリオットを指さして、

「おれのせっかくのチャンスをぶち壊したんだから、よっぽどの理由がなけりゃ、ひどい目に遭わしてやるからな！」

「ぼくは気がふれかけている。これで足りるか？」

「頼むから、そんな目でおれを見るな！　それから、何も言うな」

「何も言ってない」エリオットが笑いをこらえて言った。

「よし、そのままでいろ」マットが寝室に走りながら言った。「服を着るから、そのあとで、おまえの話を聞こう」

エリオットはキッチンに行って、湯を沸かすとコーヒーの用意をした。約束にもかかわらず、エリオットはどうしても言いたくなった、

「おーい、毛抜きを使うといいぞ！」

＊

小さな家には静けさが戻っている。マットは《治療》を終え、ジーンズとポロシャツを着ていた。さっぱりと落ち着いて、マットは友人の待つテーブルに座った。

「さて、話してもらおうか？」コーヒーを注ぎながら言った。

「彼がまた戻ってきたんだ」とだけエリオットが答えた。

「当ててみようか、時の旅人、そうだな？」

「そうだ、今晩テラスに現れた」

マットはコーヒーを飲んで顔をしかめ、角砂糖を二個入れた。

「相変わらず同じことをしゃべったのか？」

「やつは、ぼくであると言いはるんだ、三十だけ余計に年を食ったぼくだとね」

「妙な症状だな、あん、ドクター？」

「実際、驚くべきことなんだ。ぼくについてよく知っていてね。ごく私的なこと、個人的な……」

「やつはおまえを脅迫したいのだろうか？」

「そうではないようだ。イレナをもう一度見たいから来たと言っている」

「いずれにしても、またその未来のお友達に出会うようなことがあったら、今度のＮＢＡリーグの結果と株の動きを聞いておくのを忘れるな……」

マットはまたコーヒーを口にし、顔をしかめた。さらに角砂糖を三個とミルクを加えてから続けた。

「……ついでにちょっとぐらい儲けないとな」

「信用していないな。そうだろう？」エリオットが悔しそうに確かめた。

「いや、ひとりの男がおまえに嫌がらせをしていることは信じるさ。しかしだね、未来から来たってのは信じがたいな」

「あいつがどうやってかき消えてしまったか、きみが見ていればなあ……」エリオットが思案顔をした。

「しっかりしてくれよ。こうなると心配になってきたぜ。おれたちのあいだで、道化役はおれのはずなんだがなあ……」

マットは立ってコーヒーを捨てに行き、ぶつぶつ文句を言った。

「しかし、ひどいな、これは。ただ黒いだけの染め汁じゃないか、おまえのいれたコーヒーは！」

そして、話を道化役にひきもどした。

「ちょっと常識はずれというのはおれの分担なんだ。だからおかしなことをやったり、あまり上等じゃない冗談だって言う権利がおれにはある。反対に、理性と英知の声がおまえだ。役割を取り違えないでほしいな」

「そう言ってしまうのは簡単さ。だがあの男の存在には嫌な予感がするんだ。恐ろしい感じがするし、あいつが何者であろうが、ぼくにとっていいことが起こるとは思えないんだ」

「だったら、そいつを見つけ出して、少し脅かしてやればいいじゃないか」カウチの上に転がっていたバットを手にとりながらマットが言った。

「そんなもの置いとけよ」エリオットがため息をついた。「彼はぼくらの倍も年上なんだぞ」

「どうしたらやつを探しだせる？」

エリオットはしばらく考えてから、断定した。

「やつの言っていることはひどく常識からはずれている。二通りの解釈しかない、精神異常か……」

「あるいは？」

「真実を言っているかだ」

「おまえには悪いが、最初の解釈に限定してみたらどうかな」

「その場合は、この辺りの病院と療養施設に連絡をとって、患者がひとりいなくなっていないか調べることだ」

「すぐに始めよう！」マットは電話機をとりながら言い放った。「そいつが存在しているなら、すぐにおれが見つけてやる」

電話帳をとろうとエリオットは本棚のガラス戸を開いた。棚には、文芸作品の代わりに、『プレイボーイ』とブドウ栽培の本が数冊しか置いていない。

「この世界には、女とワインのほかにも、興味の対象となるものがあるというのを知っているかい？」

「ほんとかね？」半ばまじめにマットが聞き返した。「というのは、おれもよく考えてみたんだ。だが、何がいいのか分からない」

調べた番号を書きうつすと、ふたりはカリフォルニア州内の療養施設に電話をし、最近になって外出許可なしにいなくなった患者がいないか聞き出そうとした。補足するならば、ここ数年来、精神科は患者の一部を外で自由にさせるよう勧告を受けていた。減税のため、前の州知事——ロナルド・レーガンという男だ——が大幅な予算緊縮を実施していたからだ。いつか大統領となった暁には、彼はその政策をさらに大規模なかたちで実施しようと決意していた。

エリオットとマットはしらみつぶしに電話をかけていった。しかし一時間たって、何の手掛かりも得られないのを認めるしかなかった。質問が複雑すぎたし、時刻がそれに適しているとも思えなかった。

「この男は透明人間だな。まだ続けるか？」マットが受話器を置きながら愚痴を言った。

「どうも段取りがまずかったみたいだな。必要なのは証拠を手に入れることなんだ」

「どんな証拠を？」

「あの男がぼくでないということの証拠さ」

「現実に戻れ、エリオット。こんなおまえを見るのは初めてだな。言わせてもらうが、いまこの状態のおまえに、手術をやってほしくないね。緊張を解くんだ、相棒！　休みをとれ。ハワイに一週間行って、イレナに日焼けさせてやればいい。そうすればおまえの小さな世界がまた調和をとりもどすさ」

マットがカウチに倒れこみテレビをつけると、『刑事コロンボ』をやっていた。画面では、妻についてのエピソードを途中にはさみながら、刑事が犯人と対峙《たいじ》して、その論理のほつれを引きだしている最中だった。

「やつがおまえの家に何も残していかなかったのは残念だな」マットが欠伸《あくび》しながら言

った。

「いま、何て言った？」

「時の旅人がおまえの家に何か指紋の付いた物を残さなかったのが残念だ、とおれは言ったのさ」

エリオットは、あの《訪問者》との会話の場面を正確に思い返してみた。そして、一瞬ののち、マットの肩に腕を回した。

「マット、きみは天才だよ、知ってるかい？」

「それは事実だな」マットが認めた。「それを知ってるのが、おまえしかいないというのが癪《しゃく》だけどね。何かあったのか？」

「彼はライターを残していった！　まず、間違いない。ぼくの目の前でタバコを吸って、ライターをテラスのテーブルに置いたんだ」

ひどく興奮してエリオットは、上着とキーをつかんだ。

「家に戻る」

「いっしょに行こう」そう言いながら、マットは玄関に出てきた。「こんな状態でおまえに運転させるわけにいかんだろう」

「ご親切に感謝するよ」

「おまけに、話が面白くなってきたところで、おまえをひとりにはさせない」

ふたりは家を出て木の階段を上っていった。

「おれの車で行こう。おまえのフライパンに乗ると気分が悪くなるんだ」マットが言った。

駐車場に来てみると、マットのご自慢のコルベット・ロードスターに落書きがしてあった。それもフロントガラスいっぱいに、口紅で。

バスタード《ろくでなし》

「きみのガールフレンドはずいぶん大胆なんだな」エリオットが感想を述べた。

「でも電話番号を残してくれたぞ」マットはワイパーにはさんであったカードをとった。「抗《あらが》えない何かがおれにはあるのだろうなあ」

マットがフロントガラスをあわてて拭いている間に、エリオットは自分の車に残しておいた子犬をとりに行った。

「犬を飼ったのか？」マットが目をみはった。「動物はだめだったんじゃないのか」

「言ってみれば、ちょっと特別な犬でね」

マットは運転席に座り、安全ベルトを締めた。

「何が特別なんだ？　こいつは運転できるんで、運転手に雇ったんだ。そんなところだろ？」

「まあね、話すことまで教えたよ」

「ほんとか？」

「さあ、行こう。きみがお利口さんにしてれば、こいつが『ラ・マルセイエーズ』を歌ってくれるぞ」

マットがアクセルを吹かすと、コルベット・ロードスターは闇の中を走りだした。エリオットの気分は軽かった。三トンもあった重荷から解放されたようだ。元気をとりもどすのに、ほんの数分しかかからなかった。恐ろしかったのだ。あの男は家族の秘事を二、三ばらすことで、彼を動揺させた。だがいまは、自信と陽気な気分をとりもどしていた。ライターを手に入れたら、友人の警察官に頼んでみよう。分析の結果、そこに付いている指紋と彼のものが異なることが証明されるだろう。そうすればすべては正常に戻るはずだった。イレナにも電話して、いっしょに笑えるだろう。


玄関前に車が停まったとたん、エリオットは家の中に突進し、二階まで数段跳びで駆けあがった。いまの不安は、ライターが消えてしまっていないかどうかだけだった。

幸い、ジッポーはテーブルの端に置かれたままだ。

「いったい何事が起きたんだ、ここは？」床じゅうに散らばったガラスのかけらを見ながら、マットが聞いた。「キングコングと闘ったのか？」

「あとで説明する。ぼくはある人間に電話をしないといけない」

「ちょっと待った、いまは午前二時だぜ！　サンフランシスコは『不夜城』じゃない。世界を間違えてるぞ！　この時刻だと、普通の人間なら、寝床の中だ」

「電話の相手は警察だよ、マット」

　エリオットは中央署に連絡してモールデン刑事が当直かどうか尋ねた。運よく、すぐに捜査官の部屋につないでもらえた。

「こんばんは、モールデンさん、エリオット・クーパーです。お邪魔して申しわけないんですが、あなたに頼みたいことがあって」

*

警察官がやってくるまで、ふたりはテラスに出ることにした。

「警察に友達がいるとは知らなかったな」マットが驚いて言った。「そいつとはどうやって知り合ったんだ？」

「母が自殺したとき、担当が彼だった」エリオットが曖昧に答えた。「その当時はずいぶん助けてもらって、それからも連絡をとり合っている。会えば分かると思うが、いい人だよ」

　ふたりはテーブルに近づき、自称《時の旅人》が忘れていったジッポーのライターを観察した。純銀製のモデルで輝く星がはめ込まれ、上に《千年紀記念《ミレニアム・エディション》》と書かれてあった。

「奇妙だな、この言葉は」エリオットが言った。

「そうだな」マットもそれを近くで見るためにひざまずいた。「限定シリーズみたいだな、何かを記念するための……」

「……二〇〇〇年に変わるときの」エリオットが続けたのだが、自分が口にしたことの重大さに戸惑っている。

「やめよう、おれたちはでまかせを言ってるんだ！」そう言ってマットは立ちあがった。

数分後、警察の車が家の前に停まり、エリオットはモールデン刑事を迎えに急いだ。昔気質《かたぎ》の刑事だった。ハンフリー・ボガートを老けさせたみたいに、レインコートにソフト帽、それにボクサーのような頑丈な身体をしている。巡査からの叩き上げで、仕事は現場で覚えた男。四十年もサンフランシスコを歩きまわっていたから、この都会の隅々まで彼は知っていた。

しかし老刑事はひとりではなかった。エリオットに新しいコンビの相手を紹介した。ダグラス刑事補といい、警察学校で犯罪学を修めたばかりの若い警察官だ。髪をていねいに後ろに撫でつけ、一分の隙《すき》もない身だしなみで、午前二時過ぎだというのに、仕立てのいいスーツにネクタイを完璧に結んでいた。

「何があったんだ、エリオット？」テラスに出てきて、ガラスの破片を見ながら、モールデンが聞いた。「窓にミサイル攻撃を受けたのか？」

「このライターから指紋をとってほしいんです」通常の事務手続きでも頼むような調子で、エリオットがいとも気軽に言った。

几帳面《きちょうめん》な生徒のように、ダグラスはもう手帳とペンを出している。

「家宅侵入あるいは押し込み強盗でしたか？」

「正確に言えば違う」マットが答えた。「話せば長いんですよ……」

「被害届けを出さないのなら、当方としては何もできない」若い刑事がいら立たしげに言った。

「落ち着くんだ、ダグラス！」モールデンがたしなめた。

エリオットは、詳細を説明せずにすませるのはむずかしそうだと感じ、コーヒーを用意するのを口実に、老刑事をキッチンに連れていった。

「さあ、何が起こったのか説明してもらおうか、エリオット」モールデンがシガリロに火を点《つ》けながら要求した。

おし黙ってしまった若い医師を見ながら、モールデンはふたりの最初の出会いを思いだしていた。あれは二十年も前だったか。だが昨日のことのように思いうかぶ。

雨の夜だった。ダウンタウンで、ビルの上から飛びおりた女の自殺現場を検証するために呼びだされたのだった。身分証明書から、女の名前はローズ・クーパーということが分かった。あとは、その恐ろしい事実を女の夫と息子に知らせるという、厄介な仕事が残っていた。

母親が自殺した当時、エリオットはやっと十二になったばかりだった。頭がよく、繊細で愛らしい少年として、モールデンは記憶している。

父親にも会ったが、妻の自殺にさほど驚くようすも見せないビジネスマンだった。モールデンがいまでもはっきり覚えているのは、子供の腕にあった青あざだった。

実際に見たというよりも、想像したのだ。その一種の勘みたいなものが、彼を優秀な刑事にさせたのだろう。彼は《嗅ぎつける》のだ。彼自身も、工場での一日の仕事を終えるとよくベルトを振るう父親を持っていたので、ほかのこと以上に敏感に嗅ぎつけることができたのかもしれない。

当然、見のがすこともできた。こういったことは当時あまり重大視されていなかったのだ。だが、彼は翌日もその翌日もエリオットに会いに行った。そして父親に向けて、彼が《知っている》ことと、《目を配っている》ことを仄《ほの》めかした。こうしてモールデンは、ごく自然にエリオットの学業にまで注意を払うようになっていった。それが彼の考える理想的な仕事の形態だった。犯罪者を逮捕するだけでなく、住民の身近にいる警察。

医師の差しだしたコーヒーを受けとりながら、刑事は目をこすって昔の思い出を追いやった。現在に意識を集中させる必要があった。

「おまえが何も言わないんだったら、助けることができんだろう」モールデンがくり返した。

「それは分かっています」エリオットが答える、「でも……」

「でも、何だ？」

「母が死んだとき、あなたはぼくに、あなたを信頼するよう言いましたね。困ったことがあれば、助けると約束してくれましたよね……」

「それはいまでも有効だぞ、ぼうず」

「それで、今日のぼくはあなたを必要としています。ただの警察官としてだけでなく、友人としてのあなたが必要になったんです。警察官としては、指紋を調べてくれること。友人としては、ぼくを信じてほしいこと。いまのところ何の説明もできないにしても」

「ふーむ」モールデンはため息をついた。「おまえは勝手なことを言っているが、指紋の照合なんてそんな簡単にはやれないんだ！　まず許可をとって、報告書を出すんだ。鑑識チームを呼ばなきゃならんのだぞ。おまけに、数日あるいは数週間もかかる……」

「でも、すぐに結果が必要なんですよ！」

　モールデンは一分あまり頭を掻きながら考えこんでいた。このところ、彼の署内での評判にはかげりが出ている。表向きは、指揮系統をまったく無視すること、また目的のためには正規ではない方法を用いる点が非難されていた。だが実のところは、自治体の首脳部を泥まみれにした収賄事件の捜査をやり過ぎたことを根に持たれたのだった。自分が標的になっていることは分かっていた。あの新米の助手にしても、モールデンがミスを犯すのを、いまかいまかと待ちかまえているのが明らかだった。慎重に行動しなければならない理由が山のようにあるのだが、果たすべき約束もあった。二十年近くまえ、母親を亡くしたばかりの少年を相手に交わした約束。

「通常の手続きを踏まずに、指紋をとる方法があるかもしれんな」とつぜんモールデンが言った。

「どうするんですか?」

「すぐに分かるさ」謎めいた返事をした。「これはぜんぜん正規の方法じゃないが、うまくいくだろう」

テラスに戻ると、モールデンはダグラスに、瞬間接着剤を銘柄指定で買いに行かせた。

「夜中の二時にどこでそんなもの売っているんですか?」ダグラスが不平をたれた。

モールデンは夜間営業しているカメラ店を教える。その製品はコダック社が売り出していた。

ダグラスが買い物に出かけたあと、老刑事はひざまずいてライターに書かれた奇妙な文句を調べていた。

「ミレニアム・エディション? いったいどういう意味だ、これは?」マットのほうを見ながら聞いた。

「おれたちにも分からないんですよ」コカ・コーラの缶を開けながらマットが言った。

「だれもこいつには触ってないだろうな？　そうだとしたら、指紋はあきらめろ」

「おれたちだってそんなばかじゃない！」マットが言い返す。「『刑事スタスキー＆ハッチ』を見てますからね」

モールデンがマットをにらみつけた。それからエリオットに向かって、

「紙の箱があるか？」

「大きさは？」

「靴の箱でいいだろう」

エリオットは寝室の戸棚に行って、スタン・スミスの靴がはいった箱を見つけてきた。その間モールデンは、テラスのテーブルから小さなスタンドを持ってきていた。笠をはずし、手をかざして電球の温度を確かめる。

数分後にダグラスが戻り、得意げに瞬間接着剤のチューブを見せた。当初は老刑事を時代遅れの役立たずと見ていたのだが、ダグラスは毎日のように、モールデンの機転に驚かされていた。警察学校で過ごした三年よりもこの数週間で習ったことのほうが多いのだ。

「準備万端だ」モールデンが宣言した。「イッツ・ショータイム」

「紙の箱と接着剤で指紋を取ろうっていうんですか?」マットが聞いた。

「そのとおりだ。こいつはテレビでもやったことがない。スタスキーとハッチでさえもな」

モールデンがマットにコーラの空き缶をよこすように言った。刑事はポケットからナイフを出すと、缶の底を切り取る。その底に接着剤を流し込むと、ライターの横に置いた。

それからスタンドをつかみ、電球の熱で液状のそれを温める。すぐに吐気を催すような臭いがあたりに漂った。それに靴の箱をかぶせてから、モールデンは満足げに三人のほうを向いた。

「味見は数分後だ」口元に笑いを浮かべながら刑事は告げた。

「何をやったんですか?」マットが疑わしそうに聞いた。

紙の箱に目をやりながら、モールデンが教師のように説明した。

「瞬間接着剤の化学名はシアノアクリレートという……」

「いや、すごいことをご教示いただきまして、どうも」マットが揶揄《やゆ》した。

モールデンはすさまじい形相でにらみつけた。二度と説明の邪魔をするなという警告を察して、マットは沈黙した。

「熱を与えることによって、シアノアクリレートの蒸気は、指紋で媒介された人間の汗を含むアミノ酸と脂質に引きつけられる」

「そこで重合が起きるんですね」理解しはじめたエリオットが口をはさむ。

「ジュウゴー……何ですか、それは？」置いてけぼりにされまいと、ダグラスが聞いた。

「重合だ」モールデンが説明する。「瞬間接着剤の蒸気が肉眼では見えない指紋の上に付着すると、一種の鎧を作ることになって、指紋が現れ、保管することもできる」

マットとダグラスは老刑事を疑わしそうに見ていた。しかしながらこのふたりは、数年後に世界じゅうの捜査活動に革命をもたらすことになる、パイオニア的な実験に立ち会っていたのだ。そして、モールデンはなぜかこれを知っていた。

エリオットは靴の箱から目を離せない。それが暴いてくれるものに不安を感じていた。しばらくして、モールデンは潮時と見定めたのであろう、靴の箱をとり除いた。ライターの三カ所に白い固形物が付着して、三つの明瞭な指紋を見せていた。

「これで仕上がりだ」モールデンが屈みながら言った。「見たところこれは、表側にみごとな親指と、裏側は……人差し指と中指の一部だな」

証拠品を慎重にハンカチに包み、レインコートのポケットに納めた。

「おまえがわたしにやってほしいというのは」そう言いながらエリオットのほうを向いた。「この指紋を警察が持っているファイルと照合することだな？」

「正確に言うとそうじゃないんです」医師が訂正した。「それをぼくの指紋と照合してもらいたいんです」

言いながら、エリオットは万年筆をポケットから出すと、インクをテーブルに垂らしてから指を染め、手帳の真っ白なページに押しつけた。

モールデンは紙を手にとり、エリオットを見つめた。

「どういった理由かよく分からんが、とにかくやってあげよう。というのも、わたしだっておまえを信頼してるからだ」

エリオットは深くうなずいた。老刑事に感謝の気持ちを示したかった。マットのほうは、また質問をしてみる気になった。

「ふたつの指紋を照合するっていうのは、時間がかかるんですか？」

「すぐにやるつもりだ」モールデンが答えた。「採取の状態がいいから、すぐに結果が出るだろう」

エリオットはふたりの刑事を玄関まで送った。ダグラスが車をとりに行っているあいだ、モールデンが約束した。

「分かり次第、電話する」

それから一瞬ためらったあと、彼が尋ねた。

「ところで、あのブラジル娘とはずっと続いているのか、イレナだったかな？」

「ええ、ずっと」エリオットは答えた。その質問にいささか驚いている。「彼女とぼくは……」

慎みがその続きを言わせなかった。が、モールデンには言わんとするところは分かったようだ。

「そうか」刑事は下を向いて言った。「ひとりの人間がおまえの心の中まではいってきたんだったら、そのままずっといてくれるだろう……」

エリオットは胸一杯になり、去ってゆく老刑事を見つめていた。彼が数年前から、アルツハイマーにかかった妻を抱えていて、勝ち目のない闘いを続けていることをエリオットは知っていた。

そして、間もなく最終ラウンドのゴングが鳴るだろうことも。

*

午前三時。エリオットは眠れなかった。マットを送り、自分のビートルを運転して戻っていた。マーケット・ストリートのガソリンスタンドに寄って、考え事をしながら給油していると、歯の抜けた女に声をかけられた。女は、ガラクタと布でいっぱいのカートを押していて、酔っているか麻薬をやっているようだった。機関銃のような罵倒《ばとう》を彼に浴びせてきたが、彼は腹も立てない。月二回、彼はフリー・クリニックという貧窮者のための医療センターで無償ドクターを務めていたし、夜になると街が表情を変えることも知っていた。ガイドブックや映画の中で、サンフランシスコは、いい天気、絵になる街角、緑豊かな住みやすい都会としていつも紹介されている。また、この街がヒッピー世代の解放のシンボルであったことでも有名だ。十年前、ジャニス・ジョプリンやジミー・ヘンドリックスのあとを追って、数百人のフラワー・ピープルがハイト・アシュバリーのビクトリアン風の家に住みついたころ、《フリスコ《サンフランシスコ》》が栄華の時代を迎えたというのも事実だった。

しかし愛の夏《サマー・オブ・ラヴ》ももう遠い。ヒッピー・ムーブメントは、自らの過剰さに蝕まれ、徐々に終焉を迎えていた。ジョプリンとヘンドリックスのふたりは、わずか二十七歳で死んでしまった。睡眠薬を飲みすぎ反吐《へど》まみれで窒息死したジミー、パール（ジョプリンの愛称）はばかげたヘロインの多量摂取《オーバードース》だった。

いま――一九七六年になると、自由恋愛や共同生活に興味を示す人間はもうほとんどいない。とりわけ、麻薬は信じられないほどの災禍をもたらした。精神を開き、人々を抑制から解放するというふれこみの、ＬＳＤやメテドリン、ヘロインはまず人を依存症に陥れ、そのあとゆっくりと死に至らしめた。病院で、エリオットはそのすさまじい惨状を目にした。オーバードース、不潔な注射針の使用による肝炎、肺炎、バッド・トリップの末に窓から飛びおりてしまう悲劇。

それと重なるように、ベトナム帰還兵の問題が起きていた。ある者はホームレスの群れにはいっていく。その数がますます増えていた。米軍は一年前にサイゴンから撤退していた。その帰還兵の多くが、《あそこ》を生きたことで精神的外傷を患い、社会復帰できずにスラム街に住むか、ホームレスという苦境に追いこまれていた。

エリオットはガソリン代を払うと、窓を開けたままにして街を横切りながら、あの男との出会いを思い返していた。マットと別れたあと、再び自分が孤独で無力であるのをひしひしと感じた。あの男の言ったすべてが真実であることは認めなければならない。父親から平手打ちを受けたことから、母親の自殺のときに感じた自責の念まで。

なぜこれをイレナと話し合わなかったのだろう？　愛する女性に、自分の弱さを見せたくないのが理由だろうか？

それに、マットにもだ。彼にも何ひとつ話してない。男としてのプライドだけがほんとうの理由だろうか？　事実は、そのほうが楽だったからだ。マットとは、万事、深刻でなく、軽いやり方ですませた。彼といっしょにいるのは、世の厳しい現実から身を護るためであったし、また仕事上の責任がひどく重荷になったときの、手前勝手な気分転換でもあった。

結局のところ、人生を耐えぬく方法として、人間はまだ愛と友情しか見つけていないけれど、自分で解決するしかない問題もあるに違いない。

＊

数キロメートル離れた中央署のオフィスで、モールデンは立ち働いていた。数分前、勤務時間中に私的なことをやっていると非難する部下と、口論をしたばかりだ。ダグラスが野心家で、自分を追い出し、早い出世を望んでいることは分かっていた。あの愚か者が報告書を書くと脅したとき、モールデンは当人の欠点をはっきりと並べあげてやった。あまつさえ、改善する方策まで提案してやったうえで、離れた自室に追いはらった。残念だな、ダグラスはいい刑事になれるだろうに。素質はあるのだが、ただ、目的を達成するための手段がまずい。自分の時代は、他者を蹴落としてまで、何がなんでも出世したいということはなかった。しかし、モールデンが古いのかもしれない。若い世代には新しい価値観があるのだろう。さらなる野心、さらなる積極性、共和党政権がテレビで推奨しているのとまるっきり同じだ。

モールデンはマグカップのコーヒーを飲み終えた。今回、若い相棒が脅しを実行に移すのは明らかだった。仕方ない、警察のお偉方がついに彼の首を取るなら、それはそれでいい。仕事をやめてその時間を病院のリザの許《もと》で過ごすことに費やせるだろう。どちらにしても定年は間近だった。だからいまは、エリオットとの約束を果たし、最後の援助をしてやろうと決意を新たにする。

まずライターの上の指紋に蛍光色を付着させる。それをカメラで撮り、現像と引き伸ばしをする。本格的な分析を始めるのはそのあとだ。時計を見た。根気のいる作業が残っていた。朝までには終わらないだろう。

＊

マリーナに戻る前、エリオットはバンネス街にある二十四時間営業のコンビニエンス・ストアに寄った。タバコと、犬のためのドライフードを買う。

「元気か、ラスタクエール？」家の扉を開けながら呼んだ。

彼がテラスに出たとたん、二時間前に例の訪問者にしたように、ラブラドールが走ってきて手を舐めた。

「そんなおべっかを使うな」代用の碗にフードを入れながら声をかける。

しばらく子犬を眺めていて、そんな自分に驚いた。それからガラスのかけらを掃き、ぼんやりした視線のままタバコを吸った。思いは少年期へと向かう。五分おきに電話機を見ては、指紋照合の結果が言いわたされるのを不安な気持ちで待った。この話にはまったく整合性がないと思いながらも、死を宣告されるのを待つ患者のように、身体の震えが止まらなかった。

＊

ダグラス刑事補はタイプライターで打ったばかりの報告書を破った。立ちあがると、一階に下り、署員の休憩室になっている小部屋に行く。今晩、署内は驚くほど静かだ。ダグラスはコーヒーをふたつ手にすると三階に上がり、モールデンのオフィスのドアを叩いた。

聞こえたのはうなり声だけだ。ダグラスはそれをはいってもいいという意味に解釈した。

「手を貸しましょうか？」隙間から頭を出しながら聞いた。

「そうか……」老刑事が無愛想に返事をした。

ダグラスはコーヒーを渡しながら、周囲を注意深く見回した。

何倍にも拡大された写真が十枚くらい画鋲《がびょう》で留められていて、その迷路の渦に巻きこまれてしまいそうだ。刑事たちは指紋が好きだ。《けっして間違えず、けっして嘘もつかない密告者》としばしば言っていた。端と端がふれあうように並べられた写真は、巨大な地形図の奇妙なタペストリーのようだ。やわらかな曲線、分岐、稜線《りょうせん》、無限の組み合わせを可能とする渦模様。指紋は、子宮内で形成され、それぞれの個人に特有な作品に仕上がる。母親の胎内で、胎児は無数の小さなストレスが生じる環境に置かれる。その偶発的な重なりが指の皮膚に刻印される。そのぜんぶが、妊娠六カ月までに起きる。そして、刻印は固定し、その人の死まで変化することはない。

それぞれの指にはおよそ百五十の特徴が記されていると、ダグラスは警察学校で習った。ふたつの指紋が同一であると判断するには、それら微細な特徴の共通点を見ていけばいい。認証が法的有効性を持つためには、十二以上の共通点が必要になる。

「それでは、始めますか?」ダグラスは上司に提案した。

ダグラスは視力がいい。

モールデンには忍耐力がある。

ふたりで組めばいい仕事ができるはずだ。

＊

夜が明け、エリオットはシャワーを浴びた。服を着て、病院に向かうため家を出た。途中で、ヘッドライトとワイパーをつけなければならなかった。この数時間で天気は様変わりしていた。昨夜あれほど澄みきっていた空が、いまは冬の到来を象徴する、あの雨がちの朝の様相を見せている。

ニュースを聞こうとラジオをつけた。どれも不安にさせるものばかりだ。中国で多数の死者を出した地震、アルゼンチン軍事政権による弾圧、フランスの海洋汚染、アパルトヘイトを続ける南アフリカ・ソウェトでの虐殺、ヒューストンではひとりの男が自宅に閉じこもり、群衆に向かって銃を乱射していた。

一方、ウォーターゲートに揺れたアメリカは、カーターあるいはフォードのどちらが国家の運命を握るか、大統領選の真っ只中にあった。

しらけてしまったエリオットは、局を替え、ビートルズの『レット・イット・ビー』を聴きながら運転を続けた。

病院のロビーにはいったところで、守衛に呼びとめられた。

「ドクター！　あなたに電話がはいってます」

エリオットは渡された受話器をとる。

「結果が出たぞ」モールデンが告げた。

医師は大きなため息をついてから聞いた。

「どうでした？」

「まったく同一のものだ」

エリオットがその意味することを消化するまで数秒かかった。

「間違いないんですね？」

「間違いない。何度も確かめた」

それでもエリオットは、その明白な事実を受け入れる準備がまだできていない。

「例えば、ふたりの人間が同じ指紋を持っている可能性は、どの程度なんでしょう？」

「数百億分の一。一卵性双生児でも指紋は違っている」

医師が反応しないものだから、モールデンは結論をもっと明瞭に伝えた。

「おまえの抱えている問題は知らんがね、エリオット。二組の指紋は同じ人間のものだよ。これには疑いの余地がない。その人間とは、おまえだ」

7

生きる、苦しむ、間違う、危険を冒す、与え、また失うことで、わたしは死を遠ざける。

アナイス・ニン

二〇〇六年九月　六十歳のエリオット

ガラスの仕切りが家の中まで光を通し、太陽は、壁をなでてから、クルミ材の床に降りそそいでいる。

古いリーバイスにケーブル編みセーターという格好のエリオットが、鉄製の階段を下りてキッチンに向かった。非番の日だから、ゆっくり朝食を食べようと決めている。シャワーを浴び、ひげも剃《そ》って、すっかり元気になった気分だ。今朝は、病も彼を悩ませなかったし、死の亡霊さえ、昨晩体験した信じられない事件に場所を譲り、遠ざかってくれたようだ。

オレンジジュースとシリアルを用意した。庭で食べるつもりだ。すばらしい天気になりそうだった。まだ頭の中に、夜間の大旅行のかすかなイメージが次々と重なって見えた。当惑というより、高揚を感じていた。錠剤に何が含まれているのかまだ分からない。だが驚くほどうまくいった！ とりわけ二度目の《旅》でかなりの点が明らかになった。過去への帰還のメカニズムが少し分かってきたような気がする。

まず、いつも三十年前の同月同日まで時をジャンプするのだ。最初のときは、空港の掲示板を見て知った。二回目はテラスのテーブルにあった新聞で確かめた。

次に、どうも物品を過去に運ぶことができるようなのだ。それというのも、衣服を着たまま二回とも過去に行っているからだ。同じく、物を現在に持ち帰ることもできる。血に染まったテーブルナプキンがその証拠だ。

反対に少し物足りないのは、過去に滞在する時間の短さだ。毎回二十分足らず。短い。《自分のコピー》といくつか言葉をやり取りするだけの時間しかなくて、すぐに未来への帰還を告げる震えが始まってしまう。

しかし、その規則性についてロジックを見出そうとするのは早計かもしれない。とにかくたしかなのは、夢を通じて時を縦断できるということだ。

家に戻ると、エリオットはコンピュータの前に座った。外科医ではあったが、眠りと夢についてどれだけのことを知っているのか？　実のところほとんど何も知らない。勉強していた当時は、膨大な知識を詰めこんだが、多くを忘れてしまっている。記憶をとりもどすため、一時間あまりインターネットでオンラインの医学百科事典を調べた。

眠りは、いくつか異なるステージから構成されていて、それが睡眠中に何度もくり返される。

よしこれはいい、覚えている。ほかには？

浅い眠りは緩やかな波長のステージに属し、深い眠りはREM《レム》睡眠といわれる。

REM睡眠？　この言葉には聞き覚えがある……。

これは急速眼球運動が見られる睡眠で、脳の働きがもっとも活発であるのに、首からつま先までの身体全体がまったく弛緩《しかん》状態になっている。

よし、では夢については？

一生を通じて、私たちは平均二十五年睡眠しており、そのうち十年は夢を見ている。その回数は、十万から五十万回である。

エリオットはその最後の数字には考えこんでしまった。こうして、人ひとりの人生には十万以上もの夢が横たわっているのだ！　そのことに眩惑《げんわく》されると同時に不安も覚えた。手掛かりがつかめそうだと思い、タバコに火を点けてから次に進んだ。

REM睡眠はだいたい九十分ごとに訪れ、約十五分間続く。このステージにおいて、もっとも密度の高い夢が現れる。

この最後の説明にエリオットは興奮した。すべて適合していた。昨晩は午後十時に寝て、三十年前の世界に《再び現れた》のが十一時三十分ごろだ。したがって旅をした時間は九十分だ。ＲＥＭ睡眠のステージに至るまでの時間と同じだった！

なるほど、こういうメカニズムだったのか。脳が活発なステージにあるあいだに、あの錠剤の成分が、彼に過去への旅を促すのだ。まったくばかげているように思えるかもしれない。しかし人生において何事も信じられなくなることがあったから、逆に彼はすべてを信じてもいいのではないかと思うのだった。

マウスをクリックして、彼は不思議な世界への探検を続けた。すると、どのように人間が夢を見るのかについての発見は多くあったが、どうしてという疑問についてはたいしたことが述べられていない。多くの点で、夢はいまだに謎に包まれていた。肉体と脳に課されたすべての活動と同じく、夢にもひとつの機能、ひとつの目的があってもいいのではないか……。

だが、どのような?

いまだかつて、だれひとりこれに科学的な解答を与えていない。

もちろん、古代エジプトに遡《さかのぼ》るとか、夢を神あるいは不可視の世界からのお告げであるとかの、秘教じみた妄言はいくらでもある。だが、そんな類の話に信憑性《しんぴょうせい》があるはずもない。

エリオットがいろいろな仮説を組み立てていると、電話が鳴ってその思考を中断させた。すぐにサミュエル・ビロウの声だと分かった。小瓶の底にあった粉末の分析を頼んだ研究室の責任者だ。

＊

一九七六年　三十歳のエリオット

三十年前の同時刻、エリオットはレノックス病院の休憩室でコーヒーを飲み終えようとしている。

エリオットは、今朝からもう十回以上、モールデンが配達人に届けさせた指紋写真を調べた。いまとなっては、信じがたいことを信じるほかなかった。未来のどこかで《もうひとりの自分》が時を旅する可能性を見つけ、数度にわたって訪ねてきた。

どうやって成功したのか……それはまた別問題だ！

エリオットはサイエンス・フィクションをあまり読まない。だが、大学でアインシュタインの相対性理論は学んだ。アインシュタインは、時間の中の旅行に関して何を言ったか？《考えられる話である……光速を超えるというのが唯一の条件であるが》と。それにしても、あの奇妙な男が、年老いたスーパーマンのように、地球のまわりを秒速三十万キロメートルで飛びまわるとは考えられない。

したがって、答えは別に見つける必要があった。

もしかしたら、ブラックホールのほうか？　時空を曲げてしまうほどの引力圏を持ち、寿命を終えようとする星についてのルポルタージュを、いつかテレビで見たことがある。理論的には、そのようなブラックホールのひとつに吸いこまれた物体が、まったく異なる時代あるいは宇宙に吐き出されることを、想像していけない理由はぜんぜんない。

筋道は通っている……ただ今日までブラックホールがまだひとつも観測されていないし、粉々の塵《ちり》になってしまわずに、人体がそのような場を横切ることなど考えられない。

しかし、サイエンス・フィクションの映画や本が好んで用いる、時間をテーマにした、頭のこんがらがるようなパラドックスも忘れてはいけない。もし、あなたが過去に舞いもどって、未来の両親の出会いを妨げたとしたら？　もしあなたが未来の両親を抹殺してしまったら？　そうすれば、存在と非存在の悪循環に陥ってしまう。

わたしはわたしの祖先を抹殺した。

よって、わたしは生まれなかった。

よって、わたしは祖先を抹殺しなかった。

よって、わたしは生まれた。

よって、わたしは祖先を抹殺した。

よって、……。

エリオットはため息をついた。このような旅の存在を認めること自体、十もの物理法則を破り、原因と結果という論理原則を否定することになる。

しかしそれでも……。

それでも、彼が手に持つ指紋写真は、あの話が事実であったことの証明だ。科学的証明の真骨頂、各人に特有で無二である指紋に関連づけて、エリオットはそう思った。

別のことを考えながら、モールデンが返してくれたライターをもてあそんでいると、ちいさな火花が出た。ジッポーのふたを閉め、椅子から立ちあがった。こうしてはいられない！　ここ数時間でコーヒーを十杯以上も飲んだ。昨晩の恐怖はまだ去っていない。その恐怖が、理解を超えるものを体験しているという興奮と混じりあっていた。自分は特別な人間ではない。だが、特別な状況に投げこまれてしまっていた。いったいどうなるのだろう？　まったく想像がつかない。今後は、未知の領域にはいっていくのだろう。しかし、彼を待っているものにどう対応すればいいのか分からなかった。

またコーヒーをいれ、道路に面した窓を開けた。煙探知器を作動させないよう注意して、神経質にタバコを点けた。数分前から、ひとつの疑問が頭の中を駆けめぐっている。未来に住むもうひとりの自分と連絡しあえるのだろうか？　しかし、どうやればいいのか、どんなメッセージを送ればいい？

その問題をしばらく考えたが、確実な方法は見つからない。突拍子もない考えが、どこからともなく出現した彗星《すいせい》のように頭の中をよぎったが、それはあきらめた。だめだ、何でもいいってわけじゃない。落ち着くんだ。この問題はしばらく置いておいて、仕事に戻ろう。

決意を固めると、山積みの書類の置かれた机に座り、手術報告を書き終えようとした。だが二分もたたないうちに、自分をごまかすことをやめる。あんな体験をして、集中などできるはずがない！　時計を見た。次の手術までたっぷり二時間はあったし、運がよければ当直の代わりが見つかるかもしれない。白衣を脱ぎ捨てると、上着をとって部屋を出た。

五分後、もう病院の外にいた。

駐車場を出たとき、フェデックスの配達車と交差する。いま体験しつつあることに興奮していたから、その配達車に挑むような視線を向けた。

フェデックスやUPSなんぞ、出直してこい！

彼、エリオット・クーパーは、三十年後の未来にメッセージを送ろうとしていた……。

＊

二〇〇六年　六十歳のエリオット

「分析結果が出た」ビロウが告げた。

「それで、どうだった？」

「きみの持ってきたものはずいぶんとエキゾチックだな。植物を混合したもので、主成分はクワとビワの葉だ」

エリオットはその言葉が信じられない。

「それだけか？」

「そうだ。これではおそらく何の病気も治せないだろう、単なるプラシーボ（偽薬）だよ」

医師はあきれて電話を切った。錠剤は何の魔法の成分も含んでいないということだ。カンボジアの老人、願い事、イレナに会えるという期待……ぜんぶ茶番だった。がんが脳に転移したみたいだ。三十年前の自分との出会いにしても、想像の産物で、終末に近づいた男のたわごと、死への恐れからに違いない。

夢の機能はそこにあった！　科学を探るより、精神分析の問題だ。夢は抑圧された欲望の単なる表象であり、精神の均衡に破綻《はたん》をもたらさぬよう、無意識が表現するのを許す一種の安全弁だ。エリオットがアルベルト・アインシュタインの家のドアを叩いたのに、ドアを開けてくれたのがジークムント・フロイトだった！

そら見たことか。たった一本の電話で、彼は現実にひきもどされてしまった。魔法は解け、朝の光の中、昨夜あれほど現実であると思われたものは妄想にすぎなかった。あれを信じたかった。だがだめだ……。あのすばらしい冒険、束の間ではあったが時を旅すること、それは彼自身の心が演出したものにすぎなかった。病と目前に迫った死が、過去の分岐点への帰還を夢見させただけのことだ。

実を言うと彼はひどく恐れていた。自分の人生がもうおしまいであることを認めたくない。すべてがあまりにも速く進みすぎた。子供時代、思春期、青年時代、壮年期……。何度かまばたきして、もう終わりなのか？　冗談じゃない、六十というのも早すぎる！　自分では老人だと思っていない。がんを宣告される前はまだ元気いっぱいだった。人道支援の任務に出ていても、しばしば三十、四十の若い連中をさし置いて、彼は山を走りまわっていた。それにシャリカ、あの輝くように美しいインド人のインターン生にしても、いっしょに出かけたかったのは、臨床医になりたての若造ではなく、彼とだったではないか！

しかし、それもすべておしまい、過ぎ去ったこと。目前にあるのは死と恐怖だけ。

肉体が衰えることへの恐怖。

苦しむこと、自立性を失うことへの恐怖。

真っ白い病室でひとりでくたばっていくことへの恐怖。

この不確実な世界に娘をひとり残していくことへの恐怖。

結局のところ、彼の人生が無意味だったことを認めねばならぬ恐怖。

そして、あとに彼を待ちうけているものに対する恐怖。息を引き取ってから、あちら側へ飛びこんでしまうことへの。

勝手にしろ……。

頬を伝う怒りの涙をぬぐった。

いま、不快な痛みが内臓を切りきざんでいる。バスルームに行き、薬棚から鎮痛剤をとると、冷水で顔を洗う。鏡に、充血した光る目で彼を見つめる男の顔があった。

どれだけの時間が残されているのだろう？　数日か？　数週間？　いまとなっては、急いで生きて、走って、空気を吸い、語りあい、愛したいと心底から思った。

人生を失敗したとはいえないだろう。愛する娘の父親だった、人の役に立てた、旅もした、満足感も味わった、マットと愉快な時を持った。

だが、いつでも何かが欠けていた。

イレナ……

三十年前の彼女の死の日から、エリオットはぼんやりと生きてきた。自分の人生の、役者というよりも観客として。そしてこの数日間、時を旅するという考えを信じるのが気に入っていた。

死ぬ前にもう一度イレナに会えるという、狂気じみた希望のせいだった。

しかしいまは、その幻想も失せ、だまされた思いに苦しんでいた。期待しなければ苦しむこともない、人はそう言う。

そして、エリオットは苦しみたくない。

それで、心の中にまだ点っている最後の希望の光を消してしまおうと、錠剤を小瓶ごとトイレの便器に捨てた。

少しためらった……。

……それから水を流した。

＊

一九七六年　三十歳のエリオット

エリオットはビートルをヴァレンシア・ストリートに沿ったミッション・ディストリクトに停めた。この時間だと、サンフランシスコのヒスパニック街はもう活気に包まれている。安物を売る店、メキシコ料理のタケリーア、果物の陳列台、ミッションは市《まち》でもっとも絵になる界隈《かいわい》だ。

彼は、賑やかな、色とりどりに装った人々で埋まったアベニューを上っていく。大通りのいたるところ、派手な色彩のフレスコ画が建物の壁面を飾っている。エリオットはしばらくその絵の前で立ちどまり、ディエゴ・リヴェラを思わせる作品を眺めた。しかしここに旅行者気分でやってきたわけではない。急ぎ足でまた歩きはじめた。辺りには生々しく張りつめた緊張感が漂っていて安全だとはいえない。またチカーノのギャングが通行人に罵声を浴びせたりして、せっかくの趣ある背景を台なしにするような一面もあった。

ドロレス・ストリートの交差点で、立ち並ぶサルサ・クラブや宗教関係の店の隣に、ようやく探していた看板を見つけた。

ブルームーン
アクセサリーとタトゥー

店のドアを開けると、フレディー・マーキュリーのかなり薄気味悪いポスターと向かい合うことになった。女装したクイーンのボーカルが、セックスのしぐさを過激にアピールしている。レジの横に置かれたターンテーブルが大きなボリュームで、一昨年にエリック・クラプトンがカバーバージョンを出して以来、はやりだしていたボブ・マーリーのレゲエ曲『アイ・ショット・ザ・シェリフ』のLP盤を回していた。

エリオットはため息をつく。自分の住む世界とはだいぶ違うが、逃げ出すほどのことでもないだろう。

「クリスチーナ」店の奥に向かって呼んでみた。

「クーパー先生！　これは、びっくりだなあ！」

目の前に現れた金髪の背の高い女は、地獄からそのまま出てきたようだ。ライディングブーツ、ちっぽけなレザーのショートパンツ、腕と背中に彫られた扇情的で血なまぐさいタトゥー。

クリスチーナとは病院で半年前に会っていた。彼女の養子の腎奇形を手術したときだ。それ以来エリオットは、彼女が同じ病院のナース、レイラといっしょに育てている中国人のその幼児を定期的に診ていた。初めて会ったときからエリオットは、この女性の自由奔放な生き方に戸惑いを覚えていた。バークレー出の東洋文明学の専門家なのに、彼女は大学で教えるよりもタトゥーの店を開くことを選択した。クリスチーナは、思うがままに人生を選び、公然とレズビアンであることを標榜《ひょうぼう》していた。それもサンフランシスコでは問題とならない。すでに数年前からホモセクシュアルがヒッピーにとって代わり、市を象徴するグループとなっていた。この都会の寛大さに惹《ひ》かれ、何万というホモセクシュアルが押し寄せ、カストロ地区やノエ・バレー地区に居住していた。

「すぐに戻る」エリオットに椅子を勧めながら女が言った。

医師は、耳にピアスをあけたばかりの女装の南米人と並んで腰かけた。どうにも居心地が悪い。電話を借りていいかと頼んでから、ニュースを伝えるためマットに電話した。エリオットが指紋照合の結果を伝えると、相手はそれほど驚かない。

「例の男を、おまえ以外はだれも見ていない」マットが指摘した。「おれの意見を言わせてもらえば、やつはおまえの頭の中でしか存在してないよ」

「何だって。妄想だと言うのか！」エリオットは腹を立てた。「では、あのライター、ミレニアム・エディションと書いてあってぼくの指紋が付いたやつ、あれも気のせいだって言うのか？」

「おまえなあ、いいかい、ライターはおそらくおまえが買ったんだ。ただそのことを覚えてない、それだけのことだよ」

エリオットは息を切らしていた。

「つまり、きみはぼくを信じていない？」

「違う」マットが譲った。「おれが同じことを言えば、おまえだって信じないだろうし、おれを正気にさせようとするだろう。そこを分かってほしいな」

「友情に感謝するよ！」エリオットは言い返した。

電話を切ったが、不愉快だった。

「さて、ドクターは何がお望みなんだろう？」彼にタトゥー用の台に乗るよう勧めながら女が言った。「背中にヘルス・エンジェルスとかドラゴンなんてどう？」

「どちらでもないよ」エリオットはワイシャツの袖を上げながら言った。「実は、ここ、肩の上にちょっとだけ彫ってもらいたい」

「こういうものがいいんじゃないかな？」針を準備しながら女が言った。「これを見て」

クリスチーナが少し脚を開く。ストッキングの網目を透かして日本の鬼が現れた。太ももから上方の神秘な秘密の部分まで続いているようだった。

「まさに芸術作品だ」エリオットが認める。「でも、ぼくの趣味じゃないね」

「残念だなあ。あなたはいい男だし、男の刺青《いれずみ》って、すごくセクシーなのに！」

「ぼくの彼女はそう思わないだろうね」

「女はいろんなことを隠しているもんよ」

「それには同感だ」

彼は、背広の内ポケットからペンをとり出し、そばの雑誌にいくつか言葉を書きつけた。

「これを彫ってもらいたい」雑誌を見せながら頼んだ。

若い女が眉をひそめた。

「これ、暗号だよ！」

「いわば個人的なメッセージなんだ、古い友人に宛てたね」

女彫師がタトゥー・マシーンの針を点検した。

「最初はちょっと痛いけど、だんだん治まっていくから。後悔しないね？」

エリオットは一瞬目を閉じた。人はほんとうに現在と未来の相互関係に介入できるのだろうか？　ばかげているようだが、試みる必要があった。勇気を奮いたたせようと、メッセージを受けとったとき、例の三十年後の相手がどんな顔をするのか想像することにした。

「悔いはない」決意した。

同時に器械の鋭い音が部屋じゅうにあふれた。クリスチーナが使徒信条を唱えるようにきっぱりと言った。

「肉体がわたしたちの究極の表現の場なんだから」

＊

二〇〇六年　六十歳のエリオット

錠剤のはいった小瓶を流したあと、エリオットはまだ失望から立ち直れず、サロン隅のカウチに横になっていた。正午に娘のアンジーと会うことになっていたから、ゾンビのような顔で出かけたくなかった。目を閉じ、自分の呼吸に聞きいる。澄んで規則的であることを望むのだが、それはぎくしゃくとして詰まっているようだった。窒息するようで、なかなか呼吸が整わない。肉体の中で使命を遂行しつつある病は、透かし格子から差してくるやわらかな光とコントラストをなしている。窓から、波の音と小鳥のさえずりが聞こえている。それまでどおりの生活が続いているが、彼はそこからもう置き去りにされていた。太陽があるのに、身体に震えが走る、発熱の徴候だろう。同時に、上腕に不快感があった。厳密に言うと、痛みではない。何かが潜りこんでくるような感覚だった。しびれた筋肉をほぐしてみる。何の効果もない。立ちあがり、セーターを脱いでシャツの袖をまくる。

初めははっきり見えなかった。まだらな染みのようなもの、深緑のそれが肩まで広がっている。妙に思って、バスルームの大鏡まで行った。鏡の反射の中で、おかしな緑色のまだらが実は文字で、それがひとつずつ形作られつつあるのだと分かった！

その瞬間、彼は唖然《あぜん》としてしまい、何が起きたのだろうと思った。それから、ようやく理解した……。

「あー、あのばかもんが！」思わず罵声を吐いた。

くたびれた彼の心臓がどきどきしている。だが安堵《あんど》した。違った、気がふれたのではない。ぜんぶ彼の頭の中だけで起こったのではない。三十年前のあの小僧が、身体に刺青を彫り、彼に宛ててメッセージを送ろうとしているのだ。

ばかでもないらしいな、ぼうずめ……。鏡に身体を近づけながら、思った。

その瞬間、彼は鏡に映った自分の光る目を見つめた。ばかみたいだが、彼は嬉し泣きしていた。間もなくくたばるに違いない。だがいまのところ、まだ老いぼれていない！

肩に短い活字体の文字が広がっていた。

次回の来訪を待つ

そうとも、もちろん次回の旅がある、ただ……おろかにも錠剤を捨ててしまっていた！

動転し、エリオットは便器の前にしゃがみ、奥まで手を入れる。小瓶が吸い込まれてしまわなかったことにわずかな期待を寄せて。

だめだ、期待するほうが無理だ。

悔しい思いとともに立ちあがり、そして落ち着いて考えようとした。水はどこを通っていくのか？　そんなことまで知らない。大工仕事や配管は得意分野ではない。それから、ガレージに駆けおり、天井を這っている複雑に交差するパイプを見つけた。排水の太いパイプを追って鉄板まで辿る、脱脂槽だ。運がよければ、小瓶はここで留《とど》まっているだろう。鉄製ののぞき窓を上げ、素手で汚濁の中を探るが、何もなかった。

冒険のおしまい。小瓶は浄水場まで流れてしまい、もう見つけることは不可能だった。くそ、一時《いっとき》の感傷ですべてをふいにしてしまうとは！

ほかに何ができるか？　窮鼠《きゅうそ》猫を咬《か》むで、表に出るといちばん近い家の呼鈴を鳴らす。DHEA（老化防止ホルモン）とバイアグラ漬け、しわにならないようフェイスリフト、身体の健康、食事に異常に気を配る老夫婦が住んでいる。

「おはよう、ニーナ」玄関からエリオットが声をかけた。

「おはよう、エリオット、何かご用?」老女が、汚れて汚臭の漂う手で現れた隣人を、頭のてっぺんからつま先まで眺めて聞いた。

もともと好かれてはいないんだ、エリオットは思った。こっちはタバコを吸う犯罪人で、正真正銘のコーヒーを飲み、コレステロールいっぱいの肉も食う……。

「ポールの道具をちょっと借りたいと思って」

「ポールは泳ぎに行っているわ。でも物置を見てくださいな、何かあれば」

エリオットは老女のあとについていき、物置に格好のものを見つけた、鉈《なた》だ。

「でも、エリオット、あなただいじょうぶ?」凶器を手にする隣人を見て彼女が聞いた。

「ああ、ぜんぜん問題ない」そう答え、『シャイニング』のジャック・ニコルソンのような笑いを浮かべた。

戻ってガレージに向かう。そして、配水管と思《おぼ》しきもののすべてに鉈を振るいだす。作業は三十分ほど続いたが、もうそのときガレージは洪水状態になっていた。管をとり壊すたびに、小瓶が曲り角に引っかかっていないか確かめた。

何ひとつ見過ごすなよ。チャンスがまだあるうちはがんばれ。

そういうふうに仕事だってやってきた。それで三十五年のあいだには、絶望的なケースでも救ったことがあった。

今日は違うとだれが断言できる?

錠を手に、ひざまで水に浸した姿を見られたら、異常だと思われるだろう。いま警官にやってこられたら、すぐに措置入院だろうな。冷静に自問自答してから、新しい配水管に思いっきり錠を入れた。

それに、あるいは彼はほんとうにそうかもしれない。異常者、だが、自分が賢いと思っている異常者、または自分は異常者でしかないと思っている賢人。これを言ったのは、だれだったかな？　シェークスピア？　イエス？　仏陀《ぶっだ》？　でもまったくそのとおりじゃないか。

もし気がふれていたにしても、自分が生きていると感じた。

生きている。

生きている。

最後の一撃で残りの配水管が壊れた。

力尽きて、エリオットは凍えるような水の中にひざまずいた。

そのまましばらく動けない、疲れた、敗れた。終幕だった。錠剤は永遠に失われてしまった。

そして、とつぜん……

そいつが現れた。小瓶が汚水に浮かんでいた。

エリオットはそれが聖杯ででもあるかのように飛びついた。震えながら、手をシャツで拭いてから密閉してある栓を開ける。八個の錠剤はちゃんとあった、濡れてもいない。呆然とし、濁水の中にひざをつきながらも、こわばる手にしっかり小瓶を握っていた。

エリオットは安堵のため息をついた。

あと数週間しか生きられないだろう、だがもっとも重要なものをとりもどした。

希望を。

8

あなたは何をしてもいい、考えることも、信じることも、
全ての知識を持つことだって。しかし愛さないのなら、
あなたは何にも値しない。

マルセル・ソヴァージョ

二〇〇六年　六十歳のエリオット

エリオットは、呼んだタクシーが来るのを窓から見張っていた。ガレージに溜《た》まった水の中で動きまわったあと、皮膚に染みこんだひどい汚臭が落ちないのではないかと思ったが、シャワーを浴び、清潔な服に着替えるとなんとか文明人の姿に戻った。洪水を止めるには水道の元栓を閉める必要があり、隣家のバスルームを使わせてもらった。配管工事を頼まなければならないだろうが、それは数時間ぐらいは待てるだろう。いまの

最優先事項は、空港から中心街へ直行する娘に会いに行くことだった。鏡を見る。外見はまだごまかせる、だが《内側》ではすべてが崩れはじめている。胸部の痛み、筋肉障害、背中の熱っぽさ……がんはゆっくりとしかし着実に仕事を遂行していた。

元気をつける口実で、漆塗りの家具の引出しから、半分吸いかけのタバコを出した。それにはタバコ以外の成分も含まれている。ポケットを探ったが、娘がミレニアムに贈ってくれた、ジッポーのライターが見つからなかった。気になったが、キッチンに行き、マッチでジョイントに火を点けた。彼は、特別にグラスの愛好者ではないし、大麻の効能を言いたてる気もない。それでも今日だけは、自家療法を自分に許すことにした。二、三服だけ吸うと元気が出てきたような気がした。それから目を閉じ、タクシーのクラクションで瞑想《めいそう》から覚めるまで、全身の力を抜いた。

＊

娘お気に入りの店ロリズ・ダイナーに着いたのは、待ち合わせ時間の数分前だった。二階に上がるとウェイトレスが案内してくれ、パウエル・ストリートを見下ろす出窓近くの小テーブルに案内された。高いスツールからエリオットは、厨房《ちゅうぼう》の大きな鉄板でステーキを焼き、卵を割り、ベーコンに焦げ目をつけているコックたちの舞踊を愉快な気分で眺めた。風変わりな店で、五〇年代の装飾で統一されており、アメリカ本来の料理を——ダイエットやコレステロールが話題になる以前の——たっぷり盛って出していた。それをけなすことがセンスあることとされ、実はだれもが食べたいと密かに思っている、バーガー、自家製フライドポテト、アイスクリームやミルクシェーキだ。中央には、派手な色のジュークボックスがあってプレスリーのヒット曲を次から次へと流し、奥の壁際には、ピンボールが並べられ、天井から本物のハーレー・ダビッドソンがワイヤロープで吊られている。

ここに来るとエリオットは、いつでも映画『バック・トゥ・ザ・フューチャー』の中にはいりこんでしまい、ドアが開くたび、エメット・ブラウン博士と忠実なアインシュタインを従えたマーティー・マクフライが現れるのを、待つ気分になってしまう。新しい客がはいってきたときも、また同じ反応をしてしまった。だがマーティーではなかった……。

さらっとくせのない金髪の女で、ほんとうに周囲へ光をふりまいているようだ。

二十歳。

若い女。

わが娘。

アンジー。

娘が近づいてくるのを眺めていた。父親に見られているのを知らない。

文句なしに品格がある。くびれのはいった長いカシミアセーターに、ビロードのスカート——丈が短すぎる——、黒く光るストッキングにブーツ。残念ながら、彼だけが眺めているのではない。隣のテーブルのお調子者が、《世紀の爆弾》がテーブルのほうにやってくるぞと、仲間に言って興奮していた。エリオットは険悪な眼差しをその男に向けた。父親としてのエリオットは、自分の娘をセックスの対象としか見ない、男性ホルモン《テストステロン》を持つ者たちを例外なく呪《のろ》っていた。

ようやくアンジーが父親を見つけ手を振ってきた。

娘が輝くように軽やかに近づいてくるあいだ、彼は、自分の生涯においていちばん誇れる成果が、この娘であることを十二分に理解した。エリオットは、自分がそう思う最初の親でないのは分かっている。だがその思いは、病に引き裂かれ、死が最終の闘いを仕掛けてきているいま、違った意味を持つ。

考えてみれば、彼は子供を持とうとしなかったのだ！

重苦しい家庭環境の中で彼は育った、アルコール依存症の父親と精神的に脆い母親。自分が父親になろうという気持ちには、だれだってならないだろう。今日になっても、当時のもっとも生々しい記憶は暴力と恐れのイメージであり、そのせいで父親となる道が、彼には長いあいだ閉ざされていた。その理由を説明するのは複雑だ。愛せないのではないか、自分自身が今度は苦しみを与える側に立つのではないか……。

ひとつだけたしかなのは、父親になることで子供時代の苦しみが思いだされてしまうから、最愛の女性に対し、子供を持つことを拒絶したことだ。

それを思うと、耐えられないくらい心が痛んだ。

イレナは死んだ。以後の十年は終わりなき悪夢だった。絶望というトンネルのなかに潜り、それでも生きてこられたのは、マットの存在と、救命ブイのようにしがみついた仕事のおかげだった。

ほかの女たちとの出会いもあった。しかし彼女たちは立ちどまることなく、また彼も引きとめようとしなかった。そんなある日、イタリアで開かれた国際会議で、ヴェローナの心臓外科医の女性と出会う。ウィークエンドをいっしょに過ごしただけのアバンチュールに過ぎなかったし、あとは連絡もとりあっていなかった。しかしその十カ月後、女性は女児を産み、父親がエリオットだと知らせてきた。そのときばかりは、彼も事後承諾するしかなかった。逃げだすこともできない。当の女性は、母性愛あふれるタイプではなかったし、女手ひとつで子育てするつもりもまったくなかったからだ。生後三カ月たったとき、エリオットはアンジーを引き取りにイタリアまで出かけ、《合意の上で》女児が母親といっしょに過ごすのは休暇中だけという取り決めをした。

まったく予期していなかったのに、エリオットは父親となり、生活が激変した。闇の中をさまよっていた彼の人生に、ひとつの意味が与えられた。それからというもの、毎晩寝る前に彼がするのは、娘がよく眠っているかどうかを確かめることだった。再び《未来》という言葉が、《哺乳瓶》や《紙おむつ》、《粉ミルク》と同時に、エリオットの語彙《ごい》に加えられることになる。

もちろん、公害、破壊されるオゾン層、自滅に走る世界、ますます嫌気がさす消費社会……、そして自分にわずかな自由の時間すら与えてくれない仕事もますますプレッシャーとなっていた。しかし、そういった繰り言は、ほんの数キロの体重の、目を輝かせて笑う赤ん坊の前では、かき消えてしまった。

いまレストランで、彼のほうに歩いてくる娘を見ていて、男手ひとつで育てなければならなかった初めの数年間を思いだしていた。とてもできそうにないと思い、しばらくのあいだパニックに陥った。父親とはどういうものなのだろう？ 分からなかったし、どこにも説明が書いてない。彼はたしかに小児外科医だが、そんなことは子育てにおいてたいして役には立たない。心室を縫合するとか、四重の心臓バイパス手術であれば、有能であっただろうが、それとは事情が違った。

そして、人生最奥の真理を知ることになった。それは、生まれつき父親である男はいない、父親にはなるものだということ。だから、道に迷うたびに、子のためにいいと思われる判断をすればいいのだ。

ほかに答えがない、愛する以外に解決法がないと理解したのは、四十になってからだ。あのころまさにイレナが言いつづけていたこと、そして彼が「それほど簡単ならばね」と返事していたものだった。

そして、いい、それほど簡単だった。

*

「ハーイ、パパ!」アンジーが屈んでキスしながら言った。

「やあ、ワンダーウーマン」短いスカートとブーツを見ながらエリオットが答えた。

「フライトは順調だったかい?」

「あっという間、ずっと寝ていたから!」

アンジーは彼の正面のスツールに座り、テーブルに大きなキーホルダーと小さなクローム仕上げの携帯電話を置いた。

「おなかがぺこぺこ!」と言いながら、メニューをとり、バーガーがあるのを確かめる。好物があるのを確認して安心すると、今度は、勉強中の医学のことやニューヨークでの暮らしについて熱心に話しだす。賢くやさしい娘で、理想家肌だったから、何を始めるにしてもきちんとやろうとする。医学に進むよう特別に後押ししたわけでない。しかしアンジーはいろいろな人と相談したあと、これは父親譲りなのだろうと言って決めた。

アンジーは、くつろいだようすだし、輝くように美しかった。

その笑い声に惹きつけられてしまい、自分の病をどう伝えたらいいか、エリオットはためらっていた。父親ががんの末期にあり、数カ月の命だととつぜん知らされるのは、二十歳の娘にとって平常心でいられるわけがない。

娘のことはよく理解していた。ニューヨークに行ってからでも、ふたりは頻繁に連絡をとりあっている。外見は一人前の女になっていたとしても、まだ感じやすい子供だから、彼が打ち明けることを、冷静に受けとめることができないのではないかと不安だった。

職業柄、週に何度か、悲嘆にくれる相手に向かい、子供、配偶者あるいは親が、手術で助からないことを告げなければならない。それはいつでもつらい瞬間だ。しかし時とともに、自分の職業のそういった特殊性を受け入れることを学んだ。

たしかに医師として、毎日のように死を身近に感じている。だがそれは他人の死であって、肉親のものではなかった……まして自分自身のものでもなかった。

わが身に起こることなので、やはり恐怖はある。永遠とか転生とかいうものを信じたわけでもない。彼を待つものが、地上での生の終わりというだけでなく、端的に死であることも知っていた。彼の肉体は火葬で焼けてしまう。おそらくマットがいい場所を選んで灰を撒《ま》いてくれる。それだけの話だ！　ゲームのおしまい！

娘に落ち着いてそういうふうに説明したかった。彼のことを心配するのは不要であること、なぜなら彼には準備ができているからだと。また客観的に考えても、彼の死でそれほど大騒ぎすることもない。あと数十年余分に生きるのが嫌だとは言わないが、人生を満喫する時間があったし、喜び、苦しみ、驚きも体験した……。

「で、パパは元気？」アンジーが出しぬけに聞いてきたので、彼はもの思いから覚めた。娘をやさしく見つめた。シベリアン・ハスキーのようなブルーの目に落ちるくせ毛をかき上げている。

すると喉が締めつけられ、彼は動揺してしまった。

何やってるんだ、ここで怖気づいてはだめじゃないか！

「おまえに言っておかなければならないことがあるんだ、ハニー……」

かすかにアンジーの微笑が陰った、何かしら不吉なものを予感したようだ。

「どうしたの？」

「肺に腫瘍《しゅよう》ができている」

「何ですって？」信じられないような顔をしている。

「がんなんだよ、アンジー」

彼女は動転し、しばらくたってから震え声で聞いた。

「それで、それで……だいじょうぶなの？」

「いや、ハニー、もうあちこちに転移している」

「うそ！」

アンジーは驚愕のあまり両手で頭を抱えてしまい、それからゆっくりと顔を上げた。頬を涙が伝っている。だが、希望のすべてを捨てていない。

「で……専門医に見せたの？　いまは小さながんなら治療できる新しい技術もあるでしょう。もしかしたら……」

「手遅れだ……」エリオットは娘の言葉を、有無を言わさぬようにさえぎった。

セーターの袖で拭いても拭いても、アンジーの頬を涙が伝う。

「いつ知ったの？」

「今年の一月だ」

「どうして……教えてくれなかったの？」

「おまえのことを思ったんだ、心配させたくなかった……」

それがアンジーの感情に火をつけた。

「ということは、八カ月前もからパパは、いつも電話していたのに、ちっぽけな問題ばっかりわたしに話させるだけ、がんのことをわたしなんかに話す必要はないと思っていたわけ！」

「おまえは臨床実習の一年目だろう、アンジー。ストレスの溜《た》まる時期だから……」

「パパなんか大嫌い！」椅子から立ちあがりながら、アンジーは叫んだ。

彼は止めようとしたが、アンジーはそれを押しのけ、レストランから走りでてしまった。

＊

エリオットもすぐに店を出た。外は滝のような雨だった。空は厚い雲に覆われ、雷鳴が轟《とどろ》いている。傘もレインコートも持ってこなかったのを後悔した。麻のジャケットはたちまち濡れてよれよれになった。アンジーを見つけだすのは無理なことがすぐに分かった。道路は車が数珠つなぎだし、タクシーにもバスにも人が押しかけている。

パウエル・ストリートとマーケット・ストリートが交差するケーブルカー・ターミナルに行くつもりだったが、すぐにあきらめた。ターンテーブルでケーブルカーを人力で方向転換させるのを見物しに、どしゃぶりの雨の中をツーリストがおおぜい押しかけていた。これでは乗車できるまで長く待たされるなとあきらめ、走ってユニオン・スクエア方面に向かった。途中でケーブルカーに飛び乗れたらしめたものだ。最初の二台とも超満員で、追いかけもしなかった。三台目が険しい坂を通っているとき、ようやく飛び乗れた。

終点のフィッシャーマンズ・ワーフまで乗った。昔の漁港もいまでは旅行者向けのレストランやみやげ物屋がぎっしり並んでいた。寒さに震えながら、エリオットは海産物の店の前を通った。店員が巧みな売り文句を並べながら生きたカニの甲羅をはがして、歩道に並べた大鍋に投げ込んでいる。ギラルデリ・スクエアにたどり着いたとき、雨は一段と強さをましていた。昔のチョコレート工場を過ぎてフォートメイソンまで来た。

ずぶ濡れになって震えながら、彼は足早に歩いた。すさまじい音を立てる風が、大きな雨粒をエリオットの顔に叩きつける。身体に無理を強いたせいか、肺と背中で焼けるような痛みがぶり返していたが、愛娘を見つけ出さなければならない。悲しいときに娘がどこに行くのか、彼には分かっていた。

マリナ・グリーンと元の軍用地クリッシー・フィールドにはさまれた浜辺に、ようやく足を踏みいれた。海は大荒れで、巨大な波しぶきが数十メートルも上がっている。エリオットは目を細めた。ゴールデンゲートは霧と低い雲にさえぎられて見えない。無人の砂浜一面を雨のカーテンが覆っていた。エリオットはさらに進み、声の限りに叫びつづけた。

「アンジー！　アンジー！」

風がそれに答えてくれるだけだ。目がかすみ、自分が脆く無力に感じた。もう限界だった。

そして、娘のいるのを感じた。どこにいるのか分からない。声が聞こえるだけだ。

「パパー！」

アンジーが走ってくる、嵐の築く壁を突いて。

「死なないで！」娘が懇願する。「死んじゃあだめ！」

彼は娘の全身を抱きしめる。ずぶ濡れで、疲れ果て、悲しみと感情の嵐に打ちのめされて、ふたりはじっと抱き合っていた。

娘を慰めながら、エリオットは、死を遠ざけるために最後の一分まで、全身全霊をかけて闘うことを自分に誓った。

そして、運命の時がやってきたら、安らかに去っていこう。自分の残す何かが、虚無としか見えていなかったこの世界に生きつづけることを、いま彼は知った。

それゆえに、人は子供をつくるのだろうということも理解した。

9

友人と本は少しだけ持て。だがよいものを持て。

諺《ことわざ》

一九七六年　三十歳のエリオット

エリオットは夜の当直を終え、朝の寒い中、病院をあとにする。心配事があるのとの思いに耽《ふけ》っているのとで、駐車場に人が集まっているのにすぐには気づかなかった。救急車や消防車の駐車している中、マットが、ナースの一団を前にショーをやっていた。エリオットは苦笑を浮かべながら友人を見た。クリーム色のベルベット・スーツ、ロングポイントのシャツが胸元を大きく割っている、変わった格好だった。まるでジョン・トラヴォルタそのままで、カーラジオのディスコ・ミュージックに合わせて身体《からだ》を揺すっていた。まだ暗かったが、コルベットのヘッドライトが即興ショーに照明を当てている。

「ユー・シュッド・ビー・ダンシング！」ビージーズの裏声をまね、マットが声を張りあげる。すき歯をあらわにして輝く笑顔は、マットに少年のような人なつっこい印象を与え、何にでもひるむことなく突き進んでいくその姿に、エリオットはある種の驚嘆を感じてしまう。

「何してるんだ？」車に近づいて、エリオットは聞いた。

「ユー・シュッド・ビー・ダンシィィィング！」医師の肩に両手を載せ、マットがくり返した。

いっしょに踊らせようとするが、エリオットは拒んだ。

「なんだ、酔っているのか？」酒臭い息を嗅《か》いで、聞いた。

「観客にあいさつするから、ちょっと待てよ。ぜんぶ説明してやるから」

エリオットは眉をひそめてコルベットに乗る。そうしている間《ま》にもマットは踊っていた。愉快な男にすっかり気を許したナースたちは、勤務に戻りながら、さかんに拍手を送っている。

「レイディース、サンキュー！」そう叫んでから深々と頭を下げた。

ちょっとした成功に気をよくしてドア越しに飛びあがり、そして奇跡のようにちゃんと運転席に着地した。

「さてと、ベルトを締めろ！」友人に顔を向けながらマットが言った。

「いったい何のまねだ？」エリオットはいら立つ。

それには答えず、マットはギアをバックに入れるとUターンをした。

「おまえの家に寄って、荷物は用意しといたぞ」そう説明しながら、座席の後ろに置かれたトランクを見せた。「ところで、おまえんとこのウイスキーはもう空だ……」

「荷物って、何のことだ？」

「そう、フライトは九時発だからな」

「何だ、それは？」

マットはタイヤを軋ませて駐車場から飛び出した。何度かハンドルを切るともうバンネス街に出ていた。アクセルのひと踏みでV８エンジンの三百馬力が放たれ、すぐに時速百キロを超えた。

「おい……速度制限というのを知っているのか？」座席にかじりつきながらエリオットが心配した。

「悪いが、遅れそうなんでね……」

「どこまで行くつもりなんだ、きみは？」

「おれか？　おれはどこにも行かない」マットが当然だというように言った。「おまえは、フロリダまでイレナに会いに行く」

「はあ?」

「おまえは彼女と仲直りする、結婚の申し込みをする、それから元気な子を二、三人つくるんだ……」

「頭がおかしくなったんじゃないか?」

「ここのとこいかれているのは、おまえのほうだね、エリオット。白状しろ、例の時の旅人と称する男の話があってから、おまえはおかしくなっちまった」

「おかしくなったのは、それがほんとうに起きてしまったからじゃないか!」

マットはまた再びその議論をするのを拒み、友を安心させようとした。

「イレナと話をしろ、おまえたちふたりの関係を見直すんだな。そうすればすべてがうまくいく」

「しかし、そんな簡単に留守にするわけにいかないんだぞ! 今週はいくつも手術が予定されている、それに……」

マットが最後まで言わせなかった。

「おまえは外科医であって、神じゃないんだよ! 病院はおまえの代わりを見つけるさ」

エリオットはとつぜん、愛する女に会えるかもしれないという思いに魅せられた。会わなければならないと感じてはいたが、その感情傾斜が職業意識を追いやるままにするだけの余裕がない。おまけにタイミングが悪かった。彼の上司の医長、恐るべき、そして実際に恐れられているドクター・アメンドーサが、彼の仕事に厳しい評価を与え、ひっきりなしに彼をけなしては喜んでいたのだ。

「聞いてくれ、マット。きみの助けには感謝するんだが、あまりいい考えではないと思うんだ。病院に来てからまだ数カ月だし、ぼくは真価を見せなければいけない。おまけに、ぼくのことをまぬけ扱いにする医長がいる。だから、数日間も留守にすれば、やつはそれを理由に嫌がらせするだろうし、ぼくをぜったいに正式採用しないだろう」

マットが肩をすくめた。

「そのアメンドーサとは話したよ。来週の月曜までおまえは自由だ。彼がオーケイしている」

「からかっているのか？　アメンドーサと話したって！」

「もちろん」

「からかっているのがもちろんなのか、アメンドーサと話したのがもちろんなのか、どっちなんだ？」

マットが頭を振った。

「あのドクターは、おまえがここ数日、まるっきりほかのことに気をとられているのを知っていたよ。教えてやるが、彼はおまえをずいぶん評価しているぞ」

「冗談言うな……」

「ナースたちから聞いたんだ。病院でアメンドーサは、おまえが非常に優秀な外科医だって、皆に言いまわっている」

「皆に言っても、ぼくには言わないんだ」エリオットが念を押した。

「そう、だからおれがここにいる。おまえを冷静にさせるのが必要な場合にはな」

地平線では雲が少しずつ薄らいで、ピンクの光が差している。よい天気になりそうだ。マットが上着の内ポケットから航空券を出した。

「おれを信用しろ、何がおまえにとっていいことか分かっているんだから」

エリオットは自分の防壁が崩れるのを感じた。だが最後の反撃を試みる。

「ラスタクエールをどうする？」

「ワン公のことなんか心配するなって。おれが毎日見に行ってやる」

もはや反論すべき材料もなくなり、ありがたく航空券を受けとり、このような友を持った幸運を心の中で嚙みしめた。ふたりが知り合うことになった十年前の、あれ以来話題にしなかった悲惨な事故のことを、しばらくのあいだ思いだしていた。今朝はマットに何か感謝を言いたかったが、やはり言うべき言葉が見つからない。沈黙をやぶったのはマットのほうだった。

「おまえに会っていなかったら、おれはいまごろどうしていたかな？」

エリオットが肩をすくめて返事をしなかったから、マットが自分で答えた。

「死んでいたよ」

「ばか言うのはよさないか」

「でもほんとのことだろ」

エリオットは相手の表情を窺《うかが》った。しわだらけの服と、不眠のために充血した目が、マットの眠れぬ夜を想像させた。その外見だけが心配なのではない。この友人の無謀運転、酩酊、くり返される過去と死への言及……。

エリオットははっとする。マットも憂鬱《ゆううつ》な時期を送っているのは明らかだった。どんなときでも快活を装う裏に、マットの影と苦悩の部分が隠されており、生来の陽気さもときには、陰気な、勇気を萎《な》えさせるような思いに浸されることがあるのだ。

「ひとつ教えてやろうか」マットが始めた。「毎朝ベッドから起きながら、おれは海と空を眺める。そして思うんだ。おれがこいつをまだ見られるというのも、おまえのおかげなんだなって」

「飲みすぎだよ、おまえは」

「そうとも、酔っているさ」マットが認めた。「おまえは人命を救い、おれは酔っぱらう。おれはたいしたことができない。女を引っかけるのと、目立ちたがるのを除けばな……」

しばらく沈黙してから続ける。

「おまえが何を知っている？　おれの使命ってのはこれかもしれないじゃないか、おまえのことに気を配り、できる範囲で手助けをする」

マットが重々しい口調でそう言った。動揺を見せないよう、気詰まりな沈黙を長引かせないよう、エリオットは会話をもっと軽い方向に持っていこうとした。

「こいつはすごいなあ！」とり付けたばかりの最新カーステレオに手をふれながら、エリオットは声をあげた。

「いいだろう、左右それぞれ五ワットのアンプだぜ」マットが説明した。彼も話題を変えたかったようだ。

「ボブ・ディランの最新盤、買ったかい？」

マットがばかにする。

「ディランなんてもう古い！　これからはこれさ」ダッシュボードを探り、白黒のきれいなボックスにはいったカセットをとりだした。

「ブルース・スプリングスティーン」エリオットが読んだ。聞いたこともない名だった。マットがその一風変わったシンガーについて知っていることを語ってくれる。ニュージャージーの労働者層の生活を歌って人気を集めているのだそうだ。

「聴いてみりゃあ分かる」カセットをデッキに入れながらマットが言った。「こいつはダイナマイトだからな」

『ボーン・トゥ・ラン』の和音が響いたとき、太陽が最初の光を届けてきた。空港に着くまでふたりはその曲に聴き入っていた。それぞれのもの思いに耽りながら、だがいっしょに……。

やっと空港が見えてきた。かなりのスピードでマットはターミナルへのランプウェーにはいり、カーマニアの名に恥じないようスリップさせて出発ロビーの前で停《と》めた。

「さあ、急げ」

エリオットはトランクを手にとるとガラスのドアに向かって走った。十メートルほど行ったところでふり返ると、マットに叫んだ。

「飛行機が墜落して先に天国に行ったら、席をとっておいてやろうか？」

「そうしてくれ」マットが応じる。「席を温めておいてくれ、マリリン・モンローの横に……おまえの席から遠くないところだぞ」

10

一九七六年　三十歳のエリオット

《ふたりのあいだでもっとも強固なセメントは、愛ではなく、セックスだ》

十一ページ　タルン・J・テジュパール『チャンディガールから遠く』

《セックスがふたりのあいだのもっとも強固なセメントではない、それは愛だ》

六百七十ページ　タルン・J・テジュパール『チャンディガールから遠く』

《ご搭乗のお客さまに申しあげます。当機は間もなくオーランド空港への降下を開始します。席に戻り、椅子を元の位置に戻し、安全ベルトをお締めください》

エリオットは窓から目を離し、通路を見た。席は半分しか埋まっていない。マットは信じようとしないが、彼はもう自分の体験に疑問を抱いていない。飛行中ずっと乗客の顔を見て、例の六十歳の《自分》がいないか確かめていた。奇妙な訪問者の身元が分かってから、次の出会いに不安と同時に待ち遠しさを感じていた。

飛行機はスムーズに着陸した。さっさと荷物を受けとると、レンタカーを借りてオーシャン・ワールドに向かう。当直の夜のあと、まったく眠れなかった六時間のフライトで、手足がしびれていたし、疲労で朦朧《もうろう》としていた。フォード・マスタングの窓ガラスを下ろして、潮の香りを吸いこんだ。ここの気候はサンフランシスコよりもかなり暖かい。フロリダはまだ秋ではなく、夏がそのまま続いている。美しい芝と新築のホテルが並ぶインターナショナル・ドライブに沿って走った。街じゅうに、終わることのないお祭り気分が漂っている。そのすべては見せかけでしかないが、しかし彼もそれに身をゆだねることにした。

オーシャン・ワールドの巨大なパーキングに車を停めると、公衆電話からイレナに到着を知らせようかと迷った。だが、彼女を驚かせたくて、ほかの客と同じように入場券を買った。

そこは、海洋公園だけで六十ヘクタール近いひとつの町で、数百人の雇用を生みだしている。何度も来ていたから、エリオットはイレナのいそうな場所の見当がついている。熱帯水族館を囲む、フラミンゴの群れる起伏の多い庭園を横切ってから、ゾウガメの集合場所の人工海浜に出る。そこから数頭のワニが浮かぶ檻《おり》に沿っていくと、ようやくシャチの巨大プールに着いた。

驚くほど立派な設備で、六頭のシャチが、水深十二メートル、四千五百万リットルの海水の中で飼われている。ショーの合間だったから、観客席はほとんどあいていた。エリオットは目立たないように席に座り、シャチのまわりで働いている飼育係を観察した。イレナはすぐに見つかった。ただひとりの女性だった。ウェットスーツを着て歯科医のように、大きく口を開いたシャチにじっと見つめられながら、歯の一本に研磨ドリルをかけている。エリオットは身震いした。サーカスの猛獣使いがライオンの口の中に頭を入れるのを想像したのだ。その比較をイレナは嫌うであろうが……。

すらりとして濡《ぬ》れた姿はまるで水の精だ。ガラス細工の中に埋もれてしまったダイヤのように輝いている。ふたりがレストランやブティックにいっしょに出かけるときは、最初に彼女を通す。すると人々はどんな男がこれほど美しい女を連れているのかと思う。そのあと視線が彼に集まると、皆がっかりするように彼には思えてしまう。

プールのまわりで飼育係の男ふたりが、磁石に引き寄せられたように、イレナのそばから離れない。同僚としての節度で、イレナは彼らの冗談に笑って応じているが、適当な距離をとっているように見えた。

これほどの女性に自分は釣り合っているのだろうか？　この女性を幸せにすることができるのか？

長いあいだその問題は、刹那《せつな》を生きて満足することで、考えないようにしてきた。しかし今日こそ真剣に考える用意があった。

変わることなく愛しあっているが、しかし生活と仕事がふたりを少しずつ離していた。遠距離であることに加え、それぞれの仕事上の都合から、長くいっしょに過ごせるということがなかった。

彼はいつも考えていた、もし十年前に彼女と会っていなければ、どんな人生になっていたのだろうかと。イレナのおかげでよい方向に向かったということは、議論の余地がない。彼が医学に天職を見つけたのも、彼女と無関係ではなかった。彼を勇気づけ、世界の現実にも目を向けさせてくれた。だが彼のほうは？　彼女のために何をしてあげたのか？　何をもたらしたのか？　ある朝彼女は目覚めたとき、彼といっしょにいることが時間の浪費だと気づくかもしれない。

では、彼女を失うことを決意できるか？

きみを失うなんて……。彼は遠くからつぶやいた。彼女にそれが聞こえるかのように。

いずれにせよ、彼が確信できるのはただひとつだ。そんな日がやってこないようにするためには、何だってするつもりだ。では、いったい何ができるのか……。病院の仕事もサンフランシスコでの生活もあきらめ、彼女とオーランドに住むことを受け入れるか？　そう簡単に決断は下せない。しかし彼女のためになら命だって投げ出すつもりだった。だから、結局それがいちばんいいのだろう。

その明白な事実に思いあたり、エリオットは元気をとりもどし、立ちあがった。ふたりのハンサムボーイがイレナにまとわりつくのを、もうそろそろやめさせるときだった。

「おーい、こっちだ！」風船売りの少年を呼んだ。

「いくらだい？」やってきた少年に聞いた。

「ふたつで一ドルです」

エリオットは二十ドル渡す。少年の在庫をすべて買っても充分な金額だ。その奇妙な盾の後ろに隠れて、エリオットはプールに近づいた。

「ここは立入禁止になってるんだ！」飼育係のひとりが呼びとめた。

エリオットは彼らの何人かとは顔見知りだったが、この男は見たことがない。男の顔を見つめる。攻撃的な目つきをしていた。

だれが小便をいちばん遠くまで飛ばせるか、なんて言いだしそうなタイプだな。警告を無視して進みながら、そう思った。

どっちにしろ、こんなやつに邪魔されてたまるか。

しかし、相手は退《ひ》かなかった。

「あんた、聞こえないのか！」叫びながらエリオットを押した。

押されて倒れそうになり、風船を放してしまった。

「やったな、おまえ！」腹が立ち、相手をどなった。

若い飼育係は前に立ちはだかり、ファイティング・ポーズをとった。

「何が起きてるの、そこは？」イレナが近づきながら叫んだ。

「こいつが勝手に歩き回っていたんですよ！」飼育係はエリオットを指さして説明した。

ガス風船が空に上がっていき、イレナは恋人の顔を認め、驚きのあまり棒立ちになった。

「いいわ、ジミー、わたしに任せて」われに返ってイレナが言った。

飼育係は残念そうにエリオットから目をそらせた。

「くそったれ！」エリオットに向かってつぶやいた。

「あほったれ！」同じ調子でエリオットが答えた。

男がぶつぶつ言いながら仕事場に戻っていくあいだ、エリオットとイレナは向かい合ったまま無言でいた。

「こっちに来る用事があったものだから……」

「そうでしょうとも、わたしなしでは生きていけないと白状なさい」

「きみはどうなの、だいじょうぶなのかい？」

「わたしは男たちに囲まれているから……。心配することね」

「心配だよ、だから来たんじゃないか」

イレナが挑むように彼を見つめた。

「それはそうと、さっきのあれはすごかったわね……」

「あの《ジミー》と張り合ってしまって申し訳なかった」

「謝らないで、あなたがわたしのために闘ってくれるのって、好き」

彼が空を指さして言った。

「きみにあれを贈りたかったんだ」

彼女も目を上げた。風に流され、風船は未知の場所に向かって飛んでいった。

「あれがあなたの愛なら、飛び去ってしまったわ」

彼は確信に満ちて言う。

「愛はあんなぐあいに飛んでいってしまわない」

「でも用心したほうがいいわ、ぜったいに確実ってわけじゃないんだから」

太陽が椰子《やし》の向こうに傾き、エリオットはイレナに抱きついた。

「愛してる」彼はそれだけ言った。

イレナが彼を抱きしめ、ふたりは二十歳のころのようにくるくる回りだした。

＊

「ぼくは考えたんだ……」彼女を正面に立たせて言った。

「何を？」まだ唇をくっつけたまま彼女が聞いた。

「子供をつくらないか？」

「いまここで？」数日前に空港で聞いたエリオットの返事を思いだしながら、イレナが聞いた。「シャチもイルカも見ているけれど？」

「かまわないだろう？」

＊

イレナは砂利の敷かれた小道の端にサンダーバードを停めた。正面に、ピンクのレンガ造りの美しい家があり、まわりを白い支柱で囲まれた回廊の上はひさしの付いたテラスになっている。数カ月前にイレナはそこの二階を、気難しい老女ミス・アボットから借りた。ボストンの裕福な一門の相続人で、たいていはここフロリダで暮らしていた。太陽のある気候がリューマチにいいのだろう。お世辞にも進歩主義者とは言えないミス・アボットは、自邸に住むのが《良家の人》に限られるよう気を配っている。もう何度か、老女はイレナに、《連込み宿》ではない自邸に《男たち》を連れてくることを厳禁すると警告を発していた。

イレナは口に人差し指を当て、エリオットが音を立ててしまわないよう注意した。家は眠りこんだように人のけはいもない。ミス・アボットは耳が遠いが、慎重に行動しなくては。ふたりはドアの音に気をつけて車から出ると、前後になり表玄関を避けて、非常階段を伝って二階に上がった。

前を進むエリオットは、門限を破った少年の役をやっているようで、ぜんぜん愉快ではなくぶつぶつ言っている。後ろのイレナはこの状況を楽しんでいるみたいだ。だが……。

「イレナ、あなたなの？」

玄関の扉が開き、ミス・アボットはもう踊り場に出ていた。

「こんにちは、ミス・アボット、気持ちのいい午後ですわね？」イレナが落ち着きはらって言った。

「何なさってるの、そんなところで？」家主が眉をひそめた。

疑り深いものだから、老女は階段を見渡せるところまで来た。しかしエリオットはもう家の中にはいってしまっていた。

「お……お休みだったらいけないと思ったものですから。お邪魔してはいけないし」イレナが説明した。

老女は肩をすくめ、それからやさしい声で言った。

「いっしょにお茶をいかが？」

「ええ……まあ……」

「マドレーヌを作ってみたのよ、あなたの感想を伺いたいわ。いまオーブンから出したばかり」

「実は……」

「祖母から直伝の昔ながらのレシピですよ。お気に召したら、カードに書いてさしあげますからね」

「でもお邪魔したくないわ」

「何おっしゃってるの」サロンに引き入れながら老女が言った。「だって嬉しいのはわたしなんですもの」

その最後の言葉の調子で、イレナはミス・アボットが小細工を見抜いているのではないかと思った。

*

ひとり二階にいて、エリオットはいらいらしていた。忍び足で寝室から出ると、一階のようすを窺ってみた。一方、イレナのほうも家主につかまってしまい、困っていた。ロッキングチェアに座り、ティーカップを手にしたままイレナは、ミス・アボットがそのマドレーヌを作るのに必要な材料を並べたてているのを、上の空で聞いている。

イレナがしばらくは階下に引きとめられそうなのを知り、エリオットは部屋に戻って暇つぶしにそこいらじゅうを探ってみた。香とシナモンの匂いが漂う部屋は、いたるところにキャンドル、色とりどりのクッション、ヒンズーの小物が置かれてあった。隅に置かれたギターのそばに、タンバリンとジョーン・バエズやレナード・コーエンの楽譜もあった。奥の壁に、マットが最後の旅行でパリから持ち帰った『突然炎のごとく』のポスターが貼ってある。枕元のテーブルに、動物心理学の本に混じって最新のアガサ・クリスティーや、ほかにも新刊本が目を引く。知らない名前で、スティーヴン・キング著『キャリー』と書いてあった。表紙の紹介文を読んだ。

ふむ。本を戻しながら思った、五年もたったらだれもこの作家のことなど覚えてないだろうな……。

エリオットは探検を続けていて、奇妙なものを見つけた。コア材の木箱にはいったプリント配線のようで、テレビにつながっている。イレナはそれをサンフランシスコのバイトショップと呼ばれるコンピュータ専門店で六百ドルで買っていた。彼女は科学的な精神の持主だから、マイクロ・コンピュータと呼ばれるその新しい機械に夢中になっていた。エリオットのほうはあまりよく分かっていなかった。それほど遠くない未来に、どの家庭だって、冷蔵庫や洗濯機と同じように、コンピュータを置くようになるのよ。彼女が彼にそう言った。そう言われても、エリオットは肩をすくめるほかなかった。

それでも好奇心に駆られ、エリオットは机に置いてあった説明書を数ページめくってみる。その機械は、キーボードとカセットレコーダーを用いてかなり簡単であるとの評判であったが、彼にはまったく何ひとつ理解できなかった。こんなものが何の役に立つのかさえ理解しなかった。唯一記憶に残ったのは、それを作った人間が妙な会社名を選んだことだ、アップル・コンピュータ。

そんな名前でうまくいくわけがないだろう、きみたち！　そう言ってやりたかった。彼はスイッチも入れない。その代わり、ベッドに倒れこむと、スティーヴン・キングという著者名のある本を手に取り、イレナを待ちながらページをめくり始めた。三十分後、彼はもう百ページも読んでしまっていた。

結論として、それほど悪いものじゃない……嫌々ながら認めた。そのときだれかがドアを押した。

窓から、木々が秋を装いはじめているのが見え、部屋を美しい光で満たしている。いたずらっぽい目つきで笑いながら、イレナが彼を見ていた。彼女は、洗いざらしのすそ広がりのジーンズに、明るいコットンのシャツ、革のサンダル、トルコ石のブレスレットという姿だった。

「マドレーヌくらいは持ってきてくれたんだろうね。なんか腹が減っちゃったよ」

「あなた、ちゃんと休んでいたんでしょうね？」間髪いれず彼女が言い、そしてシャツのボタンをはずす。

「どうしてさ？」

「なぜって、あなたにはエネルギーが必要になるからに決まってるでしょ」

*

ドアを足で閉めると、イレナはカーテンを閉めようと窓に向かった。それを彼がつかまえ、ベッドに引きずり込もうとする。彼女ははじめ、エリオットを押しのけたが、やがて自分のほうから彼を引き寄せてから壁のほうに押していった。

両手で彼女の顔を包んだ。イレナの髪はまだ湿っていて潮の香りがした。イレナが彼のベルトをはずし、ジーンズを下げた。彼のシャツをボタンもはずさず脱がせようとした。ふたりの口が開き、イレナは男の舌を味わう。男の首に手を回すと、抱きあげられ、男の腰に脚を絡める。

ブラジャーと格闘したあと、乳房に指を這《は》わせる、そして裸の腹、その下に這っていった。うめき声。きみとぼく。彼女の耳に名前が囁《ささや》かれる。冷たい手が脇腹を撫《な》で、背骨に沿って上がっていく。

ふたりはソファの背に寄りかかる。ソファが倒れ絨毯《じゅうたん》にひざをつく。そして壁に向かっていっしょに倒れる。彼女が彼の上になるが、また男の胸に引き寄せられる。彼女は息を止める、身体をこわばらせ、凍るように震え、そのあと焼かれるような波に身を任せる。下腹が震え、全身から力が抜けた。

外では風が立っていた。突風で窓ガラスが震え、とつぜん窓が開き、素焼きの花瓶が床に落ちて砕けた。遠くで犬が吠《ほ》え、だれかが何かを叫んでいる。

外のことはどうでもいい、人も犬も……。

相手の中に溺《おぼ》れ、闇の中に沈んでいく陶酔、絆《きずな》が切れてしまうことへの恐れ、それよりも大事なことなど何ひとつない。

いま彼女は、夢中でしがみつこうとしている。彼の髪、肌の匂い、唇の味に。心臓があまりに速く打つので痛みを感じるほどだ。しかし、この瞬間がいつまでも続いてほしい。

そして、空虚のようなもの、無重力のようなものが感じられて、彼女の中で何かがはじけた。

その瞬間、彼女は時間の外にいるような気がした。地上から離れ、永遠になって。とても遠くに投げとばされてしまったような気分と。

ほかの場所。

違うところ……。

＊

ふたりは寝室の暗闇のなかで無言のまま、寄りそい、脚を絡めあい、互いの手を握りしめて横になっていた。もうすっかり夜になっていて、温度もかなり下がっていたが、ふたりを包む殻の中では、すべてが熱であり、防壁だった。

電話が鳴ったとき、眠りに落ちそうになっていた。一瞬でイレナは眠りから覚め、シーツを巻きつけると壁の電話をとった。

沈黙のあと、

「分かったわ、すぐに行くわ」

電話を切ってからエリオットを見た。

「残念だけど、ダーリン……」

「行かなくちゃだめだなんて言わないでほしいな」

「緊急なの」

「だれだったの？　イルカ君かい？　きみに子守唄を歌ってほしいシャチ君かい？」

「ショーのための医療員がひとり足りないの、わたししか代わりをやれないし」

イレナはベッドのそばまで来て、彼の肩を揉《も》む。

「ショーだって。どうしてさ。もう七時半になるっていうのに？」

「シーズンが終わるまでは、ナイトショーもあるの」

「もう十月だよ。シーズンも終わっているだろう？」

「分からない人ね、ダーリン。ここはフロリダよ、まだ暖かいの」

彼女がキスをして立ちあがった。

「ここにいてもいいのよ。ミス・アボットのことは心配しなくてもいい。あの人は早く休むし、わたしは思うんだけど、あなたがいるのに気づいているわ、きっと」

「いっしょに行くよ」すぐに彼が答えた。

「わたしが誘惑されるのが怖いんでしょう？」

「違う、みやげ物ショップでちょっとすてきな娘をマークしといたんだ。きみがショーをやっているあいだ、彼女と付き合ってあげようと思ってね」

「そんなことしたら、ただじゃおかないわよ」警告しながら枕を投げた。

瞬く間にイレナは服を着ると、簡単に髪を整えた。

「すぐ過激になるんだよなあ、きみは……」シャツを着ながらエリオットが言った。

「そういうことよ。愛には獲得というのはありませんからね、間違えないこと！　必要なら、これをわたしたちの最後のセックスにしたっていいんですからね……」

「ともかく、よかったよ」

「でもそれを言っては最悪よ」

「何が？」

「あなたが言ったこと！」

「よかったって言っちゃいけないのか？」

「だめ」

「なぜ？」

「魔法が解けちゃうから」

まったく、女ってのは……。

「きみといっしょに過ごすすべての瞬間《とき》を」ジャケットに腕を通しながら彼が言いたす。

「ぼくは頭の中に映画のように溜めていく」

「ああ、その言い方って、とてもすてき」後ろ手にドアを閉めながらイレナが言った。

老女アボットとのゲームに付き合って、エリオットは非常階段を伝って車に向かう。イレナに聞こえないと知りながら、彼は自分に言い聞かせる冗談のようにつぶやいた。

「頭の中の映画は、ある日ぼくが、老いて身体が不自由になり、老人ホームにはいったときに何度もくり返して見ることになる。ふたりがどれだけ幸せであったのか、思いだすために」

彼はそれがどれだけ正しいのか、いまはまったく思ってもいない……。

11

第三の出会い

《昨日まで、二十歳のぼくはまだ時と戯れていた……》

シャルル・アズナブール

《昨日まで、恋がただの遊びだと思っていた》

ジョン・レノン　ポール・マッカートニー

一九七六年　三十歳のエリオット

アクアチック・カフェのパノラミック・バーに席をとると、好きなものを飲みながら数メートル下に広がるシャチの巨大プールがすべて見渡せる。あと十五分で飼育係に指揮され、シャチのショーが始まり、巧みな振り付けと豪快な出し物を見せてくれるだろう。

エリオットはテーブルに陣取り、今日最後のショーを見ようと集まる客で埋まっていく観客席を眺めていた。注文したバドワイザーをウェイターが持ってきた。手を上げて礼を言う。

バーは薄闇《うすやみ》の中に沈んでいる。カウンターの横で、ギタリストと女性歌手のデュエットが、キャロル・キング、ニール・ヤング、サイモン・アンド・ガーファンクルのフォークナンバーを、アコースティックバージョンで次々に演奏していた。

生ギターに聴きいり、イレナとの抱擁を思い返していたものだから、エリオットはそばのテーブルに腰を下ろした男に気づかない。

ビールをひと口飲み、機械的にタバコに火を点《つ》けた。

「やはり、ライターを盗《と》ったのはきみだったな！」

まずいところを見つかったように、エリオットは声の主にふり向く。壁際の長椅子から、あの男――年をとった自分だというのはもう知っている――が目に笑いを浮かべて彼を見ていた。

エリオットはこの新たな出現にさほど驚いていない。もう覚悟ができていたし、いままでに起こったことが妄想でない点で安心もした。

「もうすべて分かったよ……」震え声で言った。

「何を分かっているんだね、きみは？」

「あんたの言ったのがほんとうだということ。あんたが……ぼくであることも分かった」

男が立ちあがり、上着を脱いでからエリオットの正面に腰かけた。

「刺青《いれずみ》ってのは、よく考えたものだ」シャツの袖を文字が彫られた場所までまくり上げ、感心するように言った。

「気に入ってもらえると思っていた」

ウェイターが近づき、新しい客に気づいた。

「何にしますか？」年長者のほうに聞いた。

「同じものでいい」テーブルのビールを示しながら答えた。「この友人とはたいてい好みがいっしょなんだ」

ふたりの男は思わず微笑《ほほえ》んだ。そしてそのバーの薄暗い照明の中で、初めてふたりのあいだに奇妙な共犯意識のようなものが通いあった。無言のまま数分たった。どちらも生まれたばかりの親密感をそれぞれに味わっていた。何年も会っていなかった肉親と再会しているような実に奇妙な感覚だった。

それから、エリオットは思わず叫ぶように聞いた。

「すごいな、どうやったの！」

「時を旅するってことかね？　安心したまえ、わたしだって驚いているんだから」

「ありえない！」

「そうだな」老医師が同意した、「絶対に、ありえない……」

エリオットがタバコを吸った。頭の中を色々な思いが駆けめぐっていた。

「あちらはどうなってますか？」

「二〇〇六年のことかね？」

「そう……」

「何を知りたい？」

質問は山ほどある。十も、二十も。だが最初はこれだ。

「世界はどうなりましたか？」

「ここよりいいってわけじゃない」

「冷戦は？」

「それはだいぶ前に終わっている」

「どちらの勝利、ソ連あるいはわれわれ？」

「それほど単純ならばね……」

「第三次世界大戦は？　核戦争は？」

「なかった、しかし違った問題を抱えている。環境問題やグローバリゼーション、テロリズム、九月十一日以降の諸問題……」

「九月十一日って？」

「そう、九月十一日にニューヨークの世界貿易センターである事件が起きたんだ」

「何が起きたんですか？」

「待ってくれ、そんなことまで話してしまっていいものかな……」

ほかの情報も知りたくて、エリオットは待てない。

「ぼくはどうなっていますか？」

「きみは精一杯のことをしているよ」

「いい医師になっていますか？」

「きみはすでにいい医者だ、エリオット」

「いやそうではなくて……もっと強靭《きょうじん》になっているとか？　患者の死にも慣れているとか、ある程度の距離を持てるようになっているとか？」

「いや、患者の死に慣れることはできない。きみが《適度の距離》を持たないことを受け入れたからこそ、ずっといい医者でいられたんだ」

数秒間、エリオットは動揺させられ、全身に鳥肌が立つのを感じた。そういう視点から物事をとらえたことがなかった。

そして、混乱しつつも、時間に限りがあること、知りたい質問のすべては聞けないことを悟った。それで、肝心な点に絞った。

「ぼくには子供がいますか？」

「娘がひとり」

「ああ……」喜んでいいのか分からない。「ぼくはいい父親ですか？」

「そう思うよ」

「イレナは？　元気なんですか？」

「質問が多すぎるな」

「あなたにとって、そう言ってしまうのは簡単だ、答えをぜんぶ知っているんだから」

「ほんとうにそうであればいいんだがな……」

老医師はビールをひと口飲んでから、やはりマルボロをポケットから出した。

「ライターを返しましょうか？」エリオットがジッポーの炎を相手のタバコに近づけながら言った。

「持っていていい。どうせ、遅かれ早かれきみのものになるんだから……」

バーの奥で、ミュージシャンがビートルズの『イエスタデイ』の演奏を始めた。それを機に、エリオットはもっと深刻でないことを知ろうとした。

「未来ではどんな音楽を聴いてますか？」

「これよりいいものはない」足でリズムを取りながら老医師が答えた。

「グループはまたいっしょになったのかな？」

「ビートルズがかい？　いや、だめだった、もうその可能性もない。レノンは狙撃され、ハリスンも五年前に死んだよ」

「ポールは？」

「彼かい、いまだに元気なものだ」

ふいにバーの中に沈黙が訪れた。海洋ショーの開幕だった。同じ動作でふたりがシャチのプールに視線をやる。さっきより数の増えてきた観客の拍手を浴びて、飼育係が登場したところだった。

「彼女だ、そうだろう？　イレナだね？」老医師が目を細めた。

「そう、医療員の代理を務めているんです」

「いいかね、わたしは長くはいられない、数分後に《消えて》しまうんだ。だから悪くとらないでほしいんだが、残された時間を彼女を見るだけに使いたいんだ」

何が問題になっているのかよく分からなかったが、エリオットは相手が立ちあがりカフェから出て、観客席のほうに進んでいくのを見ていた。

＊

エリオットは中央の段を下りて最前列まで進んだ。プールは世界最大のもので三つに分かれており、真ん中の大プールがふたつの小プールにつながっている。ひとつは治療用、ふたつ目はシャチの訓練用だ。六十メートルの長さの高いガラス仕切りのおかげで、ショーのあいだ、六頭のシャチが水中を遊泳するようすを眺めることができる。

ショーもすばらしいものだ。驚くべき優雅さでシャチは数トンという巨体を移動させる。跳躍、プールサイドへ身体を乗り上げ、水しぶきを上げるのをくり返す。だが、エリオットはイレナしか見ていない。彼女は、水中で巨大なシャチを導き、ダンスを指揮している。

あれだけの年月をへたあとで、彼女を再び目にするというのは強烈な衝撃だった。信じられないくらいに美しい。夢で出会う妖精、まぼろしといってもよかった。三十年間、彼は何千回も彼女の数少ない写真を見た。だが写真では、この圧倒されるような美しさは伝わってこない。

感動のせいだろうか、すべてが一気に舞い戻ってきた。イレナをもっと思いやりを持って愛せなかったこと、もっとよく理解してあげなかったこと、そして護《まも》ってあげられなかったことへの悔恨が。そして、逃げ去り、すべてを破壊してしまう時の前に、いつでも屈しなければならない無力感と憤りが。

＊

三十歳のエリオット

いま体験したばかりのことに狼狽《ろうばい》し、ニリチャットは椅子にへばりついたままだった。一方、老いた自分は観客席に座ってショーを眺めている。好奇心は、満たされるどころか、さっき教えてもらったことで、ますます膨らんでいた。

老医師が椅子の背に上着を掛けてあったから、エリオットはそのポケットを探りたいという気持ちを抑えられなかった。不思議なことに、恥ずべきことだとも、悪いことをしているとも感じない。特別な状況には特別な手段で対処する、そういうことだ。探ってみた成果は、財布とふたつの小さなボックスを見つけたことだった。

財布には、二十歳ぐらいの美しい女性の写真を除けば、何も興味深いものはなかった。ぼくの娘なのか？　特別の感慨もなく自分に問いかける。

イレナと似ている点を探してみるが、まるで見つからない。ひどく気になったが、写真を元に戻し、もうふたつの物に興味を移した。

そのひとつは黒と銀色の箱で、小さなガラス窓と数字の書かれたボタンがあった。窓の上にＮＯＫＩＡと書かれているが、何だか分からない。この箱を製造した会社名に違いない。ひっくり返してみたが、何のためのものか理解できず、そうこうしているうちにそのボックスが音を立てた。びっくりしてテーブルに置いたが、音のとめ方が分からない。

だんだん音は大きくなり、バーにいた客たちが彼のほうを向く。驚いているのと同時にたしなめるような視線だった。とつぜん、電話ではないかという考えが頭に閃いた。彼にかかってきたものではないが、緑色に点滅する大きなボタンを押してみた。

「もしもし？」ちっぽけな電話機を耳に当ててから言った。

彼にどなってくる声はずいぶんと遠くからのように思えたが、その声は……。

「マット！　きみなのか？」エリオットが聞いた。

「ああ、そうだが」

「どこにいる？」

「ブドウ畑だ、ほかのどこに行くっていうんだ？　ワインヤードをやっていくためには、だれかが働かなきゃいかんだろうが」

「農園？　ふたりのワインヤードのことを言っているのかい？　もうそいつを買ったのか？」

「ふーむ……買ったのは三十年前のことだろう。どうもおまえさん、あまり調子がよさそうじゃないな、どうしたね？」

「マット？」

「ああ」

「いま何歳だ？」

「そう言ってくれるな、もう二十歳じゃないのは自覚しているとも。それを毎日言うこともなかろうが！」

「年齢を言ってみてくれないか、ためしに」

「おまえと同い年の六十だが……」

エリオットは一瞬黙った、気をとり直すために。

「何が起こったのか、想像がつくかい？」

「おまえが何を言ったって、驚かんね。ところで、いまどこだ？」

「一九七六年にいる、それと……ぼくは三十歳だ」

「そうだろうとも……。じゃあまたな。商売のほうに問題があるんでね、こっちは。一応、知らせておくが、フランス向けのケースは期日前に発送できない。また向こうで港湾ストなんだとさ」ぶつぶつ言いながら電話を切った。

エリオットは、いまのシュールな会話に感動し同時にあきれていたが、微笑が浮かんでくるのを抑えられなかった。しかし彼の驚愕《きょうがく》はそれで終わったわけではない。もうひとつのボックスを手にとると、ビニール被膜のワイヤが巻きつけてある。それを解《ほど》くと端にふたつ栓のようなものが付いていた。RとLと刻まれていたので、どういうことか予想がつく。

イヤホン？

耳にそれを着けてからボックスを観察した。ボックスといってもコイン程度の厚さしかない、色つきの表示窓と中央にダイヤルがあった。次に裏返してみた。

iPod

デザインド　バイ　アップル、カリフォルニア　メード　イン　チャイナ

ダイヤルを回してみると、表示窓におかしな名前が次々と現れた。U2、R・E・M、コールドプレイ、レディオヘッド……。

そのうちに知っている名前が出てきた、ローリング・ストーンズ。

エリオットは満足げに微笑んだ。これだったら、自分にも分かる。安心して、ボリュームを最大にしてから、プレイのボタンを押す……。

『サティスファクション』冒頭のギターのイントロが、ボーイング・ジェットが頭の中

を横切ったみたいに、耳をつんざいて聞こえた。

彼は叫んでイヤホンをはずすと、ボックスを放りだした。ショックを受け、財布、電話機、アイポッドを上着のポケットに戻し、こんなことをすべきじゃなかったと後悔した。

やはり、未来に鼻を突っ込むと、わけの分からないことばかりに出合うようだ……。

*

六十歳のエリオット

ショーも終わりに近づいていた。プールの中央で、巨大な二頭のシャチが、ロケットのようにスタートしたかと思うと、驚くばかりの速度で水を切っていった。プールの端まで来ると二頭そろって反転し、高く跳んだあと全身を水面にばしゃんと落として、最前列の観客席まで水しぶきを跳ねとばした。

エリオットも顔を濡らしたが、イレナに夢中になっていて気にもならない。

締めくくりとして、イレナが口に魚をくわえてプールを見下ろす高い台の上に立った。観客全員がはらはらしながらその瞬間を待っていると、プールの支配者であるアヌーシュカが水の中からぬっとその巨体を現し、魚を正確に奪いとった。

盛大な拍手を浴びてイレナが観客席に向かってあいさつを送る。そのとき一瞬だけ初老の男と視線が合った。

ほんと、よく似てる……。

本能的な直感から、彼女はその男に、信頼と温かみのこもった輝くような微笑で応えた。その瞬間、時が止まったように感じられた。エリオットはその微笑にわれを忘れた。そしてこれを思い出に去っていこうと思った。

これであのカンボジアの老人に頼んだことは成就した——彼が愛したただひとりの女性を死ぬ前にもう一度見ること。願いが叶《かな》えられたのだから、満足しなければならない。

そのとき、喉《のど》で血液が脈打ち、口の中に金属の味が広がってくるのを感じた。とつぜん息苦しくなり、自分の時代への帰還を知らせる震えが始まった。急いで観客席を離れると、カフェに向かった。

自分の片割れが座っているテーブルの前まで来た。その相手に別れを告げる時間しか残っていなかった。

「これでわたしはほんとうに去るよ、エリオット。わたしがきみに言ったこと、きみが見たことすべてを忘れるんだ。わたしとは一度も会わなかったと思って、自分の人生を生きろ」

「もう戻ってこないということ？」

「そう、これが最後だ」

「なぜ？」

「きみの人生を正常に戻す必要があるからだ。それに、わたしはここまで探しにきたものを見つけたからだ」

彼の震えはますます激しくなっていた。しかしカフェの真ん中で消えてしまうことはできない。若いエリオットは、上着を着せてやり、トイレに向かう相手についていった。

「何を探しにやってきたんですか？」

「イレナにひと目会いたかった、それだけだ」

「どういうこと？」

「きみの質問攻めには疲れるな！」

だが、若い医師はあきらめるつもりはない。老医師の襟首をつかみ、相手がすぐに消えてしまわないようにした。

「どうしてイレナに会いたかったんだ？」男をトイレの壁に押しつけながら聞いた。

「彼女は死んでしまうからだ」しぶしぶ白状した。

「どうして死ぬ？　いつ？」

「もうすぐ」

「イレナは二十九歳だ。二十九なんかで死ぬものか！」

「ばかを言うんじゃない。きみは医者だろう。いつ死が訪れてもおかしくないことを、きみは知っている」

「でも、なぜそんなに若くして死ななきゃならないんだ?」

涙をいっぱいためた老医師は返事ができない。そして、消えてしまう瞬間、恐るべき言葉を残した。

「きみが死なせたからだ……」

12

だれだって、わたしたちの人生に欠けているものを持ってきてくれるような、たったひとりの男を探し求めているのよ。でもその人が見つからないなら、その彼がこっちを見つけ出してくれるように祈るしかないわね……。

『デスパレートな妻たち』

フロリダ
一九七六年　三十歳のエリオット

夜明けに車で発《た》った。
南からの強い風が吹いている。そのせいか空は晴れ、初秋の木の葉が舞っている。サンダーバードのハンドルを握ったエリオットはマイアミに向かっていた。助手席のイレナは寝不足を補おうと、眠っていた。

彼女はなんとか二日間の休暇をもらったから、ふたりは週末を延長し、イレナの叔父が住むキー・ウェストで過ごそうと決めた。数年前から約束してあった旅行だが、いつも延期していた。時間はいつでもあると思っていたから……。

五分前から何度もエリオットは横を見て、恋人が安らかに眠っているのを確かめた。イレナは壊れやすく貴重なのだから、いつでも気づかってあげなければいけないと思った。彼女の規則的で静かな呼吸が、彼の内面から湧《わ》きあがってくる動揺とコントラストをなしていた。

せっかく会いに来ているのだから、愛する女との一体感と休暇を満喫すべきだ。だが、彼の心は別のところにある。未来の片割れから言われたことで頭がいっぱいだった。まだ頭の中に脅かすような調子の言葉が響いていた。「彼女は死んでしまうからだ」「きみが死なせたからだ」……。ぜんぶばかげているように思われる。しかしいまのところ、あの男の話したことがすべて正しかったことは残念ながら認めざるをえない。

夜のあいだ、ずっと考えていた。おかしな点がひとつあった。イレナが死ぬことになっているのなら、どうして時の旅人はもっと情報をエリオットに与えて、彼女を救おうとしないのか？　しかも、なぜ彼に会いに来るのがあれで最後だと言ったのか？

「道路を見てちょうだい、わたしでなく！」目を覚まし、伸びをしながらイレナが注意した。

「問題なのは、道路よりきみがきれいだからさ……」

彼女がキスしようと身体を傾けてきたとき、彼はとつぜん何もかも打ち明けてしまいたい誘惑に襲われた。**いいかい、ぼくは未来から来た人間と会った。そいつはきみが間もなく死ぬと言った。びっくりしちゃあだめだよ、その人間というのは三十年後のぼくなんだ。**

彼は口を開いた。しかし、何の言葉も出てこなかった。そんなことを話すわけにはいかない。意味がないという単純な理由だった。友人あるいは恋人に、信じられないようなことを信じてもらうのは可能だ。ただしそれにも限度がある。この場合に限って言えば、その限度を超えていた。彼がひとりで果たさなければならない闘いの味方としては、イレナはマットに比べれば不向きだろう。それを思うとこれからの人生にまったく自信が持てなかった。自分の身に起きつつあることの重大さに圧倒されて、ずっと正気でいられるのだろうかと空恐ろしくなった。

しかし、落ちこんでいる場合ではない。もちろん彼には味方がいた。……片割れだ！あの男に戻ってこさせればいい。前回は、時を超えてメッセージを送るのに、タトゥーというアイデアを見つけた。今度も何か方法を見つけねばならない。

だが、どうやって？

＊

サンフランシスコ　二〇〇六年　六十歳のエリオット

二日も続いた雨のあと、サンフランシスコにようやく太陽が出ている。

エリオットは娘といっしょに一日過ごすことにした。自転車を借りると、ふたりはゴールデンゲートを渡り、午前中ずっとマリン・カウンティーの田園をうろついた。一度も病気の件は話さなかった。幕を閉じる間際にしかその価値を見せてくれない意地悪い人生の、いま残されているそれぞれの瞬間を、切羽つまったような気持ちで貪欲《どんよく》に味わおうとしていた。

昼になり、ふたりはサウサリートで自転車を置くと、浜辺にシートを敷き、海を眺めながら軽食をとった。ほかはどうでもいい、いっしょにいることだけが重要だ。

そのあと、海岸線に沿った道を通って小さな町ティブロンに着くと、水中スクーターを貸す店の前で休憩した。

アンジーは、踏ん切りがつかないようだが、試してみたい気持ちが見え見えだった。幼いころのように、怖さを乗り越えるには、父親の勇気づけがいるようだ。

マシーンにまたがり浜辺沿いに恐る恐る遠ざかっていく娘を見ながら、エリオットは昨晩の体験を思い返していた。

三つ目の錠剤で、死ぬ数週間前のイレナを見た……そこまでは簡単に思えた。過去のイレナを見た、すべてうまくいった。しかし、最後の旅で癒《いや》されるだろうという期待にはほど遠い。むしろ不安に駆られ、昔の傷口と罪悪感、悔恨がよみがえってきたようだ。それに、話しすぎてしまったことで自責の念が生まれたし、自分の言葉の結果に恐れも抱いていた。若い片割れにイレナの死を予告するなどもってのほかだった！　時の流れを変える誘惑に負けてはぜったいにいけない。けれども、その誘惑は大きい。もうひとつ錠剤を呑《の》めば、イレナを死から救えるかもしれない。

ただし、過去をむやみやたらに変えてしまわないこと、それは明らかだった。いままでのところ、単なる傍観者として未来から出かけていったから、支障は最低限に抑えられたはずだった。だが、過去の人生の流れに干渉したとなると、物事はひどく複雑になってしまうだろう。今日では、だれもがバタフライ効果とカオス理論を知っている。連鎖反応の作用によって、ほんの取るに足らないことが、大災害をもたらす場合もある。ブラジルで蝶々《ちょうちょう》が羽ばたけば、テキサスに大竜巻が起こるという……。

まだ錠剤は七つ残っている、だが彼はそれを使わないと自分に誓った。

というのは、もしイレナが死ななかったら、一九七六年のエリオットは彼女と一生を過ごすだろう。ふたりは家を買う。間違いなく子供も持つだろう。すると、エリオットはアンジーの母親と出会わない。それは単純に娘を犠牲にすることになってしまう。問題をいろいろと考えてみるが、どちらにしても結果は同じだ。イレナを救うことはアンジーを断念することを意味した。

そんなリスクを負えるものか！

*

三十歳のエリオット

ふたりがオーバー・シーズ・ハイウェー、フロリダの南端からキューバに向かって突き出した有名な《海上ハイウェー》にはいったとき、太陽はもう高く上がっていた。世界の果てにいるような気分だ。二百キロメートルも数珠《じゅず》つなぎになった島や岩礁《がんしょう》が、ポリネシアのさんご礁を思わせるターコイズブルーの海に浮かんでいる。エリオットとイレナは満喫した。頭すれすれに飛ぶペリカンに度肝を抜かれ、車で海の真っ只中を進むような感覚に陶酔した。

一直線のハイウェーは、クリスタルのように澄みきった海の上を、島から島へと続く数十の橋塔に支えられて延びている。サンダーバードの屋根をはずし、カーラジオで古いロックを流す局を見つけた。スピード感とうっとりするような景色の中、ふたりはまっしぐらに進んでいった。

キー・ラーゴに着いたところで、漁師小屋を改造したレストランにはいる。さんご礁に囲まれ、カニやトリ貝、エビのフライを味わった。

ドライブを続ける前、エリオットは郵便局に寄った。

「マットに電話して、犬の世話をしてくれているか確かめてくる」

「分かったわ、ハンサムボーイ。そのあいだにわたしはサンオイルを買いに行く」

海図や網、船の模型を飾った建物にはいる。午前中ずっと考えて、未来にメッセージを送る新しい方法を見つけてあった！　窓口でサンフランシスコに電報を二通送りたいと言った。

一通目は、
マット
キョウリョクカンシャ、モウヒトツタノム。

ソノイミヲシルヒツヨウナシ。

アトデゼンブセツメイスル、シンライセヨ……。

＊

サンフランシスコ
一九七六年　三十歳のマット

黄金色の夕陽が麻のカーテンを透かしている。マットはティファニーのためにギターで《自作》の曲を弾いていた。エルトン・ジョンからコードと歌詞を拝借し、独自の味わいを添えようと、彼女の名前をはさんだりした。

「それって、まだはやってるの？」だまされずにティファニーが言った。

カウチに横になったままカクテルを舐めながら、からかうような視線を送ってきた。

マットはギターを置いて、笑いながら彼女に近づく。

「あんまりよくなかったな、分かってる」

ティファニーはカクテルをひと口飲んでから笑い返した。

この人ったら言い訳するときでも、自分の魅力をちゃんと計算している、彼女は上体を起こしながら思った。困ったことに……それがうまくいっちゃうのよねえ。

ティファニーは、男たちにあまり期待しても始まらないのだと思い知らされるような人生の一時期にさしかかっていたが、かといって恋するのをやめたわけでもない。

マットは横に座り、彼女の完璧なまでの脚線美と、恐ろしく挑発的な胸元に魅せられている。

この女は夢のような肉体を持っているだけじゃない、すばらしくきれいなおばかさんの装いの下に、かなりの機知《ウィット》もあるじゃないか。

その知の次元に関するものが何か恐ろしいものででもあるかのように、彼はその思いを追いやった。その点で自分が張り合えないかもしれないとの危惧《きぐ》を、いつもマットは抱いていた。彼は大学に行かなかったし、自尊心が強いから白状はしないものの、自分の教養のなさにコンプレックスを感じていた。

ティファニーの上に屈み、キスをする。

いいわ、いらっしゃい、マット。気を散らさないの。集中してちょうだい、セックスだけに。

ティファニーが二度目のチャンスを与えてくれるよう、マットはたいへんな苦労を重ねていた。容易ではなかった、しかしなんとか目的を達成するところまで来ている。彼は、その甘美なる瞬間を長引かせようと、あわてずに女の腿《もも》に手を置き、ゆっくりと……。

「もしもし、どなたかいますか?」

マットは飛びおきた。またしても、標的が遠ざかってしまう……。

「電報でーす!」ドアの向こうから聞こえた。「マット・デルーカさん宛てで電報が二通届いてまーす」

ティファニーがワンピースを着ているあいだ、マットはぶつぶつ言いながら電報を受けとり、配達人にチップを渡した。

「電報に番号がついてますから、順番に開いてください」配達の男が説明してくれた。

マットは急いで一通目を開けた。電報は、彼にとって、悪い知らせのシンボルだ。死亡、病気、事故……。

青い帯状の紙に数行、タイプで打たれたものを広げた。

差出人はエリオットで、かなり長くて読みにくいのだが、ふたつの文が特に目を引いた。《シンライセヨ》そのあと《シキュウイエニイケ》。

「すまないが、出かけなくちゃいけないようなんだ」マットはティファニーに告げた。

その可能性を待っていたみたいに、彼女はカウチから立ちあがり、ハイヒールを履くとマットの前に立ちはだかった。

「あなた、そのドアから出たら、もうぜったいに寝てあげないから。分かっているわよね……」

彼はじっとティファニーを見つめた。窓からの夕陽が彼女のワンピースを透かし、魅惑的な肉体の曲線を否応なしに見せつけた。

「緊急の用事なんだ」彼が言い訳する。

「じゃあ、わたしは、緊急じゃないわけ?」間髪を入れず、彼女が応じた。

今度は彼女がマットの目を覗《のぞ》き込んだ。プレイボーイのような態度をしているけど、この男は思ったより深みがありそうだわ。引きとめたいが、二度までは譲れない。

「一生後悔するわよ」そう言いながら、ティファニーはそれとなくワンピースのボタンをはずした。

「それは間違いない」マットが認めた。

「じゃあね、残念だわ」

そこらに散らばった持ち物を集めると、彼女は家を出た。

「ろくでなし！」ドアを閉めながら女が言いすてた。

*

フロリダ
一九七六年　三十歳のエリオット

エリオットとイレナがキー・ウェストに着いたのは、ちょうど太陽が水平線にふれたその瞬間だった。ドライブの終着点まで来た。アメリカ合衆国の最南端、そこでアメリカが始まり終わる場所……。

狭い道、熱帯庭園、コロニアル様式の家並みで、時間にとり残されたような場所だ。

海岸にサンダーバードを停め、ふたりは浜辺を歩いた。サギやペリカンの群れる中を小さなカフェまで行った。地元の老人たちの集う場所らしく、大声で話し合っている。ふたりはイレナの叔父ロベルト・クルスとそこで待ち合わせていた。年老いたロベルトは島の住人で、大作家のヘミングウェーが、三〇年代、キー・ウェストに滞在するときの執事みたいなことをしていた。町がその家を買い取って記念館にした際、老人はその管理人に納まった。アロハシャツにグレーのあごひげを生やし、ロベルトは文豪に似せようと気を使っているようだ。彼は主人の屋敷の離れに住んでいたから、ふたりにホテルをとらず屋敷に泊まるよう勧めた。もちろん若いふたりは快諾し、老人のあとからついていった。

「ヘミングウェー邸にようこそ！」鉄格子の門を開きながら老人が言った。スペイン風のコロニアル様式の美しい別荘が眼前に建っていた。

庭園に足を踏み入れながら、エリオットは、電報をマットが受けとったかなと思った。

＊

サンフランシスコ

一九七六年　三十歳のマット

「おーい、ラスタクエール！」エリオットの家の扉を開けながらマットが呼んだ。ラブラドールの子犬は遊び相手が来たので、大喜びで跳ねまわっている。マットは頭を撫でながら犬を庭に出し、器にドッグフードを入れた。気になっていたから、杉の木に寄りかかり、数分間、エリオットの電報を何度も読み返した。

マットは心配していた。数日前から、エリオットの態度や言ってることがまったく論理性を欠いていたし、親友の妄念を断ち切ってやれなかったことでも自分にふがいなさを感じていた。エリオットが立ち直るためには、飛行機に乗せてしまえばいいと思ったのだが、どうも失敗だったようだ。例の《時の旅人》の話を聞いた瞬間から、悪い予感がしていた。日がたつにつれて、友の身に何か重大なことが起きる前触れのように、その予感はますます膨らんでいった。

首をひねりながらも、マットは電報による指示をそのとおりに実行した。おそらくエリオットの頭はおかしくなりはじめている。だがたったひとりの家族でもあり、自分の人生の舵取り《かじと》役ともいえる友人には忠実であろうと決めた。マットは福祉施設で育った。子供時代はパリの受け入れ家庭を転々として過ごした。十五歳で学校をやめ、何の希望もないアルバイト、また後ろめたいこともくり返した。何度か、喧嘩騒ぎの最中につかまり、留置場で泊まるようなこともあった。《警察に顔を知られるように》なった時点で、アメリカでチャンスをつかもうと決意してフランスを離れた。失うものもなかったから、何とか片道航空券を買い、新世界に向かった。同じ境遇にあれば、多くの者はとっくの昔にあきらめたに違いないが、彼は機転が利くし、交際術に秀でていた。最初はニューヨーク、そのあとカリフォルニアに来た。卒業証書とか出身をさほど気にしない、このオープンな世界がすぐに気に入った。

電報にあったとおり、マットは書架で世界地図《アトラス》を見つけた。相当に古い本だったが、薄紙をはさんだ図版はすばらしいものだ。六十六ページと六十七ページのあいだに、指示どおり二通目の電報を開かないままはさむと、本を書架に戻した。

それから、ガレージに行き、道具箱から古いはんだごてを出した。エリオットの書斎に戻り、はんだごてに電気を入れた。熱くなるのを待ってから、エリオットの机の一枚板に真っ赤に焼けたこてを慎重に近づけていった。

＊

サンフランシスコ
二〇〇六年　六十歳のエリオット

エリオットがマリーナに戻ったのは、深夜になってからだった。アンジーがニューヨーク行きの最終便に乗るのを送ってきた。家の玄関を開けたとき、エリオットは極度の孤独感に襲われた。気もそぞろに、書斎の出窓の前を通りながら、見るともなしに、闇に浮かぶ港の明かりに視線を向けた。家も彼の心と同じように、寂しく冷えきっている。寒さに震えながら、身体を温めようと肩から腕をさすった。ヒーターに向かおうとして立ちどまった。机に荒っぽい焼き彫りされた文字が見えた。

アトラス

六十六ページ

あきれて、机に近づいた。その醜悪な落書きは朝には見ていない。だが、かなり古い時期に彫られたようで、磨《す》りへっていた。

だれがこんないたずらを……。

その疑問に答えが出るまで時間はかからなかった。刺青の次はこれだった。あの若造が新しいメッセージを届けようとしたのだ。意味を探ろうとした。

アトラス？　それが意味するものを理解するにはしばらくかかった。彼がただ一冊だけ持っている世界地図は、母親が自殺する数日前にプレゼントしてくれたものだ。大事に書棚にとってあったが、一度も開いてみたことがない。棚に近づくと椅子に上って目的の本を手にとった。

六十六ページ？

急いでページをめくる。

これだけの永いあいだ、母のプレゼントをないがしろにして、とでも言いたいのか
……？

薄いブルーの封筒が床に落ちた。

電報？

もう何十年もそんなものを見たことがない。

拾いあげ、確かめもせずに、あわてて両端のミシン目に沿って封筒を開いた。

中にはタイプで打たれた文字の列が、時を超え、三十年も人目にふれるのを待っていた。


オドロイタカ？

ジブンガゼンノウダトオモッテイタネ、チガウカ？　カコマデオウフクスルホウホウヲ、アンタハミツケタ。ダカラ、ヒトノジンセイニ、フアンヲマキチラシテモイイ、ソノママニゲテモイイ、ソウオモッタノデショウ？

デモ、ソウハトンヤガオロサナイゾ、ゴロウタイ！

カンガエテミルト、アンタハボクノミライヲシッテイル、デモ、アンタノカコヲギ

ユウジッテイルノハ、コノボクダ。

アンタハナニモデキナイ。ナゼナラ、ボクノコウイノケッカガ、アンタノジンセイヲカエルカラダ。

コレカラハ、ヤクワリヲカエ、ボクガシュドウケンヲニギル。

セツメイシロ、ソレモイマスグニ。

マッテイル。

デハ、コンバン。


愕然として、エリオットは電報を机に置いた。パンドラの箱を開けてしまった。もっとも恐れていたことが起きようとしている……。いまの状況をしばらく考えようとしたが、すぐにあきらめた。手元にあった小瓶から一錠出して、無理やり呑みこんだ。外では、稲妻が光り、雷鳴が轟《とどろ》いている。鏡の反射で、窓ガラスが、今後は彼の最大の敵となる男の視線を送ってきた。彼自身の。

13
第四の出会い

私たちは目隠しされたまま現在を横切る。……あとで、目隠しをはずされ、過去を検証する段になって、やっと自分が生きたことの意味を理解する。

ミラン・クンデラ

キー・ウェスト
一九七六年　三十歳のエリオット
午前二時

キー・ウェストではハリケーンが猛威を振るっていて、島全体が停電になった。エリオットは眠れなかった。そばでぐっすり眠っているイレナを起こさないように、灯油ランプを点けるとアーネスト・ヘミングウェーの住まいを探検してみようと思った。ランプの炎に照らされた屋敷が、嵐の中の船のように、風と雨に揺れた。エリオットが中央の階段を上がろうとしたとき、すさまじい雷鳴が轟《とどろ》いて窓ガラスを震わせた。立ちすくんでしまい、戻ろうかと一瞬だけひるんだが、肩をすくめた。

ひどく驚かされた……。

二階に上がってしまうと、主人の書斎まで、軋み音を立てる床の上を歩いていった。静かにドアを開けると、何かが甲高い音を立てながら顔にぶつかってきた。

猫だ!

ヘミングウェーは猫好きで、五十四ほど飼っていたというのをどこかで読んだことがあった。顔に手を当ててみる。かなりひどくやられた。頬《ほお》に引っかき傷がついていた。

やっぱり、動物との相性は……。

文豪ゆかりの品々に見とれながら、書斎の中を進んでいく。スペイン市民戦争に携行された古いタイプライター、ピカソから送られた陶器、万年筆のコレクション、恐ろしい顔をしたアフリカの仮面、何十という新聞の切り抜きと写真……。

室内には魔法のような雰囲気が漂っている。釣りと酒盛りの合間に、文豪ヘミングウェーはここキー・ウェストで傑作を書いた。『武器よさらば』、『キリマンジャロの雪』。

なかなかいいな、そう思ったとき、やっと電気が点いた。

ランプの火を吹き消し、古い蓄音機のそばに行った。そばにあったレコードを細心の注意を払ってかけた。すぐにバイオリンとギターの響きが部屋じゅうに満ちた。ジャンゴ・ラインハルトとステファン・グラッペリ。三〇年代ジャズの最高峰だ。

だがとつぜん、ジャズのリズムが狂い、電灯がじりじりと音を立てたあと、書斎は再び暗闇の中に沈んだ。

ついてないな、どうしてランプを消しちまったんだ？

ランプを点けたいが、ライターは寝室に置いたままだ。

窓ガラスを流れるように伝っている雨のほか、もう書斎の中はほとんど何も見えない。

エリオットは暗闇の中でしばらくじっとしている。いずれ電気が点くものと期待した。

ふいにだれかがいるのを感じる。それから呼吸と金属音がした。

「だれだ？」不安のこもった声で聞いた。

返事のかわりに、数メートル先でライターの炎が光った。闇の中から彼をじっと見つめる光った目。片割れだった。

「きみは説明を求めている、そうだな？　だから説明しよう……」

＊

老医師は、ハバナカラーのソファに落ち着く前に、ライターで灯油ランプを点け、それからエリオットに顔を向けた。

「イレナに何が起きるのか、言ってくれ！」若い医師が血気にはやって叫んだ。

「まあ、座りなさい。どならないでくれないか」

いたたまれない気持ちだったが、エリオットはやむをえず部屋の反対側の椅子に腰を下ろした。相手は内ポケットを探って一枚の写真を出した。

「アンジーという名だ」写真を見せながら老医師が説明した。「二十歳で、この世でわたしが何よりも愛している娘だ」

エリオットが写真をじっくり見る。

「この子の母親は……」

「違う。母親はイレナじゃない」相手が質問をさえぎって言った。

「どうして？」

「なぜなら、この子が生まれたとき、イレナはその十年前に死んでいたからだ」

エリオットは平然とその答えを聞いた。

「なぜそれを信用できる？」

「わたしがきみに嘘をつく理由はない」

そこでエリオットは、昨日から一瞬たりとも頭を離れない疑問を相手にぶつけた。

「それが真実だとして、なぜあんたは、ぼくが彼女を死なせたと言った？」

相手の男は、言葉を慎重に選ぼうとするかのようにしばらく沈黙してから、あらためてくり返した。

「きみが死なせた、というのは、きみの愛し方がいけなかった」

「何をばかなこと言っている！」エリオットが興奮して立ちあがった。

「きみは、自分たちの人生がいつでも目の前にあると思いながら、彼女を愛していた。愛するというのはそういうものではない」

エリオットはその言い分を一瞬の間だけ考えてみたが、すぐに拒絶した。しかも、問題はそこにない。いまは、できる限りの情報を得ることであって、愛についての哲学談義をしている場合じゃない。彼の知りたい唯一のことに会話を集中させることだ。

「イレナはどのように死ぬことになっている？」

「事故に遭うだろう」

「事故？　何の事故？　それは、いつ？」

「そいつは、わたしを当てにしないでもらいたい」

「なぜだい？」

「なぜなら、きみに彼女を救ってほしくないからだよ」

＊

数秒間、エリオットは、ガラスを覆う雨のカーテンを前に、無言のままでいた。議論が彼の思惑を離れてしまい、筋道がつかめなくなっていた。

「でもいいかい、またとないチャンスじゃないか。あんたは時を遡《さかのぼ》る方法を見つけた。それなのに生涯唯一の女性が死んでしまうのを見過ごしてしまうのかい？」

「わたしが喜んでいるなんて思うな！」老医師が怒って、テーブルをこぶしで叩《たた》いた。

「三十年そのことばかりを考えていたんだ！　もし過去に戻れるのなら、もし彼女を救えるのなら、もし……」

「なら、考えるのをやめにすればいい。行動しろ！」

「だめだ！」

「なぜだ？」

「もしイレナを救えば、きみは彼女と一生を過ごすことになる」

「だから？」

「すると、けっしてきみはアンジーを持てない……」

エリオットは理解できているのか自信がなかった。

「どこに問題がある？」肩をすくめながら聞いてみた。「また子供を持てばいいじゃないか……」

「ほかの子供？　わたしはほかの子供なんてどうでもいいんだよ！　わたしは、アンジーのいない世界などまったく興味がない」

「ぼくは、イレナを死なせたりするものか！」固く決意したエリオットが応じた。

怒りに駆られてふたりの男は思わず立ちあがった。ほんの数センチのところまでにじり寄って向かい合ったまま、なんとか相手を威圧しようとする。

「わたしより若いというだけで、主導権を握っているつもりだろうが、わたしなしに、きみはイレナがどのように死んだのかぜったいに分からない、だから救うことだってできんよ」

「とにかくイレナが死んだとしても、あんたのアンジーが生まれることに関して、ぼくを当てにしないことだ」

「きみが父親になればわたしを理解できる。自分の子供を見捨てることなどできるわけがないじゃないか、それが最愛の女性を救うためであったとしてもだ」

ふたりは長いあいだにらみ合ったままでいた。どちらも譲らない。この前に会ったときふたりのあいだに生じた一体感のようなものは、いまや敵愾心《てきがいしん》に変わっていた。

ひとつの人生を共有する年の離れた自分同士の闘い。どちらもけっしてあきらめるつもりがない。ひとりは愛する女を救うため、もうひとりは娘を失わないため。

議論が行きづまってしまったとき、老いたほうが解決の糸口を見つけたようだ。

「イレナを救うため、きみにはどれほどの覚悟があるんだね？」

「必要なだけの覚悟だ」狼狽も見せずエリオットは答えた。

「何をあきらめる？」

「何でも」

「それならば、わたしにも考えがある……」

＊

雨はあいかわらず降りつづいている。

ふたりの男はようやく机のそばにあったクルミ材の長椅子に並んで腰かけた。椅子の後ろの窓から、キー・ウェストの灯台の光が間隔をおいて差してきて、ふたりの影を壁と床に投げかける。

「きみはイレナを救いたい、その思いは真っ当だ。しかし、それをするには三つの条件がある……」

「三つの条件？」

「第一は、わたしたちに起こったことをだれにも話さない。イレナにはもちろんだが、マットにもだ」

「マットは信頼できる」エリオットは抵抗した。

「信頼感の問題ではない、危険性の問題なんだ。いいかね、わたしが思うに、わたしたちは過ちを犯そうとしている。運命に逆らうという恐るべき過ちだ。いずれ償わねばなるまい。わたしは、きみといっしょにそのリスクを負う用意がある。ただしほかの人間を巻き込まないというのが条件だ」

「第二の条件は？」

「もしイレナを救うことができたら、きみは彼女と別れなければならない……」

「彼女と別れる？」エリオットはますます懐疑的になっていた。

「彼女と別れ、二度と会わない。彼女は生きつづけるだろう。だがきみの人生の流れの中で、きみはイレナが死んでしまったように振る舞う必要がある」

エリオットは、それが意味するところの残酷さをとつぜん理解し、凍りついたようになった。口を開くが、ひとつも声が出てこない。

「恐ろしいことをきみに要求していることは、わたしもよく分かっている」老医師が認めた。

「それで、三つ目は？」エリオットはうつろな声でなんとかそれを聞いた。

「九年後、一九八五年四月六日、ヴェローナの国際会議でひとりの女性がきみに興味を示す。彼女の誘いにきみは乗るんだ。週末をその女性といっしょに過ごしたまえ。それでわたしたちの娘が生まれることになる。いま言ったとおりにきみは行動しなければならない。なぜならイレナとアンジーの両方を救うには、それしか方法がないからだ」

再び恐ろしい雷鳴が空に響きわたった。

エリオットが返事をしないので相手は確認した。

「これが、物事の秩序を変えたいと望むに際しての代償なんだ。だが、きみは拒否できるぞ」

老医師は立ちあがるとコートのボタンをかける。これから嵐の中に出ていこうとしているようだった。

エリオットは、その契約を承諾する以外に選択肢がないと観念した。一瞬、イレナと過ごした幸せだった歳月が目の前を駆けめぐった。同時に、その幸せがもうじき終わってしまい、彼を待ちうけている苦しい年月を思って、愕然とした。

老医師が部屋を出ようとするのを、エリオットは腕を伸ばして引きとめた。

「条件は呑む！」血を吐くような声だった。

相手はふり向かず、ただこう応じた。

「近いうちにまた来る」

……後ろ手にドアを閉める前に。

14

第五の出会い

来るものは来る、いかにあなたがそれを避けようとしても。
来ないものは来ない、いかにあなたがそれを待ち望んでも。

ラマナ・マハルシ

気がついたことなのだが、すべては予《あらかじ》め運命づけられており、だれもそれを変えられない、と主張する人たちが道路を横切るまえに左右を見る。

スティーヴン・ホーキング

サンフランシスコ　一九七六年　三十歳のエリオット

十月、
十一月、
十二月。

三カ月も未来からの音信がない！

毎日の生活は、うわべだけは正常に戻っていた。エリオットは病院で患者を治療し、イレナはシャチの世話をし、マットはティファニーと再会していなかったが、エリオットと共同で購入したワイナリーへの着手で忙しくしていた。

気を紛らわせようとはしたが、エリオットはあれ以来ずっと不安の中にいる。イレナの一挙一動を心配し、自分の片割れの出現をいまかいまかと待っていた。

しかし片割れは現れない……。

ときどき、エリオットはすべてが夢だったのだと本気で思えるようになっていた。あの出会いにしても、頭の中で作りあげただけなのかもしれない。ありえないことではない。ストレスのせいで、バーンアウト症候群にかかる人が増えている。過労が重なってうつ状態、ひどいときには現状認識まで失うというものだ。その症状であった可能性は大きい。すべてが正常に戻り、あの話だってしばらくすれば、ひとつの不愉快な思い出でしかなくなるかもしれない。

そうあってほしかった……。

*

冬がサンフランシスコに居すわり、街は灰色にかすむ寒さの中に閉じ込められて、クリスマスの飾りつけだけが明るさを添えている。

そんな十二月二十四日の朝、エリオットは陽気な気分で病院に着いた。休暇前の最後の当直だった。夜にはイレナが来ることになっていて、明朝、ふたりはホノルルへ向かい、椰子の木陰で一週間のんびり過ごすことを予定していた。

一台の救急車が駐車場に飛び込んできたとき、まだ陽は昇っていなかった。担架に載せられてきたのは、重度の火傷《やけど》を負った若い女性だった。

すべてはその三十分前に起こっていた。ハイト・アシュバリーのビルで出火があり、消防車が駆けつけた。古く荒れ果てた建物で、ジャンキーたちが無断居住《スクワット》していた。午前五時、ヘロインによる最悪のバッド・トリップの最中に、ひとりの若い女が缶にはいったガソリンを身体にかけてマッチをすった。

女はエミリー・ダンカンという名だった。年齢は二十歳《はたち》とあと数分の命……。

＊

緊急病棟で外科医を必要としている。エリオットがすぐに呼ばれた。女性の患者を診ようと屈んだとき、エリオットはあまりの惨状に衝撃を受けた。

それは身体全体におよんでおり、Ⅲ度の熱傷で、脚、背中、胸が変形している。髪はほぼ燃えつき、顔も傷に覆われていて分からない。胸部の大きな熱傷が皮膚拘縮《こうしゅく》を起こして患者に苦痛を与え、肺も圧縮され呼吸が困難なようだ。

呼吸させるため、エリオットは胸部側面の切開を選んだが、メスを近づけた瞬間、思わず手がとまってしまうのを感じた。一瞬の間をおき、目を閉じ、頭を空っぽにすることで集中しようとした。職業意識で感情を押さえこむことに成功し、手を震わすことなく手術を始められた。

午前のほとんどを、医療チームはエミリーのそばであわただしくしている。可能な限りの治療を与え、患者の苦痛を和らげるために全力を尽くしていた。

しかし、かなり早い段階で、若い女が助からないことは明らかとなった。熱傷が広がりすぎていたし、呼吸器官も衰弱し、腎臓は機能を停止していた。したがって、状態を安定させること、待つことしかできない……。

＊

午後になってエリオットが病室に行くと、エミリーは包帯に巻かれ点滴を受けていた。室内は驚くほど静かで、モニターから洩れる心脈の音だけが、通夜への前奏曲のように静寂を破っている。

エリオットは近づいて患者を見た。血圧は危険領域を脱していないままであったが、ヘロインの影響が消え、患者は意識を回復したようだ。

自分の宣告されていることを理解するには、おそらく充分なくらいに……。

ベッドに椅子を寄せたエリオットは、これ以上の加療から見放された見知らぬ女性のそばに座った。家族は見つからなかったから、この若い女はだれにも付き添われることなく、最後の闘いにのぞんでいた。エリオットはそこにいたくはなかったが、自分に注がれる患者の絶望的な視線を避けられない。そこには、恐怖、それと彼にも答えることのできない問いが見てとれた……。

ふと彼に向かい、女が何かを言ったようだ。医師は近づき、酸素マスクを持ちあげる。「いたい」と言っているようだった。痛みを和らげるため、彼はモルヒネの量を増やすことにした。看護師への指示を書こうとしたとき、女が言ったのが「いたい」ではなく、「こわい……」であったことを、エリオットはとつぜん理解した。

何を言えるだろう？　彼自身も怖いのだと？　彼女を救えないのを悔やんでいる、そして今日みたいな日は人生の無意味さを感じてしまうのだと？

彼の頭の中では、この若い娘を抱きしめてあげたい、また一方で叱《しか》りつけたいというふたつの気持ちが交錯していた。なぜこんな狂気の沙汰《さた》を？　いったいどういう事情で、最悪の麻薬患者になりはて、スクワッターのたむろする建物なんかに紛れこんでいたのか？　二十歳にもならないのに、ガソリンを浴びて焼けてしまいたくなるような苦悩があったのか？

そのぜんぶをどなりつけてやりたかった。しかしそれは、病院の中で医師がやるべきことではない……。

だから、そばにいて、与えられるだけの同情を差しのべてやるだけだった。なぜなら、ほかにだれもいないからだ。クリスマス・イブだった。病院は定員不足で回っており、システムはそのようなケースを想定していない。病院に課された使命は治療することであって、付き添うことではない。

エミリーは呼吸するのが次第に苦しそうになり、絶えず震えていた。モルヒネの投与にもかかわらず、彼女は恐ろしい苦痛に苛《さいな》まれていた。彼の目をじっと見つめる視線を忘れることはないだろう。

この職業に就いていれば、あらゆることを見てきただろうと、思われるかもしれない。

だが、それは嘘だ。人は最悪の状況を見たと思いこむ。だが、最悪はこれからやってくるものだった。そして、その最悪よりももっと悪い状況があることを、新たに知る。

＊

一時間たった。それから二時間。午後三時、エリオットの勤務の終了時間だった。ゆっくりと立ちあがる。

「すぐに戻ってくる」エミリーに約束した。

廊下に出てエレベーターを呼ぶ。イレナに伝えなければいけなかった、空港まで彼女を迎えに行けない、帰宅が深夜になる、と。

ホールの公衆電話からオーシャン・ワールドの番号を回す、彼女がもう出てしまってなければいいが。交換台に獣医師の事務所につないでくれるよう頼んだ。

「もしもし」イレナの声だった。

「やあ……」切りだしたのだが、すぐに電話の回線が切れていることに気づいた。

後ろを向く。何者かがフックに手を当て、通話を切ってしまっていた。

片割れだった。

「あれは今日なんだ……」老医師が予告した。

「今日？」

「イレナが死ぬことになっているのは、今日なんだ」

*

ふたりは病院の屋上に上がることにした。年齢こそ異なるが、ふたりの男は、同僚のとがめるような視線を気にしなくていいよう、ここによくタバコを吸いに来ていた。ここなら、おそらく邪魔されずに話せるだろう。

その先を知りたくていら立たしげに動きまわるエリオットの肩に、片割れが力のこもった手を置いた。

「あの電話をかけてはいけない」

「どうして？」

「イレナは理解しないからだ」

「何を？」

「勤務時間が終わったというのに、患者に付き添うため、きみがイレナを後回しにすることをだ。三週間もきみたちは会っていないだろう。彼女は、きみが空港に迎えに来てくれるのを、いっしょに夜を過ごしてくれるのを、待ち望んでいるんだ」

エリオットが説明しようとする。

「あの娘のことだね。ひどいことになっているんだ。それに彼女はひとりぼっちで……」

「分かっている」老医師が同情した。「三十年前、わたしはひと晩じゅうあの娘に付き添った、けっして忘れていない」

声が震えていた、そして続けた。

「しかし、明け方になり、病院を出たところで、恐ろしい知らせが待っていた。わたしの愛する女性が死んでしまった」

エリオットは、理解できないとでもいうように両手を広げた。

「あの患者とイレナの死に何の関連がある？」

「ぜんぶ聞かせよう」片割れが約束した。「わたしたちの契約をきみが守ってくれるのか、それだけ確認したい」

「守る」エリオットは答えた。

「では、もしきみがあの電話をかけていたらどうなっていたかを、教えよう」

老医師が語りはじめた。長い話で、震える声は苦渋に満ちていた。

ひと言も聞きもらすまいと、エリオットは目を閉じた。頭の中を、映画のように映像が流れていった……。

*

イレナ「もしもし？」
エリオット「やあ、ぼくだ」
イレナ「むだよ、深夜までプレゼントの中身は教えてあげないわ！」
エリオット「聞いてくれ、ダーリン、ちょっと問題があるんだ……」
イレナ「何かあったの？」
エリオット「きみを空港まで迎えに行けないんだ……」
イレナ「あなた、三時でお仕事が終わりのはずだったでしょう？」
エリオット「そうだ、当直は終えた……」
イレナ「でも？」
エリオット「でも、ひとりの患者のそばにいてあげないといけないんだ。今朝、スクワットで自殺しようとした若い女で……」
イレナ「ジャンキー？」
エリオット「そう。だけど、それは関係ないだろう？」
イレナ「ということは、イブの晩を病院で、あなたはちょっと前に会ったばかりのジャンキーの娘といっしょに過ごすって言ってるの？」
エリオット「これも仕事なんだよ」
イレナ「仕事ですって！　仕事をしているのがあなただけだと思っているんじゃない

でしょうね？」
エリオット「聞いてくれないか……」
イレナ「わたし、待ちくたびれたの、エリオット」
エリオット「どうしてそんなふうに反応するんだい？」
イレナ「なぜって、わたしは十年も待っているの。それをあなたは気づこうともしない」
エリオット「明日の朝、ぜんぶ話そうじゃないか」
イレナ「いいえ、エリオット。もうサンフランシスコには行きません。わたしといっしょの人生を送りたいと、あなたが確信を持てたとき、電話してください」
エリオットは電話の前で数分間じっと立ったままだ。三度もダイヤルを回そうとした。イレナを呼んで、謝り、仲直りしたいと思ったのだ。だがそれはできない。二階で死にかけているあの娘を見捨てることができなかった。
イレナは三十分だけエリオットからの電話を待った。そして彼が電話してこないことが分かると、航空券を荒々しく破り、くずかごに捨てた。買ってあったプレゼント、彼がけっして目にすることのない、イニシャル入りの時計もくずかご行きだった。

打ちひしがれてオフィスを出るとパークの庭に身を隠しに行った。そこで涙が涸《か》れるまで泣く。目の前のフラミンゴやワニは、彼女の悲しみにまったく無関心のようだった。それから彼女は、休暇を取り消し、勤務に戻る決意をした。午後は、何もなかったかのように、通常の見回りに時間を費やした。彼女のお気に入りのシャチのところで見回りが終了したときは、もうだいぶ夜も更けていた。

「こんばんは、アヌーシュカ。おまえも元気がないのよね、そうよね？」

数日前から、オーシャン・ワールド最年長のシャチは、うつ状態に陥っており、餌《えさ》もとらず、ショーにも参加していなかった。背びれから張りがなくなり、普段の従順さは、飼育係や同居のシャチに対する攻撃的な行動に変わっていた。その原因を知るのはむずかしいことではない。八歳になったばかりの子シャチのエリカが、ヨーロッパにおけるクジラ目の繁殖計画に参加するため、とり上げられていたからだ。鉄製の水槽に入れられ、獣医師も付き添わず二十時間もの飛行機の旅！

まったく非常識だった……。

イレナはその移送に反対するため、あらゆることを試みた。子シャチとの別離が及ぼす心理的ショックと、自然界においてポッド（シャチの群れ）の一員が離脱するケースが皆無である点を挙げた。しかし財政的な事情から、経営陣は彼女の意見を認めなかった。実のところ海洋公園は、飼育状態での繁殖を目的とするクジラ目捕獲の全面禁止を先取りして売り渡したのだった。

「カモン、ベイビー！」

イレナは身を屈《かが》めてシャチを水面まで呼ぼうとしたが、アヌーシュカは応じない。シャチは物狂おしくプールの中を回遊し、悲しそうに鳴き声をあげている。

イレナはアヌーシュカの免疫の防衛的機能の低下を心配していた。見かけによらずこの巨獣は、ちょっとした細菌にも生死を左右されるくらい脆《もろ》いのだ。腎疾患や肺疾患はよくあることだ。プールの雄ボスだったジョーキムが、半年前、とつぜん敗血症に襲われるという苦い経験をした。微細な相手に倒される。それがこの巨大な生き物の宿命だった。

イレナの頭の中では、日ましにこの動物たちを飼育することへの疑念がくすぶりはじめていた。四方を壁に囲まれ、化学薬品で処理された水の中で動きまわり、ビタミン剤と抗生物質を与えられて生きる海洋公園のイルカやシャチは、来園者が説明を受けるような理想的な暮らしを送ってはいなかった。ショーについて言うなら、驚くべきものではあるが、認知能力が人間とそれほど違わない種に対する、ある意味での冒瀆《ぼうとく》ではないだろうか？

とつぜん、何の理由もなしに、アヌーシュカが水槽の手すりに頭を打ちつけはじめた。

「やめなさい！」急いで竿《さお》をプールに入れ、シャチを押しもどそうとしながらイレナは命令した。

自殺志向のシャチを見たことがある。アヌーシュカがわざと自分を傷つけようとしているのは明らかだった。不安になり、イレナはシャチの気をそらせようと魚を投げた。

「おとなしく！　いい子にするのよ！」

次第にシャチの動きが弱まり、アヌーシュカは落ち着きをとりもどしたようだ。

「それでいいわ、アヌーシュカ」いくらか安心してイレナが声をかける……だがそれも、水面に長い血の筋を見つけるまでだった。

「まあ、何てこと！」

イレナは水の上に屈み込む。一見して、傷は顎《あご》の部分にあることが分かった。

彼女は獣医師の金科玉条を守るべきであった。シャチが攻撃的な場合は命令を出さないこと、親密な一体感が得られない限り、いっしょに水中にはいらないこと。

警報装置を作動させるべきだった。

同僚の協力を頼むべきだった。

……べきだった。

だが、まだエリオットとの言い争いのショックから立ち直れないでいたイレナは、集中力に欠けてしまっていた。

そしてイレナは、アヌーシュカが再び狂ったように回遊を始めている水槽にはいった。

イレナが自分のほうに向かってくると感じたアヌーシュカは、その上に飛び上がり、彼女をくわえて一気に水底に引きずり込もうとするかのように、大きく口を開いた。イレナはもがく。しかしシャチのほうが強い。彼女が水面に浮かびあがるたびに、シャチはけっして余裕を与えずに、底に引きずりこんだ。

イレナは素もぐりを数分間やれるという卓抜な泳ぎ手だ。しかし、四トン、六メートルの動物と長くは闘えない……。

それでもある瞬間、もうあきらめていたとき、彼女は水面に上がり、息を吸うことができた。絶望の思いで、プールの縁《へり》に向かって泳ぎだした。

後ろをふり向く。

半秒もしない恐ろしい瞬間、彼女はシャチの巨大な尾びれがとてつもない速さで襲いかかってくるのを見ていた。

衝撃はすさまじいもので、苦痛でほとんど意識を失った。そのままもがきもせずに沈んで、底まで落ちていった。肺が海水に満たされ、最後の意識の中でイレナは、何年も世話をしてきたアヌーシュカが、なぜこれほど凶暴な態度をとったのかと、問い返していた。その疑問にはおそらく解答はないだろう。プールでの生活でついに狂ってしまったに違いない……。

最後の思いは愛する男に向けられた。ふたりがいっしょに老いていくものと信じきっていた。それなのに彼女が先に逝《い》ってしまう、三十にもならないというのに。人は運命を選べない。代わりに人生がそれを定める、いつもそうではないのか？恐怖に引き裂かれ、闇に覆われ、彼女は死の渦巻に呑みこまれるのを感じた。向こう側へついに逝ってしまう瞬間、ふたりが言い争いをして別れたことを、エリオットが抱くであろう最後の彼女のイメージが失望と悔恨に汚されてしまうのを、イレナは残念に思った。

＊

凍りつくような風が病院の屋上に吹きつけていた。

片割れが話を終えたとき、エリオットは悪夢から覚めたかのように目を開いた。

ふたりの男は黙ったままだ。ひとりはいま知ったばかりのことに慄《おのの》き、もうひとりは自分が語った内容にまた改めて衝撃を受けていた。

それからエリオットは首を振り、口を開いたけれど躊躇《ちゅうちょ》した。相手の疑いを察した老医師が、ポケットから黄色くなった紙を出した。

「わたしを信じないのなら……」切りだした。

エリオットがそれを奪いとるようにする。『マイアミ・ヘラルド』の古い切り抜きだった。

黄色くなっているが、新聞には明日の日付、一九七六年十二月二十五日が記されている！

震える手で、エリオットはイレナの大きな写真の載った記事を読んだ。


女性獣医師、シャチに襲われ死亡！

昨晩、オーランドのオーシャン・ワールドで、シャチが獣医師に襲いかかるという事故があった。現在のところ原因は分かっていない。治療をしようとしていた海洋公園の専任獣医師イレナ・クルスさんを、シャチが襲い、数分で溺死《できし》させたもよう。事故の細かい状況は不明だが、獣医師がすべての安全基準を守らなかったものと見られる。捜査の結果を待ち、オーシャン・ワールド社は声明を差し控えている。


新聞から目を上げると、老医師が霧の中を遠ざかっていくところだった。

「今度は、きみの出番だ！」鉄の扉を開いて姿を消す前、彼が叫んだ。

何をしていいのか分からず、エリオットは不安になり、寒さに凍りついて、信じられないのと決心がつかないのとで、しばらく屋上にじっと立っていた。そして、考えるのをやめた。いまは行動に移るべきときだった。

彼も屋上を離れると、電話ボックス目指して階段を駆けおりた。

明日のことはどうでもいい。

どんな犠牲を払ってもいい。

愛する女を救うのだ。

ほかに重要なことなど何もない。

＊

転がるようにホールを横切り、同僚の何人かにぶつかりながら、受話器をつかみイレナの番号を回した。
呼出音……一、二……。一秒が一分に思われた。それからやっと、声。
イレナ「もしもし？」
エリオット「やあ、ぼくだ」
イレナ「むだよ、深夜までプレゼントの中身は教えてあげないわ！」
エリオット「聞いてくれ、ダーリン」
イレナ「何かあったの？」

エリオット「べつに……。予定どおり、空港にきみを迎えに行くからね」
イレナ「早くあなたに会いたい」
エリオット「ぼくもだ」
イレナ「あなたの声、少しおかしくない、ほんとうにだいじょうぶ？」
エリオット「いまは、もうだいじょうぶだ」

＊

電話を切って病室に戻ったエリオットには、エミリーの視線を受けとめるだけの勇気がなかった。彼女の死に際の苦しみはずっと続いている。当直ナースのひとりにときどきようすを見に行くよう頼んだ。それからコートを着て駐車場に出た。

彼のしたことに何がしかの意味があるのだろうか？　自分とイレナの未来をほんとうに変えることができたのだろうか？　言葉ひとつを変えるだけで、運命が変わるものなのだろうか？

車に向かいながら、そんな疑問が頭の中でひしめき合っていた。機械的にタバコに火を点けると、ポケットに手を入れた。ポケット奥の新聞記事にふれる。そのとき、あることが閃いた。もし未来を変えたのであれば、イレナは事故に遭わない。ということは新聞記者もあの記事を書かない、つまり記事は存在しない！

ある予感に駆られ、ポケットから黄色い切り抜きを出して広げると、ていねいに読んだ。考えられないことだが、記事の内容が変わってしまっている。魔法のようにイレナの写真は消えていて、若い獣医師の死を伝える記事は、別の三面記事に変わっていた。

オーシャン・ワールドのシャチ死ぬ

オーランドのオーシャン・ワールドで、最年長の雌シャチ、アヌーシュカが、大プールの鉄製柵《さく》に衝突した際、顎を負傷し、それが原因で死亡した。シャチはわざと柵に衝突したもよう。

同施設の責任者は質問に、シャチが絶望のあまりそのような行動をとったことを認めた。事実、海洋公園は最近このシャチの子供をとり上げ、ヨーロッパの動物園に売ったばかりだという。

オーシャン・ワールドは今日も通常どおり開園する。なお、係員に負傷者はいない。

15
第六の出会い

彼は、わたしの北、わたしの南、わたしの東、わたしの西だった……。

ウィスタン・H・オーデン

サンフランシスコ
一九七六年　三十歳のエリオット

クリスマスだ。
この十二月二十五日の朝、カリフォルニアの温暖な気候は、曇った寒い天気に様変わりしていた。まるでニューヨークにいるようで、雪が降りだしてもおかしくないほどだ。

家の中は、オーロラのような青白い光に浸って、静まり返っている。エリオットの肩のくぼみに顔を寄せ、イレナは気持ちよさそうに眠っている。反対に、彼は一睡もできず憔悴《しょうすい》した顔だ。

エリオットはイレナに顔を向け、起こさないようにやさしくキスする。そしてそのまじっと見つめた。ふたりでいっしょに過ごす最後の瞬間であるのが分かっていた。最後に、彼女の髪の匂いをかぎ、やわらかな肌に唇を這《は》わせ、音楽のような鼓動を聴いた。

それから、シーツに静かに落ちる自分の涙に気づく。セーターとジーンズを着ると、音を立てないようにして寝室を出た。

彼女と別れることがどうしても信じられなかった！　片割れとの誓約があるのは分かっているし、イレナが救われたのもたしかなようだ。だが、このまま別れずにすませたからといって、いったい何の問題があるのか！　契約の遵守を彼に強制するため、あの老いぼれがどんな方法を持っているというのか？

悲しみに打ちひしがれ、エリオットは、部屋から部屋へと歩きまわる。もうひとりの自分に会えると思ってはいないが、あの相手に憤りをぶつけたかった。しかし、もうひとりは現れない。六十歳のエリオットは自分の契約義務を果たした。今度は彼が約束を履行する番だ。

エリオットはキッチンに来て、椅子にくずおれた。玄関のそばに、彼も彼女もけっしていっしょに行くことのないハワイ旅行のためのトランクが、もう用意されて置いてある。別れる以外に選択肢のないことは充分に分かっている。そうすべきだと命ずる声が、彼の内側で聞こえている。彼は未知の力によって操られるだけの人形にすぎなかった。

ガラステーブルが彼の顔を映している。やつれはて、ゆがんでいた。虚脱、屈服、自信喪失……人生すべての指標が消えてしまっていた。

初めて自分の片割れと会ってからというもの、いかなる法則にも従わない宇宙で生きているようだ。未知への恐怖に襲われ、眠れない。食べられない。そしてさまざまな、理不尽な疑問に苛まれている。なぜこんなことが彼だけに起きるのか？　あの出会いは幸運だったのか、呪《のろ》いであったのか？　自分はまだ気がたしかなのだろうか？　自分の問題を打ち明けられる相手がいないので、胸が張り裂けそうだ。

ほら、音がする。床が軋み、パンティーにワイシャツの裾を腰で結わえただけのイレナがキッチンにはいってくる。

アバの曲を口ずさみながら、いたずらっぽい微笑を向けてくる。幸せそうな彼女を見るのもこれが最後なのを、エリオットは知っている。ありえないくらい彼女は美しい。そして、ふたりはこんなにもお互いを愛している。

それなのに、数秒後にそのすべてが崩壊する……。

＊

イレナがエリオットに近づき、首に手を回した。しかしすぐに何かがおかしいことに気づく。

「どうしたの？」

「話すことがある。これ以上、ぼくは芝居を続けられない」

「何のお芝居？」

「ぼくらふたりのことだ……」

「なに……何のことを言っているの？」

「ぼくはひとりの女性に出会った」

これですんだ。たった二秒。十年の恋をゆさぶる二秒。コインの表と裏を引き裂く二秒……。

イレナが目をこする。エリオットの正面に座り、悪い冗談なんだとまだ思っている。あるいは、まだ目が覚めていない。あるいは、聞き違えた……。

「あなた、それ冗談でしょ？」

「そんなふうに見えるか？」

彼を見る、呆然と。彼の目は充血しており、顔もやつれている。数カ月前から、悩み事、心配事また不安に彼が苛まれていると、イレナはときおり感じていた。そして、彼女はエリオットに質問している自分の声を聞く。

「その女の人って、だれ?」

「きみの知らない人だ、フリー・クリニックでぼくといっしょに当直をするナースだ」まだ現実とは思えない。それで今度は、夢を見ているのだろうと思う。こういう悪夢を見るのは初めてのことではない。ばかげた夢だから、もうすぐ終わる。でも、もっと知りたい。

「いつから会っているの?」

「数カ月前からだ」

その返事に、イレナは何を言ったらいいのか分からない。彼女が理解するのは、十年間築き上げてきたものが、とつぜん崩れおちてしまったということだ。そのあいだも、エリオットは破壊作業を続ける。

「ぼくらふたりは、もうだいぶ前からうまくいってないよ」彼がとどめを刺した。

「あなたは何も言ってくれなかった……」

「きみにどう話したらいいか分からなかった……。だんだんきみが分かってくれるようにしたかった……」

彼女は、聞かずにすむよう耳を覆いたかった。まだ彼女は、その話が浮気の告白ですんでくれるものと、期待している。

しかし、エリオットは違うことを決意していた。

「別れたいんだ、イレナ」

返事をしたいのだが、あまりに苦しすぎた。涙が頬を伝わるのを感じるが、何もできない。

「ぼくらは結婚してないし、子供もいない……」エリオットが続けた。

彼に話すのをやめてもらいたい。言葉がナイフのように心に突き刺さる。このままではもたない。だから、誇りも自尊心も捨て、彼女は激情のままに吐露する。

「でも、あなたはわたしのすべてなの、エリオット。恋人で、親友で、家族で……」

彼の腕に抱かれようと近づいたのだが、彼は後ろにさがった。

彼女の視線を受け、彼の心は引き裂かれる。それ以上もう何も言えないと思ったが、しかしようやく口に出した。

「分からないのか、きみは？　きみのことをもう好きじゃないんだ、イレナ」

＊

クリスマスの朝だ、まだ早い。

めずらしく朝寝坊したサンフランシスコが、ゆっくりと目覚める。休むことを知らないこの都会の道路には人影もなく、店もほとんどが閉まったままだ。

多くの家では、今日は祝福されるべき日だ。プレゼントを開きたくて子供たちはもう起きていて、音楽が流れ、賑やかな叫び声が聞こえていた。いっしょに祝う相手のいない者にとっては反対に、過ごしにくい一日になるだろう。普段よりもいっそう孤独が感じられる日だ。ユニオン・スクエアの近くでは、ホームレスたちがベンチで肩を寄せ合っていた。レノックス病院では、夜中じゅう苦しんだあげく、二十歳の女が火傷で死亡した。マリーナのある一軒の家でひと組の恋人同士が別れたところだ……。

一台のタクシーがガラスの家に近づいた。そこからイレナを空港まで乗せていく。そのあと、エリオットがマリーナを出た。悲しみと恥ずかしさに打ちのめされ、市を横切って車を走らせた。何度か事故を起こしそうになった。チャイナタウンの店は開いていた。エリオットは最初のカフェで車を停め、すぐにトイレに向かう。

便器に向かって吐いているとき、背後に人のけはいを感じた。いまとなっては知りすぎ、また不安も感じさせるけはい……。

とつぜんふり返って、自分の片割れにすさまじい一撃を加えた。相手はタイル張りの壁まで跳ねとばされた。

「ぜんぶあんたのせいだ!」

ふらふらになり、老医師は壁に沿ってくずおれた。それでもなんとか起きあがり、痛みをこらえているところへ、エリオットがどなる。

「彼女が去ってしまったのは、あんたのせいだよ！」

図星を指されたが、老医師は若いほうに飛びかかっていった。首根っこを押さえながらひざげりを放つ。

そしてふたりは横に並んで息をつく。お互いに相手が忌々しく恨めしかった。

エリオットが最初に沈黙をやぶり、嗚咽《おえつ》しながら言う。

「彼女がすべてだった……」

「それは知っている……。だから、彼女を救ったんだろう」

老医師がエリオットの肩に手をおき、慰めようとした。

「きみが何もしなかったら、イレナは死んでいた」

エリオットは顔を上げ、横にいるもうひとりの自分を見た。奇妙だ、彼を他人としてしか見ることができない。自分と認めなければならないこの男に比べれば、自分はまだ半分しか生きていない。相手は三十年も先を生きている。三十年の経験、三十年も多く人と出会い、知識を持っていた……。

しかし、もしかすると三十年の悔恨と未練だけか？

もう、時の旅人は去ろうとしているようだ。震えと例の鼻血が出ていた。

実際、老医師はペーパータオルを切りとって鼻に当てている。今回、彼はもう少し長く残りたいと思っていた。若い自分がこれからつらい年月を過ごすことになるのを知っているからだ。若いエリオットを助ける言葉を見つけられなかったことが、残念だった。もちろん、苦悩と逆境に対して、言葉が大きな重みを持たないのを知ってはいたが。

とりわけ、ふたりの対面が、お互いに挙げ足を取るだけの段階を抜けきれない父親・息子の関係のような対立と無理解に終始したのを、老医師は残念に思っている。

しかも、若い自分の下腹にひざげりを入れる以外のことをせずに、彼は去ろうとしていた。三十歳の自分に会うのもこれが最後だと思っていたし、当時の自分が耐え忍んだ悲しみを思いだして、彼は慰めの言葉をかけようとした。

「少なくともきみは、イレナがどこかで生きていることを知りつつ、生きられるだろう。わたしは、彼女の死に良心がとがめられつつ、生きてきた。いいかね、これはたいへんな違いじゃないか……」

「失せろ、くそったれ……」

……それが彼の得た唯一の返事だった。

やはり、自分との相互理解というのはむずかしい！　時の渦巻に吸いこまれながら、彼は思った。

そして最後に老医師の脳が記録するイメージは、若い自分がこちらに手を伸ばし、卑《ひ》猥《わい》なジェスチャーを送っている姿だった。

16

人は何か知ろうとする時間をもう持たない。店でぜんぶ出来上がったものを買う。しかし、友だちを売る店がないから、人間にはもう友だちがいない。

アントワーヌ・ド・サン＝テグジュペリ

サンフランシスコ
一九七六年　三十歳のエリオット

エリオットはひどく憤慨して洗面所から出てきた。
いったいどうしてこんな目に遭うのか？
イレナと別れてから、もう愛していないのだと信じこませたときに彼女が見せた、彼を見つめるあの姿に、エリオットは付きまとわれていた。彼女の底知れない悲嘆を感じとっていたにもかかわらず、彼は、彼女が屈辱を感じるまで執拗《しつよう》に追いやった。当然ながら、それは彼女のため、命を救うためにやったことだ。だが彼女はそれをけっして知ることがないのだ！ そして彼女は、残る人生において、エリオットを恨みつづける……。

ほかでもない、いまの自分自身がそう感じていた。もう自分でいたくないほど自分を憎んでいた。

衰弱し、暗澹《あんたん》とした思いのまま、エリオットはカウンターに行き、強い中国酒を注文すると一気に空けた。タバコに火を点け、二杯目を頼む。それから三杯目。

こうやって、昔の父親のようになるのだ、立ちあがれなくなるまで飲む！

ふだんエリオットはほとんど飲まない。ワイン通のマットを喜ばせるためだけくらいのものだ。アルコール依存症の父親を持ったエリオットは、いつも頭の中で、分別を失った父がふるう暴力を酒と結びつけていたから、酒が人間性を荒廃させる力をよく知っていた。

だが今日、彼が求めているのはまさにそれだった。分別を失うこと、別の人間になること。さらに一杯頼んだとき、中国人のバーテンダーはためらってからサービスした。この客が通常の状態にないと分かったのだろう。

「こいつをもらう！」ボトルをわしづかみにし、十ドル札をカウンターに放りながらエリオットは大声をあげた。

表に出て、酒の瓶を胸元に抱えた。車に乗り、ハンドルを握ってからまたひと口飲む。

「パパ、見てよ、パパとおんなじだろ！」そうどなってから発進した。「ぼくもパパと同じだぞ！」

そして、これははじまりにすぎなかった……。

*

サンフランシスコで麻薬を見つけるのはむずかしいことではない。病院あるいは無料診療所で中毒患者を診ているあいだに、エリオットは彼らの行動パターンや出没する場所も知った。

だからテンダーロインに向かった。普段なら近寄りたくない場所だが、探しているものをたやすく入手できるだろう。十分ほどその蝕《むしば》まれた区域を彷徨《ほうこう》する。人類のはきだめそのものだった。そして顔見知りの売人を見つけた。ヤンダと呼ばれるジャマイカ系の黒人だ。

エリオットはすでに二度、その男を告訴していた。というのは、男が無料診療所で治療中の患者にまで麻薬を売りさばいていたからだ。数回、ふたりはかなり荒々しくやり合っていて、いちばん最後は殴り合いにまでなった。

エリオットはほかの売人を見つけることもできたはずだ——この一帯には、はいて捨てるほどいる——しかし、どん底まで落ちたい人間には、屈辱さえゲームの一部となる。

エリオットを見て、最初は警戒したようすだったが、客として来たのだと理解する。

「やあ、ドク、戦慄《せんりつ》体験かい？」意地悪く笑いながら売人が言った。

「何が買える？」

「いくら払う？」

エリオットは財布の中を探る、七十ドルあった。どんなものでもかなりの量を買うのに充分だった。

「好きな毒を選びな」満足げにヤンダが言った。「ハシシュ、メテドリン、ＬＳＤ、ヘロイン……」

＊

マリーナに戻ると大急ぎで階段を上り、バスルームに直行する。主人の帰宅を待ちわびていた子犬が跳びはねた、だが……。

「むこうへ行け！」足で蹴りながら医師がどなった。アルコールのせいで子犬に半分かわされた。

ラスタクエールが甲高く鳴いた。だが乱暴な扱いにもめげず、エリオットに近づこうとした。子犬は甘かった。すぐに首輪をつかまれて乱暴に追いだされてしまった。

ひとりで閉じこもるとエリオットは薬品棚から注射器をとった。震える手で、ヤンダから買ったヘロインを、ポケットからとりだす。

急いでいた。頭を破裂させるためなら何でもかまわなかった。夢遊状態になりたいとか、ヒッピーたちのように精神の解放を求めているのではない。完全な忘我、精神的なノックアウト状態になりたかった。忘れるためなら何でもよかった。この場所から逃げ出せるのならどこでもいい。自分の片割れ、イレナの記憶に付きまとわれない場所。自分でなくなることのできる場所。

ヘロインの玉をガラスの小皿にとり、水を足す。ライターで器の底を熱し、コットンで漉《こ》す。注射針で液体を吸いあげ、そして腕の静脈に注射した。

焼けるような熱さが全身を襲い、彼は解き放たれて叫び声をあげた。それから自分の存在の奥底に向かって闇の中を旅立っていくように感じ、もうどれほど気の滅入りそうなものとでも、もっとも自分の耐えがたい部分とでも、対峙《たいじ》できそうに思えた。

＊

サンフランシスコ

一九七六年　三十歳のマット
数時間後

クリスマスだというのに、マットはひどく落ちこんでいる。

この数週間、無我夢中でワインヤードの改修工事をやり、事業もうまく軌道に乗りそうだった。しかし今朝ベッドから出たとき、だれとも分かち合うことのない自分の人生が空虚に思われた。自尊心は横に置き、いつも後回しにしていたことをやろうと決意した。ティファニーに電話して、前回のことを謝ることだ。残念ながら、彼女の残してくれた番号は、ただいま使われておりません、だった。あの美女は、彼に会おうともせず、何も言わずに市《まち》を去ってしまったらしい。

後回しにした結果がこれだ……。

午後になってから、ロードスターに乗ってマリーナまで出かけた。エリオットはもうとっくにハワイに飛んでしまっただろう。しかし、ラスタクエールに餌を与え、浜辺の散歩に連れだすつもりだった。

海岸沿いの大通りにはいってすぐ、エリオットのビートルが歩道いっぱいに停めてあるのが目にとまった。

おかしいな……。

車から降りて玄関の階段を上がり、ベルを鳴らして待った。

返事がない。

エリオットから預かっている鍵を持っている。キーを入れたが、鍵はかかっていなかった。

「おーい!」呼んだ。「いるのか?」

中にはいり、悲しそうにしている子犬を見て、すぐにいやな予感がした。

「おまえひとりか、ラスタクエール?」

犬が二階に向かって吠《ほ》えたとき、エリオットが上の踊り場からすさまじい形相で姿を見せた。

「おまえ、ここで何やってんだ?」びっくりしてマットが聞いた。「ハワイには行かなかったのか?」

「人の家で何してるのか聞くのは、こっちだろう?」

「ひどい格好じゃないか」とりあわずにマットが言った。「何があったんだ?」

「きみには理解できないさ」そう言いながらエリオットが数段下りてきた。

「おれがばかすぎるからか?」

「そうだろうな」

これはマットにこたえた。こんなに攻撃的なエリオットを見たことがない。どうも正常には見えなかった。

「イレナはどこだ？」

「もうイレナはいない。終わったんだ」

「おい、なに言ってるんだよ？」

「彼女とは別れた」

マットは愕然《がくぜん》とした。まったく思ってもみなかったことだ。

エリオットはカウチにくずおれる。麻薬の効果がまだ消えていない。頭がくらくらし、吐気《はきけ》もあった。恐ろしい頭痛がとまらない、ドリルで頭に穴を開けられているようだった。

「待てよ、エリオット、イレナと別れられるはずがないじゃないか」

「しかしそうなんだ」

「彼女はおまえのすべてじゃないか……おまえの道しるべ、おまえの人生でこれ以上のことは、もうぜったいに起きないんだぞ」

「ご大層なことを言うのはよせ！」

「それを言ったのはおまえだよ。おまえはこうも言ったぞ、彼女のおかげで人生に意味を見出したって」

それはほんとうだった。

「彼女が去ってしまったら、死ぬまでおまえは後悔して、自分を恨むことになる」

「ちょっと、放っておいてくれないか！」

「喧嘩《けんか》したのか？」

「きみには関係ない」

「関係あるさ。おれはおまえの友人だし、おまえが人生を台なしにするのを見過ごすことはできないだろうが！」

「よく聞け、きみはあばずれのところに戻って抱いてやればいい。それで、こっちのことには口を出すな」

エリオットは目を閉じる、自分の言ってしまったことに愕然とした。友をこれ以上侮辱することはできない。自分に起こったことを、どんな逆境に置かれてしまったかを、この友に話さないといけない。

ただ、それは禁じられていた。これも代償の一部だ、起こったことをだれにも打ち明けてはならなかった。

エリオットに言われたことで深く傷ついたが、マットはもう一度だけ妥協を試みる。

「何が起きてしまったのか、おれは知らん。だが、そんなことまで言うようじゃ、たぶん相当に不幸なんだろうと思う。それでおれが思うのは、おまえひとりじゃその問題から脱けだせないということだ」

エリオットは心が引き裂かれるような思いだった。イレナの愛と、マットが示してくれる友情が、彼にとっていちばん大事なことだった。十年間、三人は、補いあい、支えあい、理解しあっていた……。

だがいまは、自分ひとりで脱けださなければならない状況に追いやられていた。この友とこれ以上の喜劇を続けることは不可能だ。だからつらい決断を下す。彼を遠ざけることだ、すでにイレナを遠ざけたように。

「ひとつ頼みがあるんだが、いいかな、マット？」

「ああ」

「ぼくの人生から消えろ……」

マットは一瞬ためらった。聞き違えたのかと思ったのだ。それで、身体中の血液が凍りついてしまったように、震え声でやっと口にした。

「おまえの好きにすればいい」

顔をうつむけて玄関に向かった。ドアロでエリオットのほうを見て、すべてがまだ失われていないと期待する。しかし、エリオットが彼のために見つけた言葉は、

「農園のぼくの持分はそのまま持っていていい、でもその件で会いに来てくれる必要はない。ぜったいにね」

17

「本を読むだけでは何も学ばない。打撃を受けることでしか学べない」

スワミ・プラジュナパッド

サンフランシスコ
二〇〇六年　六十歳のエリオット

目を覚ましたとき、エリオットは、流感にかかったように熱があり、震えていた。だが、流感ではない。あの忌まわしいがんに加え、過去への旅の無理がたたっての結果だった。なんとか起きあがり、バスルームまで行くと洗面台で吐いた。いずれくたばるにしても、すぐにというわけではない。もうすっかり慣れた動作で例の錠剤の数を確かめる。四つ残っていた。もうぜったいに服用しないと何度も誓っていたが、しかし今度こそたしかだ、二度と過去になんぞ足を向けるものか！

シャワーを浴びると徐々に頭がはっきりしてきた。ほんの数分前、過去の片割れとはカフェの洗面所で派手な喧嘩をしたあと、戻ってきていた。ぼうずは相当に参っているようすだった。慰めの言葉を見つけられなかったのが心残りだ。

寝室の鏡を前にしてすばやく服を着た。

ばかなことを考えるなよ、鏡の自分に向かってつぶやく。だが、この言葉は実は若い片割れに向けたものだ。

窓に目をやる。クリスマスの朝で、それでもジョガーが幾人か浜辺伝いに走っており、マリナ・グリーンの芝生では少女がひとり、犬とフリスビーで遊んでいた。

車に乗ると、朝の冷気にもかかわらず窓を開けはなし、空気を吸って、単に生きているという実感を味わった。終わりが近いことを知ってからというもの、高揚と意気消沈の混じりあった奇妙な感覚にとらわれていた。死と対面し、また真実とも向き合っていた。現在を精一杯に生きることを初めて知り、毎秒が最後であるかのように存分に味わった。

かなりのスピードでノースビーチを横切り、コイト・タワーに向かう。マットとヨットで海に出る約束をしてあった。そのとき長いあいだ秘密にしてあったことを打ち明けるつもりだ。病気のこと、間近に迫った死を……。

クリスマス・プレゼントということか……。

正直なところ、マットがどのような反応を見せるか見当がつかない。古くからずっと続いている友情は一度も裏切られたことがない。それは、愛着と仲間意識、相手を尊重する配慮とが不思議に混じりあったもので、四十年前の彼の人生における決定的な瞬間として残るある特別な出来事に端を発していた。

北に向けて走りながら、エリオットは、マット、そしてイレナと同時に出会った一九六五年のあの日を思いだしている。

*

ニューヨーク・シティー
一九六五年　十九歳のエリオット

光の都マンハッタンは冬の真っ只中で夕暮れ時だ。急に雨が降りだした……。

ずぶ濡《ぬ》れになった若い男が地下鉄の階段を下りる。エリオット・クーパーという名だ。十九歳、人生で何をしたらいいのかよく分からない。二カ月前、合衆国のあちこちを旅行するため、大学をやめていた。自分の国を知り、将来のことを計画し、それとカリフォルニアに住む父親から遠ざかるための、彼なりに考えたすえの結論だった。

同じころ、十八歳のブラジル女性、イレナ・クルスは、動物の世話をするという子供時代からの夢を叶《かな》えてくれそうな研修をブロンクス動物園に見つけて、その面接から帰宅するところだった。軽い足取りで、水たまりと車をよけながら、地下鉄にはいる。見るからに上機嫌で、微笑を浮かべている。

エリオットは、地下鉄で募金活動をしている黒人ギタリストの前で、しばらく立っている。公民権運動の真っ只中で、ミュージシャンはオーティス・レディングのナンバーを器用に演奏しながら、黒人コミュニティーに対する差別撤廃を訴えていた。エリオットは音楽に聴きいる。それが他者から遠く離れて自分の世界に逃げこむ方法だった。どうして他人を信用できないのか。なぜだか自分でも分からない。しかしそれから数分後、さまざまな出来事によって人間が形成されていくことを、彼は学ぶことになる。

炎のようにしなやかに、イレナはホームに続く長い通路を進んでいく。髪が雨で濡れていた。ときどき、一瞬の間《ま》ではあるが、急ぐ男たちが彼女の澄んだ緑の瞳に思わず魅入られてしまう。これが彼女の才能だ。人を惹《ひ》きつけ、安心させる。

車両が駅にはいってきたのは午後五時十一分、平日の会社の退《ひ》け時だ。ひどく混雑している。エリオットは人混みをぬって先頭の車両に乗ろうとしたその瞬間、ひとりの女性が……。

ただすれ違っただけだった。特に何かがあったわけではない。ほんのかすかな接触、視線、その女性がいただけのことだ。そして、彼のまわりの世界がかすむ……。この陶酔、身体が空っぽになってしまったような感覚は何か？　いままでだれからもこんな視線で彼は見られたことがない。そう思うのはなぜだろう？

イレナは最初、こんなにハンサムな若者に興味を持たれて、得意な気分になる。そして、あわててしまった。なぜか分からない。汗がにじみ出てきた。目に落ちてきた髪をかき上げ、その若者に惹かれる自分を打ち消そうと、視線をそらす。危うさのようなものを感じるのは、なぜなんだろう？

エリオットはホームを歩き、二番目の車両に乗る。しかしイレナは三両目を選んだ。若者はためらう。でも磁石に引き付けられたように、人混みを割り、ドアが閉まる直前に車両を移った。

二両目でなく三両目……。

こんな行動に運命が関係するのだ。一瞬ためらう視線に、瞬きに、濡れた髪に……。

車両が動きだす。彼女は数少ない空席に座り、向こうの端にいる若者を見る。彼が近づいて話しかけてくるのを、期待し、また怖がってもいた。心臓が鳴って胸が苦しいほどだ。

彼はじっと目を離さない。近づこうとする。どうやって話しかけようかと考えて、愉快な言葉を探してみるが、何も思いつかない。だめだ、できないだろうな。彼は女性に言い寄るようなことが苦手だった。それに、こんな女性が自分に興味を持つはずがない。**失せろ、エリオット、彼女はおまえにはもったいない。映画のようにはいかないぞ。**

車両が次の駅に停《と》まった。**さあ、降りるんだ。ぐず！　おまえには荷が重すぎる。**彼はためらった。車両が動きだす、次の駅に停まる、また次の駅……イレナが立ちあがった。だめだ、間に合わない。**彼女は次の駅で降りるぞ。何とかしろ！　いましかチャンスがないぞ。**

二、三人を押しのけて近づく。足ががたがた震えた。頭の中が真っ白だ。ほら、彼女がそばにいるじゃないか。彼から数センチの近さだった。完璧《かんぺき》な口元の曲線が見える。

そして、ほんの少し上体を傾け、彼女に話しかける。

「……」

隣の車両で爆発音のようなものがした。彼らから数メートル離れているだけだ。大爆発の音、想像もつかない力のくぐもった音のあとに、すさまじい爆風が車両を震わせ、乗客をなぎ倒した。

妙なことに、何が起こったのかを人々が理解するまで、しばらくかかった。車内が悲鳴であふれる前の、呆然《ぼうぜん》とした一瞬。

一秒前は、いつもと変わらない夕方、一日の仕事が終わったところで、いつもの気《け》だるい時刻……。

それから、車両が駅と駅のあいだで脱線した。明かりが消え、窓ガラスが粉々に砕けた。

一秒前、ひとりの若者がひとりの若い娘に接近しようとしていた。

そしてとつぜん、大音響、おびえ。恐怖の真っ只中だ。

エリオットとイレナはようやく立ちあがった。車内にはほこりが充満し、それが目を刺激し、呼吸もできない。ふたりの若者はまわりを見る。乗客は衝撃のあまり呆然となり、破れた衣服も血まみれで、不安に顔をゆがめていた。壊れた天井が客席に落ちてきて、その下に乗客を閉じ込めていた。

瞬く間に車内は阿鼻叫喚《あびきょうかん》と化した。おびえた声でひとりの女が「主よ、我らにお慈悲を！」と叫ぶあいだにも、人々は脱出口を見つけようと押しあう。イレナはなんとか冷静であろうと努め、隣で泣いている少女を元気づける。

エリオットの髪の毛はガラスの破片にまみれ、シャツにも血がついていた。彼自身もけがをした。それは間違いないのだが、確かめようともしない。比較的まだ元気そうな乗客といっしょに、彼は金属板の残骸《ざんがい》に閉じ込められた負傷者を助けようとする。何人かは助けた。しかし多くは爆発のすさまじさで身体《からだ》を引きちぎられていた。

「ここから出ないと危険だ！」

言葉が最後通牒《つうちょう》のように響きわたった。実際、全員が同じことを思っていた、この息苦しい地獄から出ることを。しかし、自動ドアはねじれてしまって動かない。結局、生存者は窓から飛びおりるしかない。

エリオットは周囲を見る。ほとんど何も見えない。車両が燃える炎で、灼熱《しゃくねつ》地獄に閉じ込められてしまっているようだった。身体じゅうに汗が流れていた。これほど恐怖を感じたことはない。ますます視界は曇って、煙で呼吸ができない。床からは吐気《はきけ》を催す臭いが上がっていた。このあと数年たってから彼が知り、また恐れることになる臭い、死の臭い。

去ろうと思った。でもいいのだろうか？　車内にまだ負傷者がいるのが分かっていた。空気を吸いこもうと、ひざをついたまま、車両の後方まで進む。身体の一部が転がっていた。腕、脚、靴を履いたままの足……彼は泣きだした。何ができるのだろう？

何も。

「来るのよ！」

そう叫んだのはイレナだ。窓に足をかけ、彼がついて来るか心配していた。

エリオットがふり向く。彼女に従おうとしたが戻る。すぐ近く、天井の残骸の下に同年代の若者が倒れていた。エリオットは屈《かが》むと、まだ息があるかどうかを確かめる。鼓動を聞いたように思った。ほんとうを言えば、確信が持てなかったが、そう思うことにした。彼は執拗《しつよう》にその金属製の罠を開こうとするが、どうしても無理だ。鉄の棒がその若者の胸部を押しつぶしていた。

「行きましょう！」イレナがくり返した。

彼女が正しいのだ、ひどい煙、ひどい暑さ……。

それでもエリオットは躊躇《ちゅうちょ》する、そして最後の力を振り絞り、もう一度やってみる。

「死ぬなよ！」彼は若者にどなった。

その後の人生で、彼がいかに鉄の棒を捻《ね》じまげ、若者を自分のほうに引き寄せることができたのか、エリオットは自問をくり返すことになる。しかし彼はやり遂げた。彼は若者を抱えあげて肩に担ぐと、燃える車両からの脱出を試みる。

イレナに続いて車両から飛びおり、一列になってトンネルの中を進んだ。彼らの前を、片腕をもぎとられた男がふらつきながら歩いていて、ときどき倒れそうになる。エリオットの顔を熱い液体が流れる。背中に担いだ男の流す血だった。出血を止めるのにどうしたらいいか分からない。彼は数秒間立ちどまり、シャツを引き裂き、丸めてから、出血を止めようと、その間に合わせの止血帯を力いっぱい傷口に押しあてる。

頭の中で、すべてが混じりあう。もう力が尽きていた、背中の男が一トンにも感じられる。だが、自分のつらさは後回しにすること。自分が引き受けたことをやり遂げようと、何か安心できそうなことに精神を向けることにする。

そうして、前を行くあの娘を見た。ふたりはまだ、ほとんど言葉をかわしていないが、何かの絆《きずな》でもうつながれていた。運命に任せよう。未来が開けないわけがない。彼はそう確信した。彼女がいなければ、彼は爆発のあった隣の車両に乗っていただろうか?

しばらくすると、トンネルの遠くに明かりが見えた……駅だ。あと数メートル。だが、それがとにかく苦しい。エリオットにはもう何も聞こえない。ああ、倒れてしまう……。

そのとき消防士のひとりが近づき、負傷者を降ろしてくれ、担架に載せた。

やっと解放され、イレナのほうを向く。

そしてエリオットは気を失った。

同じころ、息もつけないトンネルの中で、事故車両は燃えつづけていて、間もなく煙を吐くだけの残骸になろうとしていた。

その一両の中、熱で変形した座席の上に、すでに炎に包まれて一冊の本が置かれてあった。その不思議な文章はまだ読めた。

あなた自身があなたの救いである
他にはない
他人を救うことはできない
自分しか救えない
ゴータマ・シッタールタ（釈迦《しゃか》）

数時間後、エリオットが目を覚ますと、病院のベッドに寝かされていた。陽が昇っている。肩に大きな包帯が巻かれ、首筋からひどい痛みが広がっている。そばの椅子に腰かけ、地下鉄で出会った女が静かに彼を見つめていた。

「だいじょうぶ？」女が屈みながら聞いた。

うなずき、彼は上体を起こそうとするが、腕に付けられた点滴の管で思うようにいかない。

「じっとして、わたしがやってみる」

イレナがボタンを押すと、ベッドの半分がゆっくり上に傾いた。

壁にとり付けられた白黒テレビが、混乱中のマンハッタンを映し、そのあとアナウンサーが話しだした。

《ニューヨークが前代未聞の大停電に見舞われました。昨日十一月九日、午後五時十六分、オンタリオから東海岸沿いの合衆国全域が停電となり、約十時間後に復旧されました。当初の、サボタージュによるものという見方は、間もなくナイアガラ・フォールの水力発電所の送電系の故障と訂正され……》

それから、地下鉄事故の映像と解説が続き、記者は原因を停電によるものと伝えた。合衆国がいま不安定な時期にあるにしても、爆弾やテロのことに言及するのは論外だった。二年前のケネディ暗殺、この夏はロサンジェルスで人種暴動が起こり数十人が死んでいた。とりわけ、米国はベトナムに大規模な派兵を開始したから、ときに過激な行動をとる学生運動の盛んな大学キャンパスで抗議行動が起こっていた。

イレナはテレビを消した。

「彼は死んでしまったのかい？」しばらくしてエリオットが尋ねた。

「だれのこと？」

「ぼくが助けようとした若い男だよ、死んだのかな？」

「お医者さんたちがいま手術をしていると思うの。でも見たでしょう」彼女が嗚咽《おえつ》をこらえながら説明した。「彼、ひどい状態だったんですもの……」

エリオットがうなずく。ふたりはしばらく無言のままだ。まだショックから立ち直れないでいたから、混乱と戸惑いが渦巻いている。それぞれの世界に、ふたりは浸っていた。

それからイレナが沈黙を破った。

「あなたは何を言いたかったの？」

エリオットが眉をひそめた。

「爆発のちょっと前」イレナが説明する。「わたしのほうに屈んで、何か言おうとしたでしょ？」

「あれは……」エリオットがもぐもぐと口を開こうとする。

太陽の光線がゆっくりと病室の中に最初の光を投げかける。不思議な数秒が訪れ、事故など夢でしかなかったように思えた。そこには、困惑しきったひとりの若者がいて、見初《みそ》めた若い女を前にしているだけだ。

「……いっしょにコーヒーを飲みに行かないかって、言いたかっただけだ」

「ああ、そうだったんだ」ちょっとあがって、彼女が言った。

気まずさは、病室にはいってきた医師の大きな声で救われる。

「ドイル医師です」告げながらベッドに近づいた。

白衣の医師が診察しているあいだを利用して、若い女が部屋から出ていってしまうのを、エリオットは悔しそうに眺めた。そのあと、ちょっとした説明の時間を辛抱しないといけない。その中からいくつか拾った言葉は、「胸骨陥没を伴う胸部外傷」あるいは「外傷性頸部糜爛《けいぶびらん》」だ。ようやく医師は、抗炎症外用薬と頸部コルセットを処方して診断を終えた。

医師が去る前エリオットは、いっしょに入院した同年代の若者のようすを聞いた。すると、手術が終わったばかりだが、いまは「患者の覚醒《かくせい》を待たないと病状の見通しは言えない」と告げられた。

数年後、彼が何度も口にすることになる台詞《せりふ》……。

病室でひとりがっくりしていると、ドアが少し開いて、隙間からあの魅力的な顔が現れた。

「いいわ」イレナが告げた。

「えっ？」

「コーヒーを飲むことよ、いいわって言ったの」紙コップにはいったふたつのコーヒーを見せて言った。

顔じゅうに笑いを浮かべて、エリオットはコーヒーを受けとる。

「ところで、ぼくはエリオットっていうんだ」

「わたしはイレナ」

この日、冬のマンハッタン、ある病院の六階で、運命がめぐり合わせたふたつの影は夜遅くまで話しこんでいた。


ふたりは翌日また会う。その翌日も、また翌日も……。街を散歩し、セントラル・パークでサンドウィッチを食べ、美術館を歩きまわった。毎晩のように病院へ寄り、あの負傷した若者の容態を尋ねるが、ずっと昏睡《こんすい》から覚めていなかった。

それから、ほろ苦いカカオのカヌレとチーズケーキを食べに寄ったアムステルダム・カフェ。店を出て雨の中で交わしたキス。

すべてを変えてしまうキス。

なぜなら、エリオットは、このユニークな娘といっしょでなければ、生きることを幸せと感じられないだろうと確信したからだ。ピザをほお張りながら議論を吹っかけてくる、ポジティブで自由奔放な女。

そしてイレナも、運命がひどく変わったやり方で彼女の人生の道程《みちのり》にぽつんと置いてくれた、この神秘的で魅力ある若者の視線を通してしか、もう自分が美しいと感じられないだろうと思った。

午後は、摩天楼の真ん中に広がる広大な公園で、尽きることのない議論に時間を費やした。

こうして、ふたりはお互いを知っていく。

彼女が生物学を専攻し獣医師になるという野心を語ると、彼も数学と科学には興味があると話す。彼女が、よい成績だったのにどうして学業をやめてしまったのかと彼に聞く。たしかに優秀だったかもしれない、でも自分が偉いからじゃない、たまたま授かった一六六の知能指数のせいなんだ、と彼は答える。

でも将来の計画のことを聞くと、彼は答える術《すべ》を知らない。彼には自信が欠けていて、感受性が強いあまり、自分の殻にしばしば閉じこもってしまうのね——そう彼女は思った。

そこである日、それにはふれないように彼女が質問した。「あなた、どうしてお医者さんにならないの?」最初は聞こえなかった振りをした。でも彼女がくり返すと、彼は肩をすくめた。

しかし、その質問は頭の片隅にとどまっていた。それもある時ある晩まで、彼が助けだした例の若者が昏睡状態から脱出し、彼に会いたがっていると病院で伝えられるまで。

エリオットは病室にはいり、ベッドに近づいた。

若者はフランス人だった。十日間コーマ状態にあったというのに、目に笑いを浮かべていて、顔つきも快活そうで、皮肉っぽい微笑《ほほえ》みも、むしろ感じがいい。

「そうか、おれの救世主ってのはおまえさんか！」かすかに訛《なま》りのあるジョークでエリオットを迎えた。

「そうらしいな」

まだ会話らしい会話もしていないのに、ある親密感が通い合っていた。

「これからもずっと背中に負ぶさってやるからな」そのフランス人が宣言した。

「ほんとかい？」

「おまえさんに同じことを返せるまではね、そのときはおれが命を救ってやる……」

エリオットは微笑む。屈託のない陽気さを伝えてくるようなその若者に、すぐに意気投合してしまう自分を感じた。自分に正反対なもの、補完してくれそうなものを見出し、握手しながら自己紹介する。

「ぼくの名前はエリオット・クーパーだ」

「おれはマット・デルーカ」

あとになってこの場面を思い返すたび、エリオットは自分の人生がそこで決定的に変わったのだと思う。

ある日の夕方、地下鉄でひとりの同年代の女性に惹きつけられ、ある車両の代わりに、もうひとつの車両に乗った。

その選択が、彼に人命を救うこと、それから、……愛。

友。

そして、天職を見つける可能性を与えてくれた。

この年の、あの数日間で彼は一人前の男になった。

＊

サンフランシスコ
二〇〇六年　六十歳のエリオット

思い出に浸りつつ、エリオットはテレグラフ・ヒルの頂上に車を停めてから、花壇にはさまれた階段をアール・デコの優雅な家まで下りていった。庭に通じる扉を開け、半開きの窓をこつこつ叩きながら呼んでみた。

「マット、わたしだ！　表で待っている」

それほど待たせずにマットがドアを開き、目を瞬《しばた》いた。

「エリオット？」

「急ぎたまえ、きみ、フランシスの店に寄ってサンドウィッチを買うんだから。遅くなると、セットメニューしか残らないぞ。きみはまずいと言って、機嫌を悪くするだろうが」

「ここで何してる？」

「ヨットを出すっていうのは、今日だったろう？」

「どのヨット？」

「ローマ法王のヨットって言えば分かるのか！」

「いったい何を言ってるんだ？」

「いいかね、昨夜《ゆうべ》きみは、わたしの携帯電話にメッセージを残し、ヨットを出そうと……」

マットがそれをさえぎった。

「よせよ、エリオット！　おれはあんたにメッセージなどひとつも残してない。理由は簡単さ。おれたちふたりは、三十年前から一度も口をきいてないからだ！」

今度はエリオットが目を丸くする番だった。

彼はマットに視線を合わせようとするが、それで相手が冗談を言っているのでないことを悟った。

「聞けよ」マットが続ける。「あんたが何を考えているのか知らんが、おれは今日忙しいんだ。だから、悪いが……」

「ちょっと待ってくれ、マット！　きみはわたしの友人じゃないか。毎日のように電話で話し、数日おきに会っているだろうが！」

マットが目を細め、遠い昔を思いだしているようだった。

「友人だったな。それは事実だ。でも昔のことさ……」

扉を閉めようとするマットに、エリオットが必死に尋ねた。

「わたしたちに何があったんだ？　喧嘩《けんか》をしたのか？」

「頭がおかしいんじゃないのか？　何も覚えてない振りなんかしないでくれ！」

「何が起きたのか言ってくれ」

マットはためらったが、

「三十年前のことだ。おれたちの人生は順調にいっていた、おまえさんがおかしくなってしまうまでは」

「どういうふうに？」

「変なことを言いはじめたんだ。時を超えて旅をする男のことだとか、そいつが年をとったおまえであるとか……。要するに、正常な状態になかった。おまえを助けるために、おれはできる限りのことをした。ある日おまえが限度を超えてしまうまでだがね」

「それはいつのことだ、マット？　正確にはいつだった？」

「クリスマスだった、ちょうど」とつぜんマットは思い出した、日にちの符合に驚いている。「思い出した、おまえがイレナと別れたのも、ちょうどこの日だったからな……」

ちょうど三十年前の同じ日……。

「長いことおれは仲直りしようと手を尽くしたよ、エリオット。だがおまえさんは自分の殻の中に閉じこもってしまった。それに、イレナに起こったことのあとではな、前と同じにってわけにはいかんね」

「イレナに何が起きたんだ？」

マットの顔を悲しみのベールが覆った。それから、有無を言わせないという態度で彼は言った。

「もう帰ってくれ、エリオット！」

扉が閉まった。

冷静さをとりもどすまで時間がかかった。呆然とし、力ない足取りで車に向かう。見たところ、一九七六年のエリオットはマットとの関係を壊してしまったらしい。そのツケを自分が払っていた。

しかし、これだけ残っているマットとの思い出をなんと説明すればいいのか？　一九七六年からの共通の思い出が、彼の頭の中にしか存在しないはずはないだろう？

＊

エリオットは車に肘をつき頭を抱えた。

時の流れがいくつも存在するのだとしたら？

科学者の世界を騒がしている《並行宇宙論》の仮説を耳にすることがあった。一部の物理学者によると、生成する可能性のあるものは、あるひとつの宇宙で生成する。わたしがコインを投げると、コインが裏を上にして落ちる宇宙がある。そしてもうひとつの宇宙ではそれが表を上にして落ちる。わたしが宝くじを買う。わたしが当たるひとつの宇宙があり、外れてしまう宇宙が数千万だけ存在する。そこから帰結できるのは、わたしたちが知っている宇宙は、無数のもののひとつにしかすぎないというものだ。九月十一日がけっして起こらなかった宇宙が存在する。ジョージ・W・ブッシュが大統領にならなかった宇宙、まだベルリンの壁が存在している宇宙……。

三十年前に彼がマットと仲違《なかたが》いした宇宙、そしてふたりがあいかわらず友人である宇宙……。

問題は、彼の記憶と実際の出来事の双方が整合していない時の流れの中に、過去・未来を往復していた彼が着地してしまった点にある！

残念ながら、いまのところはそれに合わせるほかない。

ビートルのハンドルを握り、彼は病院に向かった。

ひとつの重要な問題が彼を悩ませていた。イレナに何が起こったのかを知ることだ。

18

生きる理由と人が呼んでいるものは、同時に格好の死ぬ理由にもなる。

アルベール・カミュ

サンフランシスコ
一九七六年十二月二十五日　三十歳のイレナ
午後四時四十八分

はるか空の極みから銀色の鳥が一羽、雲と霧を貫いてサンフランシスコに降りていく。アルカトラズとトレジャー・アイランドの上を矢のように飛び、ゴールデンゲートのふたつの塔の一方にとまる。優雅な橋は、二キロメートルの湾をまたいでサウサリートまで続く。太平洋の中にしっかり根を下ろした橋脚は、冷たい潮流にも、その光り輝く金属構造をとりまく霧にも超然としている。

塔の上から、鳥は頭を下に向け、二百メートル下でうごめく人間たちの日常を眺める。六車線の橋で間断なく車は行き交い、追い越す。すべては耳をつんざくような騒音、震動する鉄板でしかない。

とつぜん、歩行者専用の道を、綱渡りでもしているように、ひとりの女が危なっかしい歩調で進む。

落ちそうだ。

ここにやってきたことをイレナは自分で説明できないだろう。フロリダに戻るフライトにひとりでは乗れないと思った。それで、タクシーにUターンするよう頼んで、街まで戻った。それから、どこかに行くほかないので、足の向くままに任せると、ここに来ていた。

彼女は深淵《しんえん》を覗いていた。思ってもみなかった耐えがたい苦しみに縛られていた。だれもが彼女のことを、強い、しっかりしている、気持ちが安定していると思っていた。だが、そのイメージは見せかけにすぎない。ほんとうを言えば、彼女は傷つきやすく、無力だし、ほんの簡単な言葉――「きみのことをもう好きじゃないんだ、イレナ」――に翻弄《ほんろう》されてしまう。その言葉が、すべての指標を彼女から奪い、生きる気力を萎《な》えさせた。

海を見ようと安全柵《さく》に近づく。景色に陶然とし、目がくらむ。渦巻く風、砕ける波が白いしぶきをあげ、さながら沸騰する海のようだった。エリオットが人生のすべてだった。彼なしにどう生きるのか？

破滅し、まったく非力だと感じている。襲ってくる苦痛は大きすぎ、とても押さえこむことができない。ふいに、死よりも生きつづけることに恐怖を感じた。どうしてここまで足が向いてしまったのか、そのとき彼女は理解した。

そして飛びおりる。

＊

ゴールデンゲートからの墜落は四秒だ。

四秒、最終の旅。

四秒、ふたつの世界にはさまれた真のノーマンズランド。

四秒、生きているわけでないが……また死んでもいない。

四秒、空虚の中。

自由の行為、あるいは狂気。

勇気なのか弱さなのか？

四秒後、時速百二十キロで水面に衝突する。

四秒後……、
……死ぬ。

＊

サンフランシスコ
一九七六年十二月二十五日　三十歳のエリオット
午後五時三十一分

冬の夜は早く来る。

すでに午後の陽は記憶でしかない。街を横切って照明がひとつずつ点っていくあいだ、雲間をぬって三日月が遠慮がちに姿を見せた。

車の窓を開けはなしたままエリオットは、臨海アベニュー、エンバルカデーロを走っていた。今日自分のしたことを思えば、ガラスの家に閉じこもり、夜をひとりで過ごす気分になれない。正気を失ってしまうのが恐ろしい、何かをやってしまうのが恐ろしい……。

飛ぶように車を走らせ、光を目指していくと、ビジネス街をつき抜け、トランスアメリカ・ピラミッドまで来ていた。矢の形をしたモダンな摩天楼が千の光に輝いている。

途方にくれ、機中のイレナに思いをはせた。彼女はこの別れにどう反応するだろう？　彼女にとってはそれほどつらいものではないはずだ。自分よりも彼女を愛してくれる、もうひとりの男を見つけ出すのも容易だろう。そう思いこもうとするが、しかしその仮定が耐えがたい。

カーブをくり返しているうち、病院の駐車場に着いてしまった。愛をなくした。友をなくした。あとは仕事しか残っていない。もちろん今晩、手術をしたり、患者を診たりするのは論外だ。酒と麻薬の影響がまだ消えていない。だが、慣れた環境に身を置く必要を感じ、それにはここ以外の最適な場所を知らなかった。

いつもの場所に車を停め外へ出たところに、けたたましくサイレンを鳴らして救急車が駐車場に飛びこみ、救急センターの前に停まった。反射的な習慣から、当然のようにエリオットは救急隊員に手を貸す。第二一班のマルティネスとパイクとは以前いっしょに仕事をしたことがあった。その救急隊員の青ざめた表情から、負傷者の傷が相当なものであることが知れた。

「どういう事故なんだ、マルティネス？」

ラティーノの青年は彼が当直医だと思って説明する。

「三十代の女性、コーマ状態で、多発外傷。ゴールデンゲートから飛びおりたんですよ、三十分たってます……」

見えない。

「死亡ではないんだね？」

「いまのところは。おれが見たところ……」

すでに若い女への挿管処置はなされていた。静脈点滴と頸部固定具に隠れて女の顔は見えない。

エリオットはふたりの救急隊員が担架を降ろすのを手伝う。

それから、負傷者のほうに屈みこんだ。

そして、彼女だと分かった。

*

サンフランシスコ

二〇〇六年　六十歳のエリオット

マットとの言い争いが気になって、エリオットは運転に集中できなかった。自分がどこに向かっているかさえよく分からなかった。

「イレナに起こったことのあとではな」とマットが言ったのは、何を意味していたのか？　単にふたりが別れてしまったことを指しているのか、それとももっと重大なことか？　エリオットは頭の中を整理しようとした。彼とその片割れは、イレナの命を奪うことになるシャチとの事故を回避することに成功した。最後に、一九七六年十二月二十五日の朝へ旅したとき、彼女はたしかに生きていた。

ではなぜ、マットの声に絶望が見てとれたのか？　急ブレーキをかけ、ワシントン・パーク沿いの消火栓の前に車を停めた。ノースビーチの歩道を走り、インターネットカフェを見つけると、コンピュータを使うためにカプチーノを注文した。

マウスをクリックして電話番号案内のサイトにはいり、必要情報をインプットしていった。名前は《イレナ・クルス》と入れる。

次の行が点滅する。町名を《オーランド》と入れる。それから検索を開始した。

該当者なし。

場所をフロリダ州に広げ、次にほかの州へと。

該当者なし。

二〇〇六年のイレナは電話番号を非公開にしているに違いなかった。あるいは、もう東海岸に住んでいないか。あるいは、名前が変わったか……。

あきらめきれず、今度はグーグルで《イレナ・クルス》とインプットする。ヒットしたのはひとつだけ……サイトに行ってみた。それはある大学のサイトで、海洋哺乳類《ほにゅうるい》の獣医学の実践に関するものだった。七〇年代のことが書いてあって、イレナが現在は日常化している治療の先駆者であるというものだ。例として詳細に記述されているのは、一九七三年に彼女が世界で初めてマナティーに麻酔手術を行ったことだ。イレナの名前に注釈番号が付いていた、ページ終わりの注釈を参照すればよかった。震える手でエリオットはページをめくる、そして恐ろしい発見をする、イレナの生年と死亡年だった。

一九四七〜一九七六。

ほかの説明はない。

画面から目を離せないまま、理解しようとした。

イレナが一九七六年十二月二十五日の朝に生きていて、それにもかかわらずインターネットのサイトが同年の死亡を示しているのであれば、彼女の死が一九七六年の最後の七日間に訪れたことになる。だが、いつ？　どのように？　どうして？

彼はインターネットカフェを出ると、急いで車に戻った。

当時の新聞を見よう！

それがまず先だ。ウインカーを出さずに車線変更をやって、対向車のレクサスとぶつかりそうになった。危なっかしいUターンをしてから、『サンフランシスコ・クロニクル』の本社があるシティーホールに向かった。

駐車スペースを二十分も探したが、この時刻ではどこにも空きがない。しかしあきらめず、戻ってきたときにはもう車がなくなっているなと覚悟しつつ、二重駐車をした。息を切らしながら新聞社のある正面がガラス張りのビルにはいり、一九七六年の保存版を閲覧したいと頼んだ。受付の若い女は、申込み用紙を差しだしながら、依頼は数日後にしか実現されないと説明した。

「数日後！」エリオットがうなった。

女が答えた、「祝日」、「人手不足」、「マイクロフィルム」、「まだスキャン作業の終わってない年」……。

彼は百ドル札を出した、女がとんでもないというような表情をした。彼はさらに二枚加える。「できるかどうか調べてみます」女が言った。

十五分後、彼はビュアーの前に座り、一九七六年末の『サンフランシスコ・クロニクル』を次々と読んでいた。大見出しには見つからないので、社会面を詳しく見ていく。そして十二月二十六日の紙面に小さな記事を見つけ、何度も読み返す、そしてその重大さを認識した。

ゴールデンゲートでまた自殺未遂

昨日の午後、若い女性がゴールデンゲートの七十六番柵から飛びおりた。女性はイレナ・クルスさん、フロリダ出身の獣医師。目撃者によると、水面との衝撃時、女性は足を下にしていたもよう。

水上警察のパトロール船に救助されたが、複雑骨折と内臓破裂を起こしているため、レノックス病院に収容された。医師の話では、女性は《重態》とのこと。

胃がひっくり返るような思いで、エリオットは数分間じっと椅子の上で身動きできずにいた。残酷な運命に弄《もてあそ》ばれた思いで愕然《がくぜん》とした。そして、翌日の紙面を見る。すでに何が書かれているか分かっていた。

ゴールデンゲートで自殺未遂の女性
救助の甲斐《かい》なく死亡

レノックス病院で奇跡は起きなかった。一昨日ゴールデンゲートから飛びおりた若い女性イレナ・クルスさんは、重度の内臓損傷により夜半に死亡した（昨日の紙面にて既報）。

この事故により、安全柵設置の必要性についての議論が再燃するもよう。なおゴールデンゲート管理局はその設置に反対の態度を表明している。

エリオットは虚脱状態になってビルを出た。車は、レッカー車に持っていかれないで、一時間以上も二重駐車されたままだった。わずかな慰め。ハンドルを握ると、レノックス病院に向かった。

もうひとつだけ確かめなければならないことがあった。

＊

サンフランシスコ
一九七六年　三十歳のエリオット
午後八時二十三分

死ぬほどの不安を感じながら、エリオットはイレナが手術室から出てくるのを待っていた。当直でなかったから、彼が執刀することは認められなかった。それにあの忌々しいヘロインを打っていたこともあって、彼は強硬には主張しなかった。

診断結果は絶望的だった。両下肢と両足首の骨折、腰部および肩の脱臼《だっきゅう》、胸部打撲……衝撃が激しかったため、骨盤も破壊され、それに伴い付随臓器も損傷を受けている。腎臓と脾臓《ひぞう》の損傷も憂慮され、また膣《ちつ》からの出血は腸もしくは尿管破裂を予想させた。

じっとしていられず、歩き回り、手術室を仕切っているガラスドアの後ろに立っていた。いままでに何度も経験していることだから、幻想を抱くことさえ許されない。

彼自身もしばしば多発外傷のケースに立ち会っていて、現実的になる必要があった。この段階では死亡率のほうが生存率よりも高い。同様の事故だと、よく脊柱《せきちゅう》と脊髄《せきずい》が損傷する。対麻痺あるいは片麻痺を頻繁に生じさせる外傷だった……。

手足が麻痺し、車椅子で動くイレナの姿が頭の中をよぎり、それが昨日まで水中に潜り、イルカと並んで泳いでいた水の精のような若い女の姿と重なりあった。

すべてが彼のせいだった！　片割れとともに、イレナを救ったものとばかり思っていた。だが彼らは期限を一日だけ遅らせただけのことだった。シャチに溺死《できし》させられる代わり、彼女は橋から飛びおりて自殺を図った。何という取引だ！

運命に挑戦しようとした。だが運命のほうが強かった。

*

サンフランシスコ
二〇〇六年十二月二十五日　六十歳のエリオット
午後十時五十九分

レノックス病院に滝のような雨が降りそそいでいる。

地下三階のジージーと音を立てる蛍光灯の下で、エリオットは三十年前の保存書類をかき回し、イレナのカルテを探していた。

　地下室には鉄製の棚が縦横に並べられ、どれもが書類箱の重みにたわんでいる。ずっと以前は、これらの書類がある規則にしたがってきちんと整理されてあったに違いないが、いまでは、地下室全体が巨大な物置と化していた。年月日、病棟、ぜんぶがごちゃ混ぜで方々に散らばっている。

　狂ったように、箱やファイルのひとつひとつを開けながら、エリオットは三カ月前から自分がやってきた行為に意味を持たせようとしていた。傲慢《ごうまん》にも人の運命を変えられるものと思っていたが、しかし運命はここぞとばかりに意趣返しをしてきた。明白な事実を認めなければならない。自由意志、運命を変える力、そのすべては幻想にすぎなかったことを。われわれの運命はあらかじめ仕組まれており、それに歯向かうことはむだであるという事実を。起こるべき出来事は避けがたく、死もその一部をなしている。未来はそのつどつくられていくのではない。肝心なところはすでに道が敷かれているから、その上を進んでいくしかない。ぜんぶがひとつの塊――過去、現在、未来――であり、それはぞっとするような名で呼ばれている。宿命と。

　しかし、すべてがすでに書かれているのなら、ペンを持つのはだれなのか？　超越する力？　神？　だが、わたしたちをどこまで連れていこうというのか？

　その疑問にけっして答えがないことを知りつつ、彼は探し物に神経を集中した。そして一時間も過ぎたころ、ようやくカルテを見つけた。イレナの入院書類は失われていなかったが、時の経過で中身がほとんど読解不能になっている。文字は消えかかっており、湿気のせいで一部のページは貼りついてしまっている。夢中で紙を蛍光灯に近づけると、なんとか肝心な点は読むことができた。

イレナの負傷は想像をはるかに超えてひどいものだったが、新聞で読んだものとは異なり、彼女の死因は内臓損傷ではなく、脳内浮腫《ふしゅ》の緊急摘出手術の結果によるものだった。

執刀した医師の名を見た、ドクター・ミッチェル。

彼のことは覚えていた。ロジャー・ミッチェル、優秀な外科医だが……。

なぜわたし自らが執刀しなかったのだろう？

また、CTスキャンの結果のないことにも驚かされた。記載されている内容から、どういうふうにことが進んだのか再現させることができる。四時ごろ、ナースが脳内出血を示す瞳孔《どうこう》不同を報告し、緊急手術がなされるが成功しなかったのだ。血腫《けっしゅ》が深くて場所を特定できず、しかもCTスキャンでしか発見不可能な静脈洞の傷のせいで、さらに困難になっていた。GCS値が低く呼吸困難にある患者に行う手術は、きわめてデリケートにならざるをえない。

最高の外科手術をもってしても彼女を救えなかったに違いない。

ただし、先回りして手術をしておけば、あるいは……。

最後に彼の注意を引いた情報は死亡時刻だ。

午前四時二十六分。

彼は時計を見ずにいられなかった。

いまはまだ零時だ。

＊

サンフランシスコ
一九七六年十二月二十六日　三十歳のエリオット
午前零時二十三分

「脾臓を摘出してから、腸を縫合しておいた」ロジャー・ミッチェル医師が若い同僚に説明した。

エリオットは初めて、普段とは反対の立場に立っていた。患者とその容態を心配する家族の側。

「腎臓はどうでした？」彼が聞いた。

「だいじょうぶだろう。むしろ、わたしは呼吸系統を心配している。隣接する肋骨《ろっこつ》が複数本、骨折している。少なくとも二カ所あるね」

エリオットはその意味するところを理解した。胸郭の一部が胸部《ソーラックス》から剝離《はくり》していることを意味し、血気胸や呼吸困難が生じる危険があった。

「脊椎損傷のほうは？」

「いまのところ何とも言えない。おそらく脊柱あたりの……。きみも分かっているように、この場合、確率は百かゼロだ。支障がないかもしれないし……」

「……あるいは一生対麻痺《パラプレジア》になる可能性もある」エリオットがあとを続けた。

ミッチェルが、同意しないというように、顔をしかめた。

「待つほかない。いまのところ、これ以上は何もできんだろう」

「ＣＴスキャンはやらないんですか？」

「今晩は無理だ。ソフトに問題があるらしい。今朝から何度も動かなくなってしまって」

「くそ、こんなときに！」エリオットはこぶしでドアを叩きつけながら叫んだ。

「落ち着くんだ。彼女を監視態勢に置いた。十五分ごとにナースが見に行く。いずれにしても……」

年配の医師は何かを言おうとして、口をつぐんだ。

「いずれにしても？」エリオットは聞いてあとを続けさせた。

「いまわれわれにできることは祈ることだよ。すぐにまた執刀しないですむよう祈ることだ。あの容態ではとても持ちこたえられない」

＊

サンフランシスコ
二〇〇六年十二月二十六日　六十歳のエリオット
午前一時三十三分

エリオットはイレナのカルテを抱いて階段を上った。二カ月前から執刀はやめていたが、病院の理事を務めていたからオフィスはそのままだ。ドアを開けると自動的に照明がつく。窓に向かって立ったまま、街に降りつづく雨を眺めた。

それから室内を歩きまわり、混乱した頭で、まだ何かできるのではないかと自分に問い返していた。もう一度イレナのカルテを読み直し、それを机上のすっきりしたデザインの大理石製チェスの横に押しやる。何かを思いついたように、チェスの駒をふたつ手に取った。円錐形《えんすいけい》のビショップと円筒形のルーク。

円錐と円筒……。

ふと、医学生時代に学んだひとつの寓話《ぐうわ》を思いだした。

エリオットは、円錐を横にして、机の上で転がした。ビショップが円を描いて回る。同じことを、今度は、円筒でやる。ルークは転がっていき、床に落ちて壊れた。

ふたつの駒は同じ動きを与えられたが、それぞれ異なる軌跡を描いた。教訓は、同じ運命に対し、人は異なった反応をするということだった。自分の運命から逃れられないにしても、それにどう向き合うかは自分が決める。

その考えにいきあたって元気をとりもどし、エリオットはポケットの小瓶をつかんだ。試練多き一日だったが、まだまだ終わっていない。それでも彼は、自分が意外なほど落ち着いていることに驚いた。

なぜなら、最終戦に臨もうとする人間ほど強いものはないからだ。

19

第七と第八の出会い

若者は知らず……。
老人はできず……。

サンフランシスコ
一九七六年十二月二十六日　三十歳のエリオット
午前二時一分

病院は雨の音を子守唄にして寝静まっている。
イレナは、小さな病室の薄闇《うすやみ》の中で、目を閉じたまま横たわっている。その上にもつれあうように並んだ点滴の管があり、口には酸素マスクが当てられている。

脇に座ったエリオットが、イレナの身体が冷えないようにと、シーツを上げる。動揺で震える手を、イレナの顔に待っていく。ふたりの肌がふれたとき、彼は心臓を切り裂かれる思いがした。

はれた顔、青くなった唇の向こうで、消えまいとする生命が闘っているように思える。ただ一本の糸にぶらさがっている命。

いつ切れてもおかしくない。

＊

病室のドアが静かに開いた。エリオットがふり向く。担当のナースだと思った。ナースではなかった。

「手術をする！」片割れがいっさいの反論を許さぬように告げた。

エリオットは跳びあがった。

「何の手術を？」

「硬膜外血腫《こうまくがいけっしゅ》がある」

あわてて若い医師がイレナの瞼を開けた。血腫の存在を示す瞳孔《どうこう》不同はまったく見られない。

「どこからその結論を……？」

「死亡診断書だ。CTスキャンをやっていれば、きみも分かったはずだがな……」

「待ってくれ！」エリオットは反論した。「まだ一九七六年なんだ。器械は故障している。プログラムが二回に一度は動かなくなるんだ。忘れたのか？」

相手は返事する間も惜しんで、電子心拍計の曲線を調べるのに神経を集中する。

「すぐに手術室を用意するよう頼むんだ、急げ！」壁の電話機を指しながら言った。

「待ってくれ、イレナには複数の胸部損傷があるんだ。いままた開いたら死ぬ危険があるじゃないか」

「そのとおり。もしやらなければ、それは確実だ」

エリオットはその言葉をじっくり考えてから、新たな反論を口にする。

「ミッチェルは勘だけでぜったいにイレナを手術しない」

相手が肩をすくめた。

「わたしがミッチェルに執刀を任せると思っているのか？」

「じゃあ、だれがやる？」

「わたしだ」

エリオットは自分をその《わたし》の中に入れることに賛成ではあるが、問題がひとつあった。

「ふたりだけで手術はできない！　少なくとも麻酔医と看護師がひとりはいる」

「当直の麻酔医はだれだ？」

「サマンサ・ライアンだと思うけど」

老医師はうなずき、壁の時計を見た。

「十分後に手術室で会おう！」そう言いながら彼は病室から出ていった。「きみはイレナの準備をしてくれ、わたしはライアンに会う」

*

六十のエリオットが、エーテル臭の漂う閑散としたホールを走っていく。目立たないよう、コートを脱いで白衣に着替えていた。わが家のように病院のことは知っていたから、サマンサ・ライアンが息抜きに逃げこんでいる休憩室もすぐに分かった。

「サム、いるかい？」電気をつけながら声をかけた。

夜勤のこま切れの睡眠に慣れているので、若い麻酔医はすぐに起きあがった。まぶしい照明をさえぎろうと目に手を当てていた。男の顔には見覚えがあるものの、どうしても名前が出てこない。

エリオットが差しだしたコーヒーを受けとりながら、彼女は顔に落ちてくるくせ毛をかき上げた。

個性的な女性だった。アイルランド系で、レズビアン、熱心なカトリック信者。病院では二年前から働いている。ニューヨーク消防局で活躍している父親や兄たちの住む大都会を離れ、家族との絆を断ったのだ。

その後、エリオットと彼女は友人になるのだが、当時のサマンサは、孤独で内向的、まだ自信を持っていなかった。病院に友人もなく、同僚たちからは変人と見られていた。

「手術をするので、きみが必要なんだ、サム」

「すぐにですか？」

「いますぐにだ。呼吸困難の状態にある女の患者に、硬膜外血腫の摘出をやる」

「あの自殺未遂の患者ですね？」コーヒーを飲みながら彼女が聞いた。

「そうだ」

「彼女は助かりませんよ」女は静かに言った。

「それは未来が決めることだ」エリオットが反論する。

サマンサがオレオのビスケットを袋から出した。

「だれの執刀ですか？」ビスケットをコーヒーに浸しながら彼女が聞いた。

「わたしだ」

「それで、あなたはいったいだれなの？」

「きみをよく知っている者だ」

麻酔医の視線がエリオットのそれと交差した一瞬、自分の内面をすっかり読まれているように感じ、彼女は動揺した……。

「すぐに取りかからないといけない」エリオットが言った。

サマンサはかぶりを振った。

「担当医はミッチェルです。正規外の手術はいやです、解雇されてしまうもの」

「そのリスクはある」エリオットは認めた。「でも、きみはわたしに協力するんだ……」

「あなたにそんな借りはないわ」彼女が肩をすくめた。

「わたしにはない、だがサラ・リーヴスにはある……」

エリオットは途中で言葉を切る。すると相手が恐ろしそうに彼を見つめた。サラ・リーヴスは身寄りのない娼婦で、二年前、ごろつき連中から袋叩きにあい、数箇所ナイフで刺されたあと、病院までたどり着いた。緊急手術を行ったが、彼女は助からなかった。

「きみは、この病院が最初の職場で、あの日は当直だった」エリオットが記憶を呼びさます。「きみは優秀な麻酔医だ、サム。最高のひとりだよ。だがあの晩はしくじった……」

サマンサは目を閉じ、そしてあの晩のことをあらためて思い出した。操作の失敗。ふたつの薬を混同した。初心者の過ち、そして覚醒しなかった患者。

「きみは間違いをうまく隠したよ。それにあの娼婦の死に興味を持つ人間などいなかったというのも事実だ」

サマンサは目を閉じたままだ。あのときの過失、あれは彼女が油断していたからだ。たしかにあの晩、彼女の気持ちは別のものに向けられていた。ニューヨークへ。彼女を「あばずれ、売女《ばいた》、……」と罵る父親に、「家族の恥」だと三秒おきにくり返す母親に、そして市《まち》を離れるよう追いたてる兄たちに。

おびえきったサマンサが目を開く。そして、エリオットを見た。

「どうしてそれを知っているの?」

「きみがわたしに話してくれたからだよ」

サマンサは首を振った。だれにもそのことを話したことなどない。教会の告解でも。その代わり、二年前からは、信仰心のありったけを注いで、祈りつづけた、過ちを贖《あがな》えるようにと。何よりも後戻りしたかった。あの忌々しい一日を消してしまうために。何度、魂の救済を天に願ったことだろう!

「ひとつの死を、ひとつの命を救うことで贖えばいい……」女の思考の流れを追って、エリオットが言った。

数秒間だけ迷ってから、サマンサは手術衣のボタンを閉めながら言った。

「手術室に行きます」

エリオットは彼女のあとを追おうとしたそのとき、手の震えが始まった。

もう始まったのか!

トイレに逃げこむ。幸いこの時間だと人はいない。自分が消えようとしているのを感じ、あわてた。洗面台に屈み、顔に水をかける。サマンサ・ライアンと違って、彼は神を信じていない、でも祈らずにいられない。

手術をやらせてくれ！　もう少しだけいさせてくれ！

しかし、彼が信じていない神はその願いを聞き届けてはくれない。そしてエリオットは時の渦巻の中に吸いこまれるほかなかった。

＊

エリオットは二〇〇六年に目覚めた。オフィスの椅子にだらしなく座っている。あわてて棚の置時計を見た。午前二時二十三分。

まだ時間がある。すぐまた過去に戻っていかなければならない。熱に浮かされたように、錠剤をひとつ呑みこむが、何も起こらない。当然だ、薬は睡眠中にしか効かないのだ。ところが、自在に眠れるほど、気持ちが落ち着いているわけではない。急いで廊下に出るとエレベーターを呼んだ。病院内の薬局へ。そこでヒプノセンと書かれた注射液を手にとる。麻酔前の患者に無意識状態を生じさせるための薬だった。大急ぎでオフィスに戻ると、使い捨ての注射器をカバンから出す。少量を注射器で吸って、静脈に注射した。催眠剤の効果はすぐに現れ、エリオットは夢の世界にはいっていった。

＊

一九七六年の同じころ、三十歳のエリオットはイレナを手術室に連れていこうとしている。彼女の頭を剃《そ》り、酸素吸入器をはずしたところだった。移動中の呼吸には酸素の風船を用い、なるべく目立たないよう手術室に向かった。

サマンサ・ライアンとナースがひとり、すでに待機していた。ところが、片割れの姿が見えない。ガラスの仕切り板を叩く音でふり返ると、老医師がエリオットに消毒に来るよう合図を送っていた。無言のままエリオットは老医師に合流し、いっしょに袖をまくると殺菌液で手を洗い、白衣、マスク、手袋を着けた。

＊

ふたりは手術室にはいる。

若いエリオットはすこし後ろに下がり、手術の指揮を片割れに任せた。落ち着いたようすの年長の医師は、余裕しゃくしゃくと、イレナを手術台に載せるのを仕切っている。彼女の頭を中心に据えると、傾いたり回転したりしないよう固定させた。脊椎に損傷のあることが分かっているから、急激な動作を極力避けるようにする。

こうして手術は開始された。ふたりの医師の老いたほうが、特別な感慨を覚えている。

二カ月前に執刀から離れ、二度とメスを握ることはないと思っていた。手の動きは正確だ。長い年月のあいだに、ぎりぎりの瞬間で緊張を抑制する術《すべ》を学んでいた。どこを開けばいいのか正確に知っていたし、手も震えず、万事が順調に進んでいたのだが……。

「いったいだれが手術を許可したんだ！」

ミッチェルが手術室にはいってきた。怒りに顔面蒼白《そうはく》になっている。サマンサ・ライアン、エリオット、片割れと順繰りににらみつけた。

「だれだ？」顎で老医師を示しながら聞く。六十のエリオットが落ち着きはらって注意した。

「あんたは殺菌してないだろう、ドクター・ミッチェル。それに、血腫を見逃したな」

自尊心を傷つけられたようだが、ミッチェルはマスクを口に当ててから警告する。

「このままじゃすまさんぞ！」

「殺菌をしていただきたい」エリオットがくり返し、ミッチェルが外に出ざるをえないようにする。かんかんになっていた。

手術は思いがけない平静さの中で粛々と続いた。外では、雷鳴が轟《とどろ》き、窓ガラスを打ち、溝を流れる雨の音が聞こえてくる。三十のエリオットは、年長者に賛嘆と疑念の入り混じった視線を向けていた。六十の彼はといえば、手術に没頭している。すべてが順調にいっているにしても、血腫の深さ、大きさ、それにイレナの呼吸器不全で、生き延びる可能性が少ないことは明らかだ。最善のケースでも、彼女のコーマが虚血症を引き起こし、したがって重度の障害が残るであろうことを、老医師は知っている。

彼女が助かるのは、どの程度の確率なのか？

医学的にいえば、イレナが生きていられるのは五パーセントだ。

そして、後遺症がないということになると千分の一。

しかし、長い経験から学んだのは、数字というものは、大きいからといって安心できるものではないということだ。医師たちが三カ月の余命しか与えなかった患者が、十年も生きたケースも見た。また、リスクがないはずの簡単な手術が悲劇に終わることもあった。

血が顔まで飛んできたのは、そんなことを考えていたときだ。恐れていたこと、血腫に圧迫されていた静脈洞の傷だ。ひどい出血だが、しかしほかの者にはあらかじめ言ってあった。血液が細心の注意をもって吸引される。感情を抑えようと努める。いま手術している箇所だけに集中し、患者がイレナであることを考えない。というのも、もし彼女の姿を思いうかべたりすれば、手が震えだすだろうし、目さえかすんでしまう危険性をよく分かっていた。

手術は静けさの中で進行していた、ミッチェルが医長を伴って手術室に再びはいってくるまでは。彼らは規律違反を確認する言葉を発するものの、手術の中断は命じない。

どちらにしてももう終わりに近づいていた。最初の震えを感じた六十歳のエリオットは、若いほうに顔を向ける。

「縫合はきみに任せたぞ」

老医師は、白衣とキャップを脱ぎ、血にまみれたラテックスの手袋をはずして両手を見つめる。覚悟していたよりも長く震えないで耐えてくれた。

「ありがとう」感謝をだれに向けているのか自分でも分からずに囁《ささや》いた。

これが彼にとって最後の手術だった。生涯でもっとも重要な。

まわりで呆気《あっけ》にとられている者たちの目の前から消える瞬間、彼は、使命を果たしたぞ、と自分に向かってつぶやいた。

これからは、もう死を恐れないですむ。

20
第九の出会い

二十歳、人は世界の中心で踊る。三十で、円の中をさまよう。五十で、円周の上を歩く、内側も外側も見ないように。その後は、まったく意に介さない。子供と老人の特権だ、誰にも見えないからだ。

クリスチャン・ボバン

サンフランシスコ
二〇〇六年　六十歳のエリオット

エリオットが目を覚ますと、オフィスの冷たいタイル床の、小さな血溜《ちだ》まりの上に倒れていた。立ちあがるのがつらかった。そして鼻に手をやると、まるで噴水のように血が出ている。またしても鼻の血管が時の旅への運賃を支払った。止血用コットンがいくつも必要だった。

夜が白むにつれ、エリオットはひとつの疑問にとりつかれた。イレナを救えたのだろうか？

コンピュータの前に座り、電話番号案内を調べる。昨日調べたときは、イレナ・クルスの名での該当者はなかった。合衆国全体で検索を再度やってみる。今度は検索に回答があった、ウェーバーヴィルというカリフォルニア州北部にある村の住所だった。

偶然の一致？　ぬか喜び？

それを知るには、ひとつしか方法はない。

オフィスを出てホールに降り、コーヒーを飲んでから駐車場に向かった。うまくいけば、ウェーバーヴィルには六時間以内で着けるだろう。古いビートルは彼と同じくらいくたびれていたが、なんとかもってくれるに違いない。もうちょっとだけの辛抱だ……。

出発したのは、夜明け前だった。太陽はまだ見えない。昨夜の大雨のあと、濃紺の空にはまだ星が光っている。

高速一〇一号線でサンフランシスコを出て、最初の二百キロメートルはあっという間に走った。

レゲットを少し行ったところで高速道路を離れ、メンドチーノ岬づたいにファーンデールまで蛇行していった。太平洋の大波に打たれ、道は、海に落ちこむ険しい断崖《だんがい》の上に突きでるように、海岸すれすれに続いている。海岸線をアルカタまで行き、高速二九九号線に乗る。山脈を東西に越える、唯一の走行可能な車道だった。一帯は、セコイアの巨木や銀色に輝くモミの木が広がる保護地域で、野生の雰囲気を残していた。

六時間の運転でウェーバーヴィルに着くと、そこは山間《やまあい》の離村だった。ビートルを村中央の道に停め、ドラッグストアでイレナ・クルスの住所を尋ねた。村はずれから森に向かう小道を教えられ、エリオットは徒歩で行くことにした。二十分ほど歩いたら、道から下がったところに小さな木造の家が見えた。近くで滝の音がする。ふと立ちどまったエリオットは、前世紀の伐採から生き残ったセコイアの陰に身を隠した。両手をかざして日光を避《よ》けながら、目を細める。

女がひとり、雪をかぶった山を望む、山荘のひさしの下に座っていた。

午後の光の中、エリオットからは女の背中しか見えない。だが、彼女であることを一瞬たりとも疑わなかった。

ふたりは三十年も離れていた。いまふたりは三十メートルも離れていない。

束の間、その空間を横切ってしまい、彼女にすべてを語ってしまおう、両腕に抱きしめてあの髪の香りを嗅《か》ごう、いまこそそれができるのだと思いたかった。

だが、もう遅い。時の旅で身体がひどく弱っていた。自分の一生がもう過去のものとなり、身体を蝕《むしば》む病に敗れたのだと、いまほど思い知らされたことはない。

だから、樹齢千年の巨木の根に腰を下ろし、彼女を見ているだけにした。

穏やかな空気、この人里離れた静かな場所で、ようやく歳月と悲しみの重荷から解放されたように思った。

生まれて初めて、彼は平安の中にいた。

＊

サンフランシスコ
一九七六年　三十歳のエリオット
朝の九時

イレナの手術から二日経過した。

さっき昏睡《こんすい》から脱出したところだが、生存確率は不明なままだ。

手術が行われた状況についての噂は、病院じゅうに広まってはいたが、懐疑と不審で迎えられただけだ。幹部たちは、いかなる態度をとるべきか、数時間検討した。この一件を警察に伝えるべきか。そうするとレノックス病院の権威に傷がつかないだろうか？

病院長と外科医長は、《どこからともなく来た男》が《手術室から立ち消えてしまった》と書かれた報告書にサインをするには、自分たちの評判を気にしすぎていた。エリオットとサマンサに対しては、二カ月の停職処分でことをすませた。

若い外科医はその出勤停止を申し渡されて、病院を出ようとしているところをナースに呼び止められた。

「先生、お電話です！」と言って、壁の受話器を差しだした。

「もしもし？」

「わたしだ、向かいにいる」片割れの声が伝えた。「ちょっと来てくれ」

「向かい？」

「ハリーの店だ。何か注文しておこうか？」

返事もしないで、エリオットは電話を切ると道路を横切った。

三メートル先も見えない。濃霧が広がっていて、街灯や車をその動くベールで包んでいた。ハリーズ・ダイナーは、救急病棟入口の前にあるレストランで、列車の車両をそのまま利用した細長い店だ。典型的な五〇年代のスタイルで、復古調の雰囲気がある。ドアを開けると、出勤前に急ぎの朝食をとりに来る同僚の医師や看護師たちと顔を合わせた。

煙だらけの奥の部屋に片割れはいて、コーヒーのマグカップを前にして座っていた。

「どうだった？」レザークロスの座席に腰を下ろしながらエリオットは聞いた。

「彼女は助かったぞ」

「イレナは生きてるんだね、未来で？」

老医師がうなずいた。

エリオットは一瞬疑わしげな表情を浮かべたあと、尋ねた。

「後遺症は？」

相手は質問をはぐらかし、

「いいかね、ぼうや、彼女は生きたんだ。われわれで彼女の命を救ったんだ……」

エリオットはその言葉にすがりつくことにした。そして数分間、ふたりは黙禱《もくとう》でも捧げるように無言のまま向かい合っていた。

どちらの表情もやつれ、目の下のくまが目立っていた。この数日間にたまった睡眠不足と緊張感でへとへとに疲れている。彼らはありったけの力を振り絞って運命と闘い、どうやら勝利を収めたようだ。

若いエリオットが泣きだした。疲労の果ての涙で、癒されるのか、あるいは悲しみがさらに募るのか、狼狽させられるのか、自分でも分からない。

瞼をぬぐって、窓に目をやった。外で、霧が白い波となって歩道と消火栓を覆っていた。

「うまくいくさ、ぼうや」

「うまくなんかいってない！　ぼくは、最愛のものをぜんぶ失ったよ。マット、そしてイレナ。あんたのせいだ！」

「そうかもしれない。だが、そういうことなのだ。きみは約束を守るほかない。わたしがそうしたように……」

「あんたがそれを言うのは簡単すぎる！」

「それはもう話したことじゃないか！　いいかね、ありえないような奇跡によって、われわれはイレナを救うことができた。それを台なしにすることはできまい。きみは約束どおりに人生を送ることだ。というのも、奇跡が二度と起こらないことをわたしは知っているからだ」

「それではひどすぎる……」

「ここ数年は苦しむだろう」老医師が言う。「そのあとは、何もかもうまくいくようになる。きみはそれに耐えられるはずだ。しかしひとりで立ち向かわなければいかんよ」

若いエリオットが眉をひそめると、相手が説明する。

「わたしたちが会うのは、これで最後になる」

エリオットが肩をすくめた。

「いつも同じことを言ってるね」

「今回はほんとうだ。もう戻っては来られない、そうしたくとも」

錠剤の話を簡単にした。どういう状況で手に入れたか、それが思いがけない結果をもたらし、時空を往復することができたことを……。

まだ話が終わっていないし、若いエリオットはたくさん質問をしたいと思っていたが、相手はすでに立ちあがり、もう去ろうとしている。若いエリオットは、これ以上は知りえず、片割れとはこれで最後だということを悟った。

あと数秒しか残されていないときになって、エリオットは思いがけない感傷に自分が押し流されるのを感じた。二晩前のイレナの手術の際、片割れはみごとな腕前と判断力を見せて彼を圧倒した。いまになって、年長の片割れをもっと知るための時間がないのを残念に思った。

老医師はコートのボタンをゆっくりはめている。消える途中にあるとは感じるのだが、経験から、まだ一、二分残されていることが分かっていた。

「カフェの真ん中で消えるわけにもいかんしな……」

「ぼくもあとで困る」

離れていくとき、六十歳のエリオットは三十歳のエリオットの肩に手を置いただけだ。

ドアまで歩いたところでふり返り、目であいさつを送る。ふたりの視線が絡み合い、年長のエリオットは相手の目に、すでに幾人かの患者に見てきたものを認める。つらい子供時代をずっと背負っている悲しみだった。

レストランから出ていく代わりに、彼は戻った。年下の片割れに言うことがあった。自分自身が何年も待った言葉を。だれひとり彼に教えてくれようとしなかった、ひどく簡単な言葉、だが彼は一生かけてようやく理解したのだ。

「きみのせいではぜんぜんないんだ……」

最初、若い外科医は相手が何を言っているのか分からなかった。相手はくり返した。

「きみのせいではぜんぜんない」

「えっ？」

「母の自殺、父の平手打ち……」

六十歳のエリオットはそこで言葉を切る。自分の声がかすれているのが分かった。深呼吸する必要を感じた。それから祈禱でも唱えるように、

「……きみのせいではぜんぜんなかったんだ」

「知っているさ」若いほうは嘘をつく、思いがけない会話に動転していた。

「いや、きみはまだ知らない」将来の彼がやさしく断定した。「きみはまだ知っていない……」

そのときふたりのあいだに、心の一致、共鳴のようなものが生まれ、老医師に未来への帰還を告げる震えが訪れるまでの、ほんのわずかな時間それは続いた。

「ではな、ぼうや！」足早に離れながら言った。「これからはきみの出番だ！」

エリオットは座った。窓から、片割れが霧の中へ去るのを見ていた。

もう会うことはないだろう。

21

あちこち風が吹き抜ける悲しい城のように、人生は過ぎてしまう。

ルイ・アラゴン

一九七七年　三十一歳のエリオット

サンフランシスコの夏の宵。

エリオットは、ぼんやり宙を見つめながら、病院の屋上でタバコを吸っていた。足元に街が広がっているが、まったく注意を払わない。イレナがマイアミに移送されてからは会っていなかった。死ぬほどつらい。

風がほこりを舞いあげる。腕時計を見てからタバコをもみ消した。五分後に、今日六回目の手術が待っている。

幽霊のように暮らし、仕事に没頭し、当直はすべて引き受けた……。

死んでしまわないために。

＊

イレナは目を開けた。マイアミの夜が明けようとしている。

病院のベッドに寝たまま六カ月、身体はひどい状態で、脚の骨は砕けている。すでに四度も手術を受けた。しかし、まだ終わりではない。

心の中はもっとひどい。混沌《こんとん》としていて、獣が吠《ほ》え、ドアがばたんばたん鳴っている。ほとんど話さない、面会もぜんぶ断った、マットにも、同僚にも……。

傷つきやすい自分を感じていた。無力……。

苦しみと恥ずかしさから、どうやって脱け出せばいいのか？

＊

屋根をはずし、マットはシアトルに向けハイウェーを飛ばしている。エリオットとの突然の絶交が彼の人生を台なしにしていた。彼も、道しるべと恃《たの》んだそれまでのすべてを失った。孤独でひどく惨めな思いだ。それでティファニーのことを考えた。むざむざ逃がしてしまった驚くべき女。いまは何があっても探しだそうと決意している。数カ月前から週末になると、飽きもせず国じゅうあちこち走りまわった。手掛かりとしては、名前、とっくの昔に解約された電話番号しかなく、姓は分からない。

なぜ彼女なのか？　そのことは考えもしない。反対に、彼が確信するのはあの女を見つけ出すこと。なぜなら彼女こそ彼の人生の基点になってくれると予感するからだ。

彼の帰るべき港になるはずだった。

＊

三十歳のイレナ。

一月、マイアミのリハビリテーション・センター。ショパンの夜想曲が静かに流れている。

今世紀初めての雪がマイアミに降った。車椅子の若い女が窓から空に軽やかに舞う雪を見ていた。

死んでいればよかった……。イレナは悔やむ。

一九七八年

八月末、テキサスのとある町。

バーのウェイトレスが鏡を見る。

彼女は三日前に三十三歳の誕生日を祝った。お祝いですって！　お葬式と言ったほうがいい……ティファニーはユニフォームを直しながら思った。

数週間前から彼女は故郷に戻っていて、物欲しげに彼女のデコルテを見るがさつな連中を相手に、一日じゅうビールをサービスしていた。振出しに戻った。カリフォルニアでのチャンスを求めて十七のときに捨てた町。当時、だれもが彼女をとてもかわいいと言ってくれた。歌い、踊り、演技をすることもできた。しかし、サンフランシスコでもハリウッドでも頭角を現すことはできなかった。

「もう一杯たのむよ、べっぴんさん！」客のひとりがジョッキを振って呼んだ。

ティファニーはため息をつく。大いなる夢は完璧に終わっていた。

息ができないくらい暑い。窓は開けっぱなしだから、バーの前からタイヤの軋みが聞こえ、数秒後また新しい客がはいってきた。

初めは自分の目が信じられない。しかし認めるほかない。「ほんとうに、あの人なの？」

彼のことは忘れていない。ふたりの話が始まりもしないのに別れてしまい、ときおり後悔していた。彼がすばやく中を見まわし、その目が輝いた。

男の探しているのが自分で、そして、もう何も期待しなくなったときに贈り物をしてくれるのが人生なのだと、彼女はそのとき理解した。

マットが近づいてきた。遠慮しているように見える。

「ずいぶん探したぞ」

それにティファニーが答える。

「連れていって」

一九七九年　三十二歳のイレナ

冬——無人の浜辺に風が吹いている。

杖《つえ》に支えられ、イレナは数メートル歩き、濡れた砂に倒れる。

彼女はまだ若く、鉄の意志を持っている。いつかほとんど普通に歩けるようになると医師たちが言った。それを待ちながら鎮痛剤を山ほど呑むのだが、どうしようもない。どこもかしこも痛む。頭の中、心の中。

一九八〇年　三十四歳のエリオット

秋だ。エリオットがシシリアで休暇を過ごしているとき、イタリア南部を一連の地震が襲った。当然のように救急活動に協力を申し出ると、山の中腹のサンタ・シエンナという小さな集落の赤十字チームに派遣された。このエピソードが、名高い国際NGOと彼の長い協力関係の端緒となるのだが、彼はまだそれを知らない。その古い村で崖崩れが起き、すべてを呑みこんでしまった、家、車……。

降りしきる雨の中、救助隊が土砂を掘りかえして奮闘している。彼らは二十ほどの遺体を発見するのだが、瓦礫《がれき》に閉じ込められていた数人の生存者も救出した。

井戸の底から六歳の子供のうめき声が聞こえてきたとき、あたりはもう暗くなっていた。懐中電灯をロープに結んで降ろしてみる。井戸は深く、その半分が壊れているから、いつ崩れ落ちてもおかしくない。少年は胸まで泥に埋まっており、水量も増えつづけている。ロープで引き上げようとするが、子供は自分でロープを巻きつけることができない。

無謀であると言われるのを承知で、エリオットはロープを身体に巻くと井戸の底に降りた。

彼が立派だからではない。死ぬのが今日でないのを知っているからだ。少なくとも六十歳まで生きるという程度の未来は知っていた。

あと二十六年、彼は《不死身》だ……。

*

十二月八日――レノックス病院――医療関係者の休息室。

ソファでぐったりと目を閉じ、エリオットはふたつの手術の合間をぬって休んでいる。同僚たちの議論が耳に響く。レーガンに賛成か反対か？　連続ドラマ『ダラス』でだれがJ・R・ユーイングを撃ったのか？　スティーヴィー・ワンダーの最新ヒットを聴いたか？

だれかがテレビをつけた、とつぜん――。

《本日、元ビートルズのジョン・レノンがニューヨーク市のダコタ・ハウス前の歩道で、マーク・チャップマンという男によって殺害されました。迅速な処置にもかかわらず、ルーズベルト病院に収容されたレノンは、医師たちの懸命な努力の甲斐もなく死亡しました》

一九八一年

ナパ・バレーは太陽いっぱいの晴天だ。

マットとティファニーが手に手を取りあってワインヤードを散歩している。四年越しの、愛の共犯者、完璧な調和、夢のような幸福感……。

これほど幸せな人生をいっしょに送れる相手は、何人もいるものだろうか？　ひとつの愛は一生続くだろうか？

一九八二年

ローワー・ハイトにある小さなアパートの寝室、午前二時。

エリオットが横に寝ている女を起こさないようにベッドから抜けだした。彼女とは数時間前に中心街のバーで知り合った。パンツ、ジーンズ、シャツを拾って、静かに着る。姿を消そうとしているところを呼ばれた。

「もう帰っちゃうの？」

「ああ、まだ寝てていいよ。ドアは自動ロックだろ？」

「言っておくけど、わたしの名前はリザよ！」女がぶつぶつ言いながら、シーツをかぶった。

「知ってるさ」

「じゃあ、どうしてイレナって呼んだの？」

一九八三年

マットとティファニーがベッドの上で抱き合ったままでいる。セックスしたあとだ。女の頬を一筋の涙が流れた。五年前から子供をつくろうとしているが、うまくいかない。

彼女は三十八になったところだ。

一九八四年

日々が過ぎ、月が過ぎ、年が過ぎ……。

イレナにとって、再び人生が意味を持つようになった。

彼女はまた歩きはじめたのだ。足をひきずりながら。少なくとも歩く。昔の仕事に戻るのは不可能だ。それは受け入れよう。エネルギーがありあまっていたので、スタンフォード大学で海洋生物学の講義をし、またグリーンピースの幹部として、放射性廃棄物の海中投棄に反対する新たなキャンペーンを展開した。そして現在、パリとロンドンでヨーロッパ支部の開設に力を注いでいる。

*

サンフランシスコは夏だ。

陽の光が病院の玄関ホールを照らしている。自動販売機でコーラを買い、椅子のひとつに座って周囲を見た。

テレビはケーブル局MTVを流し、若い女性シンガーが床に悩ましく転がりながら『ライク・ア・ヴァージン』を歌っている。ランジェリーをわざわざ見せつけるように、思わせぶりなしぐさをくり返す。マドンナブームが起こっていた。

病院は驚くほど静かだ。テーブルにだれかがルービック・キューブを忘れていた。エリオットがそれを手にとり、何度か手を加えると、六面それぞれ異なる色に揃《そろ》った。

エリオットも、皆と同じで、調子のいい日と悪い日がある。今日は悪くない。理由は分からないにしても、気分がいい。だが、そうでないときはけっこうつらい。孤独感があきらめと混じり、彼は悲しみと憂鬱《ゆううつ》の深淵に投げこまれる。それから、救急車がまた負傷者を運んできた。急がなければ。彼の手が必要になる。手術だ！　そしてしばらくのあいだ、また人生がその意味をとりもどす。

この職業に与えられた恩恵だった。

一九八五年

ヴェローナ、春先だ。

二日前から、エリオットは外科学会の会議でイタリアに来ていた。片割れの言ったことに間違いがなければ、彼の娘の母親となる女に出会うのは今日だ。

トラットリアのテラスに腰かけて、ピアッツァ・ブラの日没を眺める。オレンジ色の太陽が、広場を見下ろすローマ時代の美しい闘技場に光を落としていた。

「お待たせしました」

オリーブをふたつ浮かべたドライ・マティーニを置きながら、ウェイターが言った。

落ち着かないまま、エリオットはアペリティフを舐めた。何をすればいいのだろう？

運命と待ち合わせをしていることは知っているが、気づかずにすれ違ってしまわないかと心配だった。頭の中で、片割れの言葉がくり返し響いていた。あれからもうすぐ十年になるが、けっして忘れたことがない。「一九八五年四月六日、ヴェローナの国際会議でひとりの女性がきみに興味を示す。彼女の誘いにきみは乗るんだ。週末をその女性といっしょに過ごしたまえ。それでわたしたちの娘が生まれることになるのだ」

ひどく簡単に思えた。ただ四月六日は今日で、もう午後七時になろうとしているのに、ずっと待っている。そこへ肉感的な女性が声をかけてきた。

「ここの席、どなたかいらっしゃるの？」

びっくりして顔を上げた。というのも、その言葉が英語、それもニューヨーク訛りで発音されたからだ。目の前に淡いピンクのスーツを着た若い女が立っていた。テーブルに置いてあった『インターナショナル・ヘラルドトリビューン』を目にしたからかもしれない……とにかく、女は同国人を見つけて嬉しそうだ……。

エリオットはうなずき、席を勧める。彼女はパメラと名乗った、大きなホテルチェーンで働いていて、ヴェローナには出張で来ていた。

この女だろうか？　彼は自問し、ふと不安になった。そうとしか思えない。すべて符合する。片割れは、それがイタリア女性だとは言わなかった……。女がヴァルポリチェッラのグラスを注文するあいだ、彼は観察する。現代的な美人だった。背が高く、均整がとれていて、ふっくらとした金髪、ビジネス・ウーマン。

前菜が出るころには、ふたりはお互いの自己紹介を終えていて、話題は新しいアメリカのヒーローに移っていた。レーガン、マイケル・ジャクソン、スピルバーグ、カール・ルイス……。エリオットは自分を自動操縦装置に委ねる。会話をするという役割は務めながら、頭はほかに向いていた。

それにしても奇妙だ、こうなるとは思ってもみなかった……。

眼前の女性が自分の娘の母親になるのだとは、どうしても思えない！　それがなぜか説明するのはむずかしい。彼女に何の欠点があるわけでもない。ただ、話に内容がないし、彼女の言うことすべてに予想がついてしまう。ひいきは共和党。何かであるよりも何かを持つ志向。そして目の中にあるべき輝きがない。つまり魅力に欠けていた。

そうには違いないが、もし片割れと会っていなければ、この相手とのアバンチュールから子供が生まれるなどと考えもしなかっただろう！

こんなむだ話にぼくが引きずられることは、ありえないんだがな……。

もちろん、数時間の意味のない会話のあとには、抱擁の夜という展望もあるにはあった。だが、否定しようもないパメラの肉体美にもかかわらず、それが楽しいとは限らないだろうなと思ってしまうのだ。

ディナーはこの地方の名物料理に合わせて進んでいった。パスタ・ディ・ファゾーイ、アマローネ・リゾット、タレッジオ・ステーキ、それとバルドリーノのワイン。

いま広場は、街灯が点《とも》って市庁舎パラッツォ・バルビエーリの広い石畳を照らし、食後の散歩に出た人で賑《にぎ》わっている。

彼は勘定を頼むが、なかなか来ないので、カウンターに行って払うことにした。主人が計算するあいだ、エリオットはポケットからタバコを出して口にくわえる。ライターで火を点けようとしたそのとき、タバコの先に炎が点《つ》いた。

「今朝の講演、なかなかのものでしたわ、ドクター」

声の主に目を向けると、三十くらいの女が白ワインを前に座っていた。

「会議にいらしたんですね？」

「ジウリア・バティスティーニです」言いながら手を伸ばしてきた。「ここヴェローナで外科医をしてますの」

緑の目、赤毛がまったくイタリア的でない。

ふたりの視線が合う。彼はパメラの目に見つけようとしてあきらめたあの小さな輝きを見つけた。相手を魅惑してしまうあの輝き。

安堵《あんど》の気持ちとともに、彼の娘の母親になるのはこの女性であって、もうひとりのほうではないことを理解した。

「あなたともっとお話ができればよかったんですけど……」ジウリアが切りだした。

「……けど？」

女がテラスに目をやる。

「お連れがお待ちでしょ……」

「あの人はぼくの連れではありませんよ」

彼女がかすかに微笑んだ。更なる闘いを覚悟していた者のささやかな勝利感。

「そういうことでしたら……」

一九八六年　四十歳のエリオット

サンフランシスコは午前五時だ。ヨーロッパから一本の電話。時差などまったく考慮に入れていない。イタリア語の女性の声が、十年前もうひとりの自分から告げられ、すでに彼が知っていることを伝えた。

エリオットはヴェローナまで飛び、タクシーで病院に駆けつけた。四階まで上がり、四六六号室にはいる。やあ、ジウリア、やあ、ジウリアの新しい恋人。やあ、ドクター、やあ、看護師さん。

彼は揺りかごに近づいた。赤ん坊は病院で毎日見ているが、でもこれは違う。これは自分の子だ。最初、自分が何も感じないのではないかと不安だった、しかし赤ん坊が目を開けて彼を見つめたとき、彼はまたたく間にその子の生涯の虜《とりこ》となったのだ。

外は二月。雪、寒さ、交通渋滞、警笛。《ヴァ・フェンクーロ《くそったれ》》と罵りあう声、公害。しかしこの部屋の中には、暖かさと人類愛しかない。

「アンジー、よく来たね……」

一九八七年

そして再び人生が回り始める。

ふいにトンネルが終わっていた。ページがめくられ、もう期待すらしていなかった光が差しこむ。

小さな赤ん坊がいて、家の中はどこもひっくり返したようだ。哺乳瓶、紙おむつのパック、乳児用ミルク。

五カ月、最初の歯。それからまた五カ月、歩きはじめる。

その子以外のもののすべてが、取るに足らないように思えた。十月十九日の株価大暴落、黒い月曜日、ダウ平均株価が二割下がった。

だから、何だっていうんだ?

一九八八年

アンジーがお腹《なか》をすかしている！　アンジーがビスケットを欲しがる！　アンジーはコーラが飲みたい！

＊

もうクリスマスだ。家の中は飾られ、暖炉で薪《まき》がはぜる。

エリオットはギターを抱え、最近のヒット『ウィズ・オア・ウィザウト・ユー』を勝手にアレンジして弾いた。

カーペットに横になったラスタクエールが同居人を見守っている。

そしてアンジーが暖炉の前で踊る。

一九八九年

アンジーは三歳になった。もう太いマーカーで金釘流に自分の名前を書く。

＊

三月二十四日、石油タンカー、エクソン・ヴァルディスがアラスカ沖で座礁し、二十七万バレルの原油流出で海が汚染された。ＣＮＮがグリーンピースの激烈な声明を流す。その新任の報道担当はイレナ・クルスといった。

＊

十月、解体中のベルリンの壁でロストロポーヴィッチがチェロの演奏をした。テレビは、冷戦が終わり、今後、人類は民主主義と市場経済の世界で幸福に生きるのだと解説する……。

一九九〇年

映画館の前には行列が伸びていく。

先頭で家族連れの子供たちの歓声があがっていた。エリオットとアンジーはウォルト・ディズニーの最新アニメ『リトル・マーメイド』を待っていた。隣の列はメグ・ライアンのロングラン『恋人たちの予感』だ。

アンジーは少し待ちくたびれて父親の袖を引っぱり、抱いてもらいたがった。

「離陸しますから、注意してくださーい！」娘を抱きあげながらエリオットが叫んだ。

娘を抱えたところで、マットとティファニーがいるのにふと気づく……隣の列に並んでいた。

半秒だけお互いの視線が合った。スローモーションのように長く瞼に焼きつく。エリオットは心臓が凍りつくように思った。もう十五年も前からふたりの男は口をきいていなかった。ティファニーは、アンジーを見つめてから、さびしそうに目をそらした。そして二組の《男女》はそれぞれの入口に向かう。

話し合いの時はまだ到来していない。

けれどもある日、もしかしたら……。

一九九一年

エリオットとアンジーは複雑なパンケーキの献立にとり組んでいた。娘の顔に輝くような笑いが浮かんだ。口のまわりにメープル・シロップがついている。夕方で、まだ暖かい。オレンジがかった美しい陽の光が、窓ガラスを透かしてキッチンに差してくる。電子レンジのそばのテレビはついているが、音を消してあった。クウェートのぼんやりした映像がいくつか、連合軍による最初の対イラク軍事介入、《砂漠の嵐》作戦だった。

ラジオで、U2が『ミステリアス・ウェイズ』を歌っていて、アンジーはボノに合わせ、じょうずに木べらで拍子をとる。

エリオットがそれをビデオカメラに収めた。娘となるべく長くいっしょにいられるようにと、出世のことも気にせず勤務の都合をつけていた。自分の職業はあいかわらず気に入っていたが、昇進を早めるための妥協は拒んだ。同僚が先を越していっても、それを追うようなことは何ひとつしていない。患者にとって、よい外科医であればいいと思っていた。

それに、何よりも娘のことが優先だ。あの片割れが、アンジーを犠牲にすることなしに、イレナを救うために全力を尽くしたのが、いまとなっては理解できた。娘を見ていて感じる心の平安は、ときによって、おぼろげな不安に染まる。人生で習ったのは、幸せな瞬間が高くつくということで、それはしっかりと教えられた。五年間の幸福、それがいつでも終わりになることを知っていた。

幸せであることの問題は、人はすぐにそれに慣れてしまう……。

一九九二年

六歳で最初の歯が抜けた……。

歯の欠けたかわいらしい笑みを顔に浮かべながら、アンジーはサロンのテーブルで宿題をしていた。

エリオットはサロンにはいってくると、厳しい顔つきで娘を見た。

「宿題をするとき、テレビをつけてはいけないと言ってあるじゃないか!」

「なぜ?」

「ちゃんと勉強するためには、集中しなければいけないんだ」

「でもわたし、集中してるもん」

「ごまかしてもだめだ」

クッションの下に隠れていたリモコンを手にとり、画面を消そうとして、指が凍りついた。

画面に、第二回地球サミットの開かれているリオデジャネイロから、リポーターのコメントする姿が映っていた。数日間にわたって先進国が集まり、地球の環境問題を話し合うというものだった。リポーターがあるＮＧＯの代表に意見を求めた。数分間、その代表の女性が、地球温暖化と生物多様性の破壊について、みごとな説得力をもって意見を述べた。大きな瞳の女で、そこには一抹のメランコリーが感じられる。彼女が話しているあいだ、画面右下の白い帯に名前が出た。イレナ・クルス。

「パパ、どうして泣いてるの？」

一九九三年

もう六時半になろうとしている。エリオットは、目覚まし時計が鳴る前にベッドから抜け出した。ブランケットから長い黒い髪が見えている。昨晩、イタリアの母親に会いに行くアンジーを送った空港で、そのスチュワーデスと出会った。

音を立てずに寝室を出ると、シャワーを浴び、あっという間に服を着た。

キッチンでメモ用紙をつかみ、伝言を残そうと思って、相手の女性の名を知らないことに気づいた。それで、最小限にとどめる。

出るとき、キーを郵便ボックスに入れておいてくれないか？

ゆうべは楽しかった。

じゃあ、またいつか。


無意味、そんなことは分かっているが、そうなってしまった。彼と女性との関係は一週間ももたない。それは自分で決めたことだった。愛せない相手とカップルでいつづけることはできない。そうでなければ偽善だし卑怯《ひきょう》だ。そして、これはある意味で、イレナに忠実でありたい彼が見つけた方便であった。

人はできる範囲で譲歩する。

急いでコーヒーを飲み、まずいフライドブレッドを手にとると、家を出て病院に向かった。出がけに新聞配達が配ったばかりの新聞を拾う。一面に大きな写真、ラビンとアラファトが、ビル・クリントンの不安げな表情を前に握手していた。

一九九四年

夏も終わりに近いある夕方。空は、赤い雲が浮かんで、紫色に染まっている。エリオットは愛用のビートルをマリナ・グリーンの前で停めた。遅くならないようにしたつもりだが、娘の面倒を見てくれるテレーサが、もう一時間近く前に帰ってしまっているのが分かっていた。

「アンジー！」扉を開いて呼んだ。「帰ったよ！」

アンジーは八歳だ。でもひとりだけにするとき、彼は不安に襲われてしまう。

「アンジー！　だいじょうぶだったかい、ハニー？」

階段を下りてくる小さな足音が聞こえ、頭を上げる。かわいい顔が涙に濡れていた。

「どうしたんだ、ちびちゃん？」走り寄って聞いた。

父親の腕に飛びこんでくるのだが、悲しみに打ちひしがれていた。

「ラスタクエールなの！」嗚咽の合間にようやく言った。

「ワン公が何かしたのか？」

「ワンちゃんが……死んじゃった」

少女を抱きしめ、ふたりで二階に上がる。たしかに、犬は横になっていた。カーペットの上で寝ているように見えた。

「治してあげるでしょう？」少女が聞いた。

エリオットが犬を診ているあいだ、娘の嗚咽に叫びが加わる。

「おねがい、治してやって、パパ！　治してやってちょうだい！」

「死んでいるんだ、ちびちゃん、もう治してあげられない」

「おねがい！」ひざまずいて叫んだ。

彼は娘を抱えあげ寝室まで運ぶ。

「すごく年をとっていたんだ、分かるね？　これだけ生きられただけでも、奇跡だよ」

しかし、少女はそんな説明を聞きたがらない。いまのところ悲しみが大きすぎて、どうやっても慰めることができない。

ベッドに寝て、枕の下に頭を潜りこませている。そばに座り、彼はいっしょうけんめい慰めようとした。

明日になれば治まるだろう。


翌日、ふたりは車で一時間ほど走り、サンフランシスコの北にある森イングルウッドまで行った。大きな木のそばの静かな場所を選び、エリオットが持参したスコップでかなり深い穴を掘る。それから、ラブラドールの身体を穴に入れ、上から土をかけた。

「犬の天国ってあると思う？」少女が聞いた。

「分からない」墓の上に枯葉や小枝をかぶせながらエリオットが答えた。「もしあれば、きっとラスタクエールには席があるよ」

黙ったまま少女がうなずいた。そしてまた涙が落ちた。ラスタクエールはずっと少女が生きる世界の一部だった。

「もう会えなくなるなんて信じられない」

「分かるよ、ハニー。愛している相手がいなくなるっていうのはつらいことだ。人生でこれほど悲しいことはない」

エリオットはやり残したことがないか確かめてから、娘に言う。

「さよならを言いたかったら、言いなさい」

アンジーは墓の前まで進み、重々しく言う。

「さようなら、ラスタクエール。おまえは最高の犬だったよ……」

ふたりは車に戻り、街へ向かった。帰りの車の中では、ふたりともほとんど黙ったままだ。気分を変えるべきだと思ったから、エリオットはスターバックスに寄ろうと提案する。

「ホット・チョコレートを飲みたいかい？」

「うん。シャンティイリー・クリームをのせて」

ふたりはテーブルに座った。泡クリームを口のまわりにいっぱいつけて、アンジーが尋ねる。

「パパ、あのワンちゃんはどうやってうちに来たの？」

「話したことなかったかな？」

「ないよ」

「それでは話そう。ワン公とパパは、最初、仲が悪かったんだ……」

一九九五年

「パパ、『トイ・ストーリー』を観に行かない？」

「何だい、そりゃあ？」

一九九六年

「パパ、『ロミオ＆ジュリエット』を観に行かない？　わたしレオナルドのこと大好き！」

「宿題は終わったのかい？」

「うん、ほんとだってば！」

一九九七年

十二月のある土曜日の午後。アンジーは初めて、父親とでなく、友だちと映画に行きたがった。

ほかの何百万人の思春期の少女と同じで、アンジーは、ディカプリオがタイタニック号の甲板でケイト・ウィンスレットにキスするところを見たくてたまらない。

ひとり静かに、エリオットはキッチンでコーヒーをいれる。万事うまくいっていた。なのに、心の奥底の寂しさはどこから来るのか？

二階に上がり、アンジーの部屋のドアを押す。音楽をつけっぱなしで出かけてしまった。ハイファイ・スピーカーからスパイス・ガールズのヒット曲『ウォナビー』が大音量で響いていた。壁には、いまだにすたれない『シンプソンズ』の横に、彼が聞いたこともないテレビ番組、『フレンズ』、『ビバリーヒルズ』、『サウスパーク』……のポスターが貼ってあった。

ふと空しさを感じる。娘がもう子供でなくなっていることに気づいた。

当たり前だ、子供は育つ、それが人生だ。

しかし、どうしてこうも速いのか？

一九九八年　五十二歳のエリオット

病院の休憩室のテレビがついたままだ。ひとりの男が、「男は火星から、女は金星からやってきた」としゃべっていた。休憩室のナースたち全員がうなずく。エリオットは眉をひそめた。彼は、ますます頻繁に、周囲の世界としっくりいかなくなっているように感じていた。缶コーラを飲み終え、その場所を離れる。初めて、《五十代》の重みを実感した。老いたというのではない、もう若いと思えないのだ。そして、後戻りできないことを知っていた。

＊

連続テレビ番組『ER緊急救命室』が大評判になっている。病院でも、ドクター・グリーンあるいはドクター・ロスに手当てされたいと希望する患者が出る始末だ……。

＊

一月のある木曜日、打ちのめされた表情のビル・クリントンがテレビで釈明する、

「あの女性、ミス・ルインスキーと、わたしは性交渉を持ったことはありません」

その間、地球温暖化のせいで、北極圏以北の氷原が溶けつづけていた。

だが、だれがそれをほんとうに心配するのか？

一九九九年

四月末だ。

病院の休憩室のドアの隙間から、エリオットは中を覗《のぞ》いた。

だれもいない。

小さな冷蔵庫を開けてフルーツをとろうとする。青いリンゴにナースのひとりがポストイットに名前を書いて貼ってあった。エリオットは眉をひそめ、ポストイットをはがしてからかじった。

窓のそばに行き、中庭でバスケットボールに興じる同僚を見るともなしに眺めた。サンフランシスコに春の香りが漂いはじめている。今日はまったく完璧な一日だった。生命の星の下にある一日、手術がどれもうまくいき、患者が勝手に目の前であきらめてしまわない一日。

テレビをつけようとしてためらう。気分のいい一日を、お決まりの世界の不幸で台なしにする愚を犯すのか？　やめようとして、だが今日こそは違うかもしれないと自分に言い聞かせた。一瞬だけ彼は夢を見る。エイズ用ワクチンが完成したとの発表、中東の完全和平、公害に対する抜本的な世界計画、教育予算の倍増……。

悪いカードを引いたようだ。ＣＮＮの特派員は中継で、リトルタウンのコロンバイン高校の生徒ふたりが、同級生を十二人も殺したあと、武器を自分たちに向けたと伝える。

テレビをつけなければよかった……。

＊

二〇〇〇年

「パパ、わたしピアスしてもいいかな？」

「パパ、わたしもケータイが欲しいな」

「パパ、わたしタトゥーしてもいい？」

＊

しかし、こんなものにも囲まれていた。

砂ネズミ、ｉＰｏｄ、ｉＭａｃ、ＤＫＮＹのタンクトップ、ディーゼルのジーンズ、毛皮バッグ、ニューバランスのランニングシューズ、クマノミ、バーバリーのコート、マーク・ジェイコブスの香水、Ｄ＆Ｇのめがね、チンチラ、ハロー・キティのバッグ、ミドリガメ、ヒルフィガーのポロシャツ、ＩＫＫＳのトップ、タツノオトシゴ、ラルフ・ローレンのセーター……。

二〇〇一年

エリオットはビートルを駐車場に停めて時計を見た。まだ早い。本来ならば勤務開始は二時間後だが、早めに来ることにした。

今日が特別の日になることを知っていた。

病院のホールにはいっていくと、患者、医師、看護師たち十数人がテレビの前に集まっている。全員が青ざめた顔をし、多くはもう携帯を使っていた。

一九七六年に何度か会った自分の片割れが言ったことで、彼がけっして忘れなかったのは、

「九月十一日にニューヨークの世界貿易センターである事件が起きたんだ」

エリオットは長いあいだ、その「ある事件」とはいったいどういうものだろうかと考えていた。

テレビに近づく、少しでも画面が見られるよう、何人かを押しのけた。

いま、彼はそれが何であったのか知る。

二〇〇二年、二〇〇三年、二〇〇四年、二〇〇五年……

五十六、五十七、五十八、五十九歳……のエリオット

「私たちに与えられた時間が少ないのではない。何よりも、私たちはそれを浪費する」

セネカ

二〇〇六年　六十歳のエリオット

マンハッタン、一月の第二週。

エリオットは数日間の休暇を取り、医学部の臨床実習を始めるアンジーがニューヨークに引っ越すのを手伝った。

新しい生活でひどく興奮している娘を数時間だけひとりにして、エリオットはある特別な用事を済ませる。パーク・アベニューと五二丁目の角にあるガラスと金属のタワーの前でタクシーを降りた。ビルの中にはいり、エレベーターで三十二階まで上がる。大きなクリニックの本部があった。昨日、彼は一連の検査とレントゲンをやってもらっていて、今日はその結果が出る。エリオットはそれを、医療関係者の半分が彼のことを知っているサンフランシスコでなく、ニューヨークですることを選んだ。もちろん医療関係者には守秘義務があった。しかしこの世界でも、御多分にもれず、噂はすぐに広まってしまう。

「エリオット、かまわんからはいってくれ」クリニックの出資者でもあるジョン・ゴールドウィンが言った。

ふたりはカリフォルニアでいっしょに医学を学んだあとも、ずっと連絡をとりあっていた。エリオットがソファに腰を下ろし、ゴールドウィンはフォルダーを開き、中からレントゲン写真を数枚とりだして、テーブルの上に並べた。

「きみに嘘を言うつもりはないよ、エリオット……」一枚の写真を差しだしながら言った。

「がんだな、そうだろう?」

「そうだ」

「まずいのか?」

「そう思う」

その言葉を無理矢理呑みこむのに数秒かかった。

「どのくらい時間が残されている?」

「年内かな……」

*

十五分後、エリオットは再び表にいた。摩天楼の真っ只中、クラクションと車に囲まれて。空は青く、ひどく寒い。

病を宣告されたショックから立ち直れないまま、あてどもなく道をさまよう。混乱し、熱に浮かされたように震えていた。

ショッピングアーケードを歩いていて、ふと高級ブティックのショーウィンドウに映る自分の顔と出くわした。そこで彼は、三十年前の片割れとまったく同じ外見をしていることに気づく。

これで、結局、わたしは彼になった……。

ガラスに映る自分に向かい、彼はレントゲン写真を見せるように手を振った。あの片割れに、時空を超えて、まだ言葉をかけるのが可能であるかのように、ガラスに向かってかすれ声で言う。

「この件は、何も言ってくれなかったな、くそったれが！」

22

わたしを運命の流れに置き去りにしたまま、あるまぶしい朝、彼は行ってしまった。

エディット・ピアフ

二〇〇七年二月　六十一歳のエリオット

死ぬ三分前……

ベランダの長椅子の上で毛布にくるまって、エリオットはサンフランシスコの最後の日没を眺めていた。

震えていた。酸素マスクをしているのにもう呼吸ができない。

全身がばらばらになって離れていってしまう。

死ぬ二分前……


あれほど恐れていた時が来た。大旅行に発つ瞬間。

人生は長さでなく、いかに生きたかだ——人はよくそう言う。

元気いっぱいであれば、それを言うのはたやすい！

自分に関していえば、最善を尽くしたつもりだ。しかし人生を全うした人間であると言えるだろうか？

生きる者だけが知る。

死ぬ者だけが知る。


最後の一分……


彼は禅僧のように安らかな気持ちに満たされて死にたい。

しかしそれほど簡単ではない。

正反対だ、子供のようになす術を知らない。

彼は恐れていた。

アンジーには知らせたくなかった。

だれもそばにいない。

だから、この人生からひとりぽっちで去らなくてもいいように、彼はひたすらイレナとの過去に思いを寄せた。そして、こと切れるとき、彼女がそばにいてくれると自分に信じこませることができた。

23

彼も人間だから、秘密を持つ。それに、遅かれ早かれそれを暴くというのも人間らしいことだ。

フィリップ・ロス

二〇〇七年二月
三日後

グリーンウッド墓地、緑の小径《こみち》に冬の美しい陽が当たり、公園にいるようだ。棺が穴の中に降ろされ、エリオットに最後の言葉をかけたい人はその前に並び、花を、あるいは一握りの土を棺の上に投げる。

アンジーが最初に前へ出た。ヴェローナから駆けつけた母親に付き添われていた。ほかにも、病院の同僚たちや、これまで彼に手術を受けた患者たちがたくさんいた。六フイートも地面の下でなかったなら、エリオットはその大人数に、驚きもし感激もしただろう。とりわけ彼の心が温まったに違いないのは、九十歳を超えた元刑事モールデンが来てくれたことだ。いまや市中央署を取りしきる警視正ダグラスに支えられながら、おぼつかない足取りで墓に近づいた。

三十分後、日が暮れる前に埋葬は終わった。すぐに人々は散り、駐車場の暖かくほっと安心できる車の中に戻っていく。家に向かいながら、多くは「いつかは自分の番がやって来る」と思う。そして、それは「遅ければ遅いほどいい」と。

*

小さな墓地にもう人影は見えず、風が吹くだけだ。

ひとりきりになったことを確認してから、埋葬のあいだずっと離れていたひとりの男がようやく墓に近づく。

マットだった。

妻のティファニーは思いとどまらせようとした。三十年間も言葉をかけてくれなかった男の思い出に浸ることなど、彼女は必要ないと思っていた。

それでもマットは来た。

エリオットの死によって、青春の重要な部分、また密かに彼が期待していた和解の望みも消えてしまった。

というのも、マットは、三十年前、何か根本的なことに自分が気づいていなかったのではないか、という疑いを捨てられずにいたのだ。そうでなければ、彼に対するエリオットの豹変《ひょうへん》をどのように説明できるというのか？　エリオットがあれだけ完璧な愛をいっしょに築いていたイレナと別れてしまったことを、どのように説明できるのか？

それらの疑問に答えを出すことが、もはや不可能になってしまった。

「おまえはいっしょに秘密を持っていってしまったな、相棒」マットが力なく言った。

真新しい墓石を前に佇《たたず》んでいると、数々の思い出が押し寄せてくる。心がおしつぶされそうなほどつらかった。かつて、ふたりは何をするにもいっしょだった。彼らの友情は四十年前まで遡《さかのぼ》る。それが昨日のように思える。

マットは墓石の前でひざまずき、そのままじっと動かない。涙がすっと地面に落ちた。年とともに、涙もろくなって、とめようもない。

立ちあがったとき、不機嫌さとからかいの混じった調子で、墓に声をかける。

「おまえが先なんだから、天国にあるっていう席を、おれのためにも取っておいてくれよ……」

立ち去ろうとして、背中に人のけはいを感じた。

「あなたがマットさんですね……」

ふり向いた。聞き覚えのない声に驚いていた。

黒の長いコートを着た若い女がすぐ後ろに立っていた。

「わたしはアンジーといいます。エリオットの娘です」そう告げて、手を伸ばした。

「マット・デルーカだ」

「父のお葬式でいちばん長くいてくださる方があなただと、父が言い残したんです」

「友人だったからね」マットは説明するのだが、言い訳でもしているようだった。「非常に仲良くしていたよ……」

しばらく言葉を切って、言いそえる。

「……しかし、それはずいぶん前、きみの生まれるずっと前のことだな」

若い女をゆっくり見ながら、マットはエリオットにそっくりなのに驚いた。アンジーは調和のとれた輪郭が父親似だが、あの神経質なところが感じられない。のびのびした性格のようで、悲しみにもめげず、しっかりとしたようすだ。

「父がこれをあなたに残していました」そう告げながら、クラフト紙の袋を差しだした。

「やはり、そうだったのか。あいつがわたしに何も言わずに逝ってしまうはずはないんだ」驚きながらもそれを受けとった。

アンジーがためらってからつけ加える。

「亡くなる数週間前、父がわたしに言ったんです。もしわたしに何か困るようなことが起きたら……」

さまざまな思いが入り乱れ、マットは無言のまま立ち尽くしていたが、ふとわれに返ってアンジーに先を続けるよう促す。

「すまん、アンジー、聞いているよ」

「……そんなことがあったら、マットさんに会いに行くのをぜったいにためらってはいけないって……」

その信頼のしるしに感動し、また慰められ、マットはしばらくしてから、深くうなずいた。

「もちろんだ、何でもするぞ」

「ありがとう。そのこと、忘れないでいます。では……」言いながら、アンジーは影のように遠ざかった。

彼女の姿が見えなくなるまで待ってから、エリオットの墓に向き直る。

「頼りにしてくれてもいいぞ」彼が言った。「あの娘はおれがちゃんと見ていてやるから」

そして墓地を離れる。来たときよりも幾分心が軽くなっていた。

＊

濡れて光る目で、マットは自分のワインヤードに向けてハイウェー二九号線を走っていた。それはナパ・バレーの小さな町カリストガにあった。ティファニーはワインのセールスでヨーロッパに行っていたから、冷えきって空っぽのサンフランシスコの家にひとりで戻る気になれなかった。

スポーツカーのハンドルを握り、オークヴィルとセントヘレナを過ぎれば、もう自慢のぶどう園だ。マットは金持ちになっていた。三十年前から労苦をいとわず働いた結果、いまでは彼のワイナリーはこの辺りでもっとも評価の高いもののひとつに数えられている。

リモコンのボタンを押すとワイナリーの扉が自動的に開く。池をあしらった庭を横切り、砂利を敷いた小径の行き止まりに車を停めた。木造の古い家屋はもうだいぶ前にとり壊し、いまは新旧の様式をとり入れた大きな建物に変わっていた。

守衛とあいさつを交わしてから、すぐに地下の試飲室に行った。広い部屋で、名のある画家や彫刻家の作品が飾られている。フェルナン・レジェ、デュビュッフェ、セザール、それにティファニーの最近の誕生日にプレゼントした、目の飛びでるような値段のバスキアもあった。

やわらかな照明が、板張りの床に赤みがかった金色の色合いを添えている。マットはオーク材の長椅子に座り、友の《遺贈》してくれたものが何であるのか知りたくて、興奮しながら紙包みを開く。中には白い木箱があり、ワインが二本はいっていた。それを仔細《しさい》に調べる。シャトー・ラトゥール一九五九年、シャトー・ムートン＝ロートシルト一九八二年。メドック銘酒の中の最高峰、すばらしい年だ、この下界における一つの完成形……。

エリオットが送ってきたあの世からの贈り物に興味をそそられ、マットはボトルをケースから出して手にとった。すると、木箱の底にビロード張りの大型手帳が現れた。好奇心が驚きに、驚きが興奮へと変わり、彼は震える手で手帳を開く。百ページほどの厚さで、忘れることのないていねいな筆跡でぎっしりとページが埋まっていた。最初のページを読んで、マットは鳥肌が立つのを感じた。

わが旧友マットへ

きみがこれを読んでいるということは、あの忌まわしい蟹《キャンサー》がついにわたしを殺したということだ。わたしは最後まで闘ったが、どうしても勝てない敵というのもいる……。

おそらく死亡広告でわたしの死を知り、心やさしいきみのことだから、なんとか都合をつけて埋葬に立ち会ってくれたのだろう。賭《か》けてもいいが、きみは、木陰に隠れていて、静かにわたしの墓石と話ができるまで待っていたはずだ。

きみがわたしをまだ許していないのは分かっている。わたしの態度を、きみがけっして理解できなかったこと、そしてわたしが苦しんだように、きみも苦しんだことを知っている。もっと早く説明をしたかった。だがそれは禁じられていた。なぜなのか、きみはそれを理解してくれるだろう……。

以下に記すことが、わたしにとつぜん降りかかってきて、きみ、イレナ、わたしに影響を及ぼした、信じがたい事件のあらましだ。そのつど、わたしはよりよい判断をしようと努めた。しかしきみも知ることになるだろうが、わたしに与えられた行動の余地はひどく限られていた。

これを読んだあと、自分を責めるようなことだけはしないでほしい！　わたしにとって、きみはいつもそばにいてくれた友だ。このような友を持ち、わたしはほんとうに幸せ者だ。悲しまないでくれたまえ。読みはじめる前に、一本目のワインを抜くのだ――きみのことをほっぽらかしにしていないだろうが！――グラスに注《つ》いで、わたしたちの友情に乾杯だ。

この文章を書きながら、自分が最後の数日を生きていることは分かっている。寝室の出窓は開けてあって、空はカリフォルニアでしか見られない深いブルーに輝き、蒸気のようなまばらな雲が空を走っていくあいだ、風が波の寄せては返す音をわたしの耳元まで運んできてくれる。

これらちっぽけな物事にありがたさを感じようとする時間を、人はけっして持とうとしない……。こんなことを言うのはばかげている、だがそこから離れていくのがつらい。

健康に留意してくれ、親愛なるマット。残された時を存分に味わいたまえ。

どれだけきみに会いたかったか！

生死を超えるきみの友
エリオット

＊

もう午前二時を過ぎていた。

目を真っ赤にし、マットは友人が残した驚くべき話を読み終えたところだった。エリオットが自分の片割れと出会ったこと、時空を超える旅、イレナを救うために交わされた奇妙な誓約……。三十年前に彼が信じようとしなかった話が、今日は新たな光の下に照らしだされていた。

マットは手帳を閉じ、苦労して立ちあがった。頭がくらくらしている。ラトゥールのボトルはだいぶ減っていたが、それでも際限のない痛恨を癒《いや》すには足りなかった。

では、いま何ができるのか？　悲しみを忘れるため、アルコールに溺《おぼ》れるために、ボトルを空けてしまえばいいのか？　それもいいかもしれない。だが、すぐにその考えを捨てた。試飲カウンターの裏に回って、冷水で顔を洗う。そしてコートを着込んで外に出た。冷たい風のひと吹きに酔いが醒《さ》める。エリオットは死んでしまっていた。どうすることもできない。だが彼にできることがひとつだけあった。

そんなことをしてしまっていいのだろうか？

駐車場でロードスターではなしに、農園の四駆オフロードを選んだ。ワイナリーをあとにしながらGPSをつけ、カリフォルニア北部の住所をインプットした。

そして山に向かう。夜の雪景色を見ながら西へ走りつづける。まだ冬だから、道は滑りやすく、あたりは厚い霧に包まれていた。

ウィロー・クリークを過ぎたところでガス欠に見舞われたが、ドラッグストアの店主がとんでもない値段でガソリンを売ってくれたおかげで救われた。ウェーバーヴィルに着いてやっと霧が晴れ、トリニティー・アルプスの雪をかぶった頂から太陽が顔を出した。

山道を行き、ティファニーといっしょに来たことがある小さな木造の山荘の前までたどり着いた。

四駆の音に、イレナがベランダの外まで出ていた。

「マッティー！」不安げな声でイレナが叫んだ。

彼は手を振って、玄関まで行ってイレナを抱きしめる。

彼女を目にするたび、マットは憐《あわ》れみと尊敬の混じった特別の感情にとらわれてしまう。イレナはずっと闘ってきた、まず自分の障害と、それから自分の信念を守るために。

「元気そうじゃないか」彼が言った。

「あなたは反対のようね。なんて怖い顔しているの！　何があったの、マット？」

「ぜんぶ説明するから。でもその前にコーヒーをいれてくれないか？」

彼女に続いて家の中にはいった。山荘は趣味のいい内装を施した、昔ながらの木造細工とデザインを調和させたものだ。大きな張出し窓、暖炉、最新のコンピュータ機器、温かみがあって居心地がいい。別荘として申し分がない。

「どうしたの？」エスプレッソのスイッチを入れてからイレナが聞いた。「奥さんに追い出されたってわけ？」

「それはまだだ」微笑を浮かべながらマットが答えた。

彼はイレナをやさしく見つめた。過酷な試練に耐えながらも、イレナはいつも魅惑的だ。まだいくつか講義を持つスタンフォード大学で、イレナはキャンパスの《スター》のひとりに数えられている。知識人とノーベル賞受賞者の養成所のような場所で、自信たっぷりの面々が誘惑作戦を展開した挙句、すごすごと引き下がることが少なくなかった。イレナが事故以来ずっと恋愛をあきらめていたのを、マットは知っている。病院にいたあいだは、くり返し行われる手術を乗り越える必要があった。またグリーンピースにおいても、圧力団体や政府を相手に執拗《しつよう》な働きかけをしなければならない。しかし、彼女はけっして愛を見つけようとしなかった。

「はい、コーヒー」湯気の立つふたつのコーヒーカップとビスケットを載せたトレーをテーブルに置いた。

やわらかな長い毛の猫がサロンにはいってきて、やはり朝食を欲しがった。イレナは猫を抱きあげて撫でてやる。彼女がキッチンに戻ろうとしたとき、ふいにマットはやってきた理由を告げる。

「エリオットが死んだ」

小さな家に静寂が訪れた。イレナがペルシャ猫をとり落としてしまう。猫はじょうずに着地し、不満そうな鳴き声をあげた。

「タバコね?」マットにふり向きながら、彼女が聞いた。

「そう、肺がんだ」

彼女が思案顔でうなずいた。表情は動いていない。だが、その目が光っているのにマットは気づいた。

それから、イレナは猫を従えてキッチンに行く。

ひとりになったマットはため息をつく。視線が、漂白された溶岩のように山から流れる氷河のほうに向けられた。

とつぜん、食器の壊れる音で家が震えた。彼がキッチンに駆けつけてみると、イレナは椅子に倒れるようにして座っていた。両手で頭を抱え、悲嘆にくれている。マットはひざまずいて彼女をやさしく抱きしめた。

「彼を愛していたの……」マットの肩にしがみつきながら告白した。

「わたしもだよ……」

彼女が涙いっぱいの目を上げた。

「わたしたちにひどい仕打ちをしたのだけれど、それでも愛しつづけていた」

「きみが知るべきことがある……」マットはつぶやき、立ちあがると、コートのポケットから手帳を出した。

「死ぬ前、エリオットがわたしにこれを残したんだ」と言いながら、手帳を差しだした。

彼女は震える手で手帳を受けとった。

「何なの？」

「真実」彼はそれだけ言った。そして家から出て、車に戻った。

*

当惑して、イレナはベランダまで追いかけ、マットを引きとめようとした。

だが、マットはもう去っていた。

晴れわたっているのに、朝の空気は冷たい。イレナはショールをとって肩にかけると、ロッキンチェアに座った。

ビロードの表紙の手帳を開き、エリオットの字が目にはいってきた瞬間、アイスピックに心臓を突き刺され、心が引き裂かれるような思いがした。

最初の数行だけ読んで、彼女は三十年間も探しつづけていた解答をやっと得られるのだろうと確信した、苦しい疑問に対しての。

なぜわたしを捨てたの？

＊

マットは、まるでロボットのように運転を続け、サンフランシスコに向かっていた。絶望していた。

エリオットが残した告白に、最初はある種の慰めさえ感じたのだが、それはすぐにメランコリーへ、そして悲哀にと変わってしまった。

死後の和解には後味の悪さが残っていた。マットは享楽主義者だ。人生に信頼を抱いている。死に際をよくするとか、安らかに死ぬ、あるいは自己の生存に肯定的な意味を与えるなどということに、とんと興味がない。

彼がやりたかったのは、エリオットとまたいっしょに破目をはずして遊ぶことだ。エリオットとヨットを出して湾を行き来すること、旧港のカフェで一杯やること、シェ・フランシスでマスを食べること、シエラ・ネバダの森を歩きまわること……。存分に生きることだった。

だが、もはや夢を見ることは許されない。エリオットは死んでいた。自分だってもうそろそろかもしれない。

無邪気に、すべてがいずれ元通りになるものと思っていた。しかし運命はそうはさせてくれなかったし、歳月は過ぎ去っていた……。

午後三時だった。街に近づくにしたがい、車の流れがだんだん滞ってきた。ガソリンスタンドで満タンにし、何か食べようと思った。

洗面所の冷水で顔を洗う、そうすることで倦怠感《けんたいかん》と老いを追いやれるだろうと期待しつつ。しかし鏡には動揺した表情が映っていた。腹がぐるぐると鳴り、頭も疲労と憂鬱な気分でぼんやりしていた。

何か重要なことを見逃しているという思いは、どこから来るのか？　昨晩からなぜか分からないが、胸騒ぎのようなものを感じている。つじつまが合っていない、だがそれが何なのか分からない。

サンドウィッチを頼み、窓際のテーブルに座る。ぼんやりと一〇一号線を行き交う車を眺めた。後ろめたい満足感に浸りながらベーコンサンドにかじりつく。最近の健康診断でコレステロールに注意しろと言われてから、妻がこういう食事を禁じていた。

でも今日は、お目付役のティファニーもいない。

それでも途中で、いつも上着のポケットに入れてある薬の箱を手にとった。まだ残っていた最後の錠剤を出し、コーヒーといっしょに呑みこむ。

その機械的なしぐさが頭の中の掛金をはずした。

サンドウィッチもコーヒーも放りだし、車に向かって走った。

数時間前から彼を悩ませているものが、何であるのか分かった！

エリオットの手帳を何度もくり返し読んだ。それには、カンボジアの老人がエリオットに渡した錠剤は十個だとはっきり書いてあった。ところが、エリオットは九回しか時の旅をしていない！

十錠、九回の旅。

残る一錠はどうなった？

24

いくつもの道が目の前にあって、どれを選んだらいいのか分からないとき、いいかげんにひとつを選ばずに、座って待ちなさい。ずっと待っていなさい。動かずに、口を閉じ、自分の心を聞きなさい。そして、心がおまえに話しかけてくれたら、立ってそれが導くところに進みなさい。

スザンナ・タマロ

二〇〇七年　六十一歳のマット

マットは三十分もかからずに街へ戻った。
何かが頭の中を駆けめぐっていた。

常軌を逸した発想かもしれない。しかし想像しただけで、胸が熱くなってくる。マリーナ・ストリートを全速で走り、昔のように、エリオットの家の前に車を停めた。アンジーがいてくれるよう願ったが、留守のようだ。ベルを鳴らし、扉を叩いたあと、家を回って柵を越え、庭にはいった。昔とほとんど変わっていなかった。アラスカ杉の老木が、あいかわらずみごとな枝振りを見せており、ガラス窓にふれんばかりになっている。マットが確信していたのは、まわりの家と違って、この家にはアラームがついていないことだった。コートを脱いで腕に巻きつけると、キッチンの窓を肘《ひじ》で思いきり叩いた。厚いガラスだったが、体力ならまだまだ自信がある。ガラスが破れると、破片のあいだから手を入れ、内側から錠をはずした。

中にはいり、三時間以上も一階と二階の隅々、ぜんぶの部屋、引出しもすべて開き、戸棚も調べ、板張り床の緩んだ板まではがし、錠剤を見つけようとした。

しかし見つからない。

もう夜になっていた。家に戻ろうとして、額縁の前で立ちどまった。エリオットを中央に、アンジーの写真が幾枚か囲むように貼ってあった。

マットは写真のエリオットに怒りと失望をぶつける。

「おれたちをばかにしたな、そうだろう?」

相手が目の前に立っているかのようにどなりつける。

「このぜんぶがインチキなんだろう？　自分の態度を正当化しようと、おまえが考えだした嘘っぱちだ……」

さらに写真に近づいて、医師の目をにらみつけた。

「カンボジアの老人などいるものか！　錠剤などあるものか！　時の旅などあるものか！　おまえは三十年前にたわごとを言っていた。そして死ぬまでたわごとを言いつづけたんだ」

悔しくて、マットは額をはずすとそれを壁に打ちつけた。

「ばかやろう！」

精根尽き果て、書斎のソファにくずおれる。

なんとか正気をとりもどしたときには、ずいぶん時間がたっていた。

部屋はもう暗闇に沈んでいる。

マットは起きあがり、チェストに置かれたスタンドを点けた。ガラスの破片の中からエリオットとアンジーの写真を拾い、書架に置く。

「恨みっこなしにしよう」瞬間、何かぴんとくるものがあった。

書架だ！

書架に向き合う。世界地図《アトラス》に電報をはさみに来た日のことが思い出された。棚の前に立ち、書名を見ていき、そして見つけた。古いアトラスを手にとり、薄くたまっていたほこりを吹きとばしてから、地図や図版を揺すってみた。

何も落ちてこない。そのとき勘が働いた。自分の夢にしがみつくための最後の行動……。

机にあったペーパーナイフをとり、それを表紙の背と本体の小さな隙間に差し入れた。ちょっとした抵抗があり、次に微小なプラスチックのパックが床に落ちた。

胸をわくわくさせながら、マットはそれを拾う。密閉されたパックを開くと、中身が手のひらに落ちる。

手のひらのくぼみに金色の錠剤があった。

興奮しないよう努力するものの、アドレナリンの放出には抗《あらが》いきれなかった。

最後の錠剤。

最後の旅……。

*

さて、何をすればいいか？

過去に戻るための、最後の可能性をとっておいたエリオットの遺志とは何だったのか？　どうして、マットだけが知ることのできる、この場所に隠すことを選んだのか？

マットは、その疑問を幾度となくくり返しながら、サロンの中を歩きまわっていた。そのとき携帯電話が鳴った。イレナの番号が表示されている。

「イレナ？」

「そう、わたし。手帳を読んだ……」

うつろな声だった、恐れと感動が押し寄せるのを抑えようとしている。

「めちゃくちゃな話ね。マッティー、もう少し説明してくれないと」

マットはどう返事すればいいのか分からなかった。目を閉じ、瞼を揉《も》む。

イレナがエリオットの話を信じられないというのは、当然だ。この信じがたい話を鵜《う》呑《の》みにしろと彼女には言えない。最愛の男の身に起こった不思議なドラマのことをまったく知らなかったのだから。

「いまのところ、何も説明できないんだ」マットは答えた。

「もちろん説明できるに決まっている」イレナがいきり立った。「あなたはわたしのところにとつぜん現れて、わたしが三十年かかって埋めてしまおうとした思い出をかき回して、こそ泥のように去ってしまったのよ！」

「わたしが彼をきみのもとへ連れもどす、イレナ」

「だれを？」

「エリオットをだよ」

「あなたもなの、気が変になっているわ！　エリオットは死んでしまったの、マット。死んでしまったの！」

「わたしが彼をきみのもとへ連れもどす」マットはそうくり返すだけだった。「わたしが約束する」

「わたしを苦しめるのはよして！」イレナは叫んで、電話を切った。

マットは携帯をポケットにしまった。雨に叩かれる出窓の前に立ちはだかる。落ち着いていた。腹は決まった。いま、すべてが明らかになったように思えた。

この最後の錠剤は自分が呑むのだ。

冷蔵庫からペリエを出し、思いきって呑む——こういう場合に言うのだろう——《良薬は口に苦し》というのは。だから結果が出てくれなければ……。

やってしまった。

もう後戻りはできない。

サロンに戻り、ソファに座るとテーブルに脚を伸ばした。

いまは待つしかない。

だが、何を待てばいいのか？

消化不良？

それとも、今度は彼が三十年前に戻っていくこと……?
胃けいれん?

彼は待った、さらに待った。

何も起きない。

待ちきれず、二階に上がってバスルームを探す。そして睡眠薬の箱を見つけた。二錠だけ呑みこみ、サロンに戻るとカウチに横になった。

目を閉じ、羊を数える、目を開ける、姿勢を変える、電気を消す、電気を点ける……。

「くそ!」と言い放って跳ねおきた。

眠るには興奮しすぎていた。コートを着ると冷たい雨の中をそとに出た。濡れないように車まで走った。急発進してフィルモアを上がり、ロンバード・ストリートに出た。冬で、真夜中を過ぎていたから、人っ子ひとりいない。

ラシアン・ヒルの頂上まで来ていた——そこからノースビーチに向かってヘアピンカーブが幾重にも続いている——とつぜん睡魔が襲ってきたのはそのときだった。一気に、首筋に痛みが広がり、頭がぼんやりして、こめかみがぴくぴくするのを感じた。意識を失い、駐車する間もなくハンドルにうつぶせになった。四輪駆動車は歩道に乗り上げ、シクラメンの花壇をふたつなぎ倒してから、ガードレールに飛びこんでいく。

*

一九七七年

目を覚ますと、マットはロンバード・ストリートのジグザグの坂道の中央で、うつぶせに倒れていた。雨と霧とでひどく暗い夜だ。

ずぶ濡れのまま、なんとか立ちあがった。どのくらいここにいたのだろう？　時計を見ると、止まっていた。車を探すが、四駆は消えていた。

上のハイド・ストリートで、ドラッグストアのネオンが闇の中でじりじりと音を立てている。店の中に急いではいった。棚に缶ジュースを並べている東洋系の店員のほかは、だれもいない。マットは雑誌の陳列棚に近づく。興奮に震えながら、『ニューズウィーク』を手にする。表紙はぎこちない笑みを浮かべたジミー・カーターである。隅に発行日が記載されている、一九七七年二月六日だった。

ドラッグストアから飛びだした。

錠剤の効果が現れていた！　彼も三十年前の過去に戻っていた！

しかし時を超えても、過去での滞在時間が短いことは知っている。エリオットを探し出すのに数分しか与えられていない。最初はマリーナに戻るつもりだった。しかし手帳を読んだ限り、当時エリオットはしょっちゅう夜勤をしていた。

数秒だけ考え、決断した。

レノックス病院はここから直線距離で一キロメートルちょっとだ。車ならすぐだが、徒歩となると時間はかかる。道路の真ん中に立って車を停めようとした。だが嫌がらせのクラクションと泥水をかけられただけで、さらにびしょ濡れになってしまった。

そこで勇気を奮いおこし、病院まで深夜のマラソンを決意した。特殊な地形のこの街の道を上っては下っていく。カリフォルニア・ストリートでひと息入れた、息が続かなかった。両手をひざに置き、息を整えながら、ティファニーの忠告を聞いてジョギングをやり、余分な十キロを減らしておくべきだったと後悔する。コートはもう大きな雑巾《ぞうきん》のようになっていたから、歩道に脱ぎ捨てた。身軽になり、再び降りしきる雨の中を走った。ここまで来てあきらめるくらいなら、心臓麻痺で死んだほうがましだ！

四十年前からこの日が来るのを待っていた。今度こそ、こっちがエリオットを救ってやる番だ。

ようやく救急センターの点滅灯が見えてきた。最後の百メートルを力の限りに走り、病院のドアを自分の生死がかかっているかのように押し開いた。

「ドクタエリオットクパニアイタインダガ！」機関銃のような速さで言った。

「はあ？」受付の女性が聞いた。

「ドクター・エリオット・クーパーに会いたいんだが」今度は言葉を区切って言った。愛想よく——ここは七〇年代だ——若い受付の女性は、マットが顔を拭けるようにと、ハンカチを差しだしてから予定表を調べた。彼女が返事をしようとするところを、ひとりの看護師が代わりに答えてくれた。

「エリオット先生ならカフェテリアですよ」チョコレートをかじりながら言う。「でも、あそこは……」

マットがホールを横切ったところで、看護師は言い終えた。

「……関係者以外ははいれません」

マットはカフェテリアの両開きドアを押した。薄暗い照明の下には、だれもいないようだ。壁の時計は午前二時を示しており、カウンター後ろのラジオからニーナ・シモンのライブが流れている。

マットは並んだテーブルのあいだを進んでいく。いちばん奥の壁にもたれ、ベンチに脚を伸ばした格好で、エリオットがカルテに記入しながらタバコを吸っていた。

「やあ、相棒、あいかわらず仕事かね?」

エリオットがぎょっとして、はいってきた男に顔を向けた。まず、だれだか分からなかった。それから、しわ、身体の厚みを除去し、髪の毛が薄くなっているのも忘れる……。

「三十年で人は変わるだろうが、え？」マットが言った。

「き……きみか？」ゆっくり立ちあがりながらエリオットがもぐもぐと言った。

「生身のおれ様だ」

少しためらってから、ふたりはハグをした。

「へえー、いったいどこから来たんだ？」

「キリスト紀元二〇〇七年からだ」

「どうやって……？」

「一錠だけ残っていたんだ」マットが説明した。

「じゃあ、ぜんぶ知っているな？」

「ああ」

「いままでに起こったことは許してくれ」エリオットが謝った。

「気にするな……」

ふたりは向かい合っていた。感動と同時に気後れもしている。

「二〇〇七年のきみは元気でやっているのかい？」いつも未来のことを知りたがるエリオットが聞いた。

「年をとったさ」マットが苦笑いして答えた。「でも元気だ」

「ぼくたちふたりはあいかわらず絶交のままかい？」

マットが少し間をおき、それから友の目をじっと見つめてから、正直に言った。

「おまえさんは……おまえは死んだよ」

沈黙がやってきた。嵐が勢いを増し、ニーナ・シモンのほろ苦い声が雨の音に消されてしまった。

何の言葉も発することができず、エリオットは瞬きし、うなずいた。

マットが何かを言い足そうとしたとき、シャツに鼻血が降りかかり、同時に身体が最初の震えに襲われた。

「おれは消えてしまう！」叫んでエリオットにしがみつく。

けいれんの発作に襲われ、マットは屈み込む。まるで電気ショックを受けたようだった。

「おれはおまえを救いに来たんだ」彼はようやく声を出した。

震えがひどいので、エリオットは彼が床に座るのを助けた。

「どうやって救ってくれるつもりだ？」友の横にひざをつきながら聞いた。

「こうしてだ」マットが言って、エリオットの口からタバコをもぎ取ると、それをタイル床でもみ消した。

エリオットが友を心配そうに見ていた。マットの首筋はこわばり、手足がてんでんばらばらに震えている。

「人命を救えるのはおまえだけじゃない」マットが微笑もうとしながらつぶやいた。

「もしぼくがそれまで生きられるんだったら、二〇〇七年に会おう」エリオットが提案した。

「ちゃんと来いよ、命が惜しけりゃ」

「三十年か、まだ長いな」エリオットがマットの手をとりながら言った。

「心配することはないさ、あっと言う間だ」

数秒で、マットの呼吸が荒々しくなった。目元が硬直し、けいれんで顔が変形した。ひと言だけ言う時間があった。

「何でもいつでも速すぎる……」

それから、苦痛の叫びとともに消えた。

*

エリオットは立ちあがる。心配だった。マットの未来への帰還は、自分の片割れのそれよりもひどく苦しそうだった。無事に母港へ帰還できただろうか？　そうであったとしても、どんな状態で？

いつもながら不安を感じるとタバコの箱に手が伸びる。すばやく一本に火を点ける。外は嵐だったが窓を開け、空から落ちてくるどしゃぶりの雨を魅入られたように見つめた。

この一本のタバコを、エリオットは時間をかけて吸う。

マットのメッセージは完璧に理解した。

視点の定まらない目、雨のカーテンに魅了され、彼を救うために友が冒したリスクのことを考えていた。

「きみには、まったくのところ度肝を抜かれたよ、マット」つぶやきながら、その思いの強さが、マットに届いてくれるよう願った。

タバコを窓の縁《へり》でもみ消し、開けたばかりの箱といっしょにゴミ箱に捨て、カフェテリアを出た。

それが人生最後のタバコだった。

*

二〇〇七年

午前二時過ぎだが、イレナの小さな山荘にはまだ明かりが点っていた。

机にはラップトップとアイスティーのグラスのあいだに、エリオットが書きためたビロード表紙の手帳が、最後のページを開いたままで置かれてあった。

椅子に座り、泣き疲れた苦悩の表情のまま、イレナがようやく眠りに落ちたとき、カウチで寝ていたペルシャ猫がとつぜん毛を逆立て、異様ななり声をあげながら小さな箪笥の下に隠れようと走った。

瞬時のうちに、家が揺れだし、壁が震え、電球が破裂し、花瓶が床で砕けた。

イレナは椅子を支えに身を起こし、慄《おのの》いた。

押し殺したような轟音《ごうおん》のあとに吸いこむような音があった、それからイレナの目の前でビロードの手帳が忽然《こつぜん》と消えてしまった！

徐々に震動が収まり、猫もゆっくりと姿を見せ、心細そうに鳴いた。

イレナは、身動きもできず、感動に身体を硬くしていた。頭の中に、常軌を逸した希望。

もし手帳がもう存在しないのであれば、エリオットがそれを書かなかったこと。

もしエリオットがそれを書かなかったのであれば、彼は……生きている。

エピローグ

二〇〇七年二月

「おい！　だいじょうぶか？」

マットが目を開けたとき、彼は四駆のハンドルにうつぶせになっていた。車の左右から警官がふたり、窓ガラスを叩いて彼のようすを気づかっていた。

マットは苦労して身を起こすと、ドアのロックをはずした。

「救急車を呼ぼう！」警官のひとりが、血に染まったシャツを見て、決断を下した。

マットはひどい状態だった。頭ががんがん鳴り、鼓膜は破れるようだ。光をさえぎろうと目に手を当てながら、車から出た。手足が硬直していて、何カ月も眠っていたような感じだ。

警官が質問を浴びせかけていた。ガードレールを押し倒したあと、クロスカントリー車は、街でいちばん険しい坂道に沿った階段に突っ込んでいた。マットは免許証を見せ、事故の全責任が自分にあることを認め、アルコールテストにも応じたが、その結果に問題はない。

市民としての義務をすべて果たしたあと、彼は救急車の到着を待たずにロンバード・ストリートを離れた。

昨晩の嵐は麗しい朝に変わっていて、風はあっても、太陽が燦々《さんさん》と輝いている。痛みと疲労、ふらふらの状態で、足を引きずりながらマリーナに戻った。頭の中ではすべてがごちゃ混ぜになっていた。いま彼が確信を持てるものは何ひとつない。時空の旅は夢だったのか？　エリオットを救えたのか？

マットは、マリーナに着くと、友人の家の扉を狂ったように叩いた。

「開けろ、エリオット！　このおんぼろドアを開けるんだ！」

しかし、いるはずのエリオットがいないのだ。

時が彼らの友情を消すことはできなかったように、友情も時を消すことはできなかった。

疲れはて、精神的にもずたずたになり、マットは歩道の端に立って泣いた。意気消沈したまま身動きもしないでいた。そこへ一台のタクシーがフィルモア・ストリートの角を曲がって、目の前で停まった。

イレナが、期待に胸を膨らませ、車から降りてくる。マットは、自分が失敗したことを頭を振って分からせた。

彼は約束を守れなかった。エリオットを連れもどすことができなかった。

＊

イレナは道を横切ると、浜辺のほうに足を向けた。ゴールデンゲートはすぐ近くだった。三十年前に彼女が飛びおりた呪《のろ》いの橋を、彼女は初めてまた眺めてみる勇気を得ていた。

惹きつけられるようなあの輝きで、人を魅了する橋。

朝の光に心を奪われたように、イレナは海に向かってずんずん進んでいく。

波打ち際を歩いている男がいた。

男がふり向いたとき、イレナにその顔が見えた。すると彼女の心がきゅっと締めつけられる。

彼がそこにいた。

一二二ページに出てくる《おじいさんのパラドックス》は、ルネ・バルジャベルの『Le Voyageur imprudent』から拝借したものです。

訳者あとがき

吉田恒雄

だれもが一度はしてみる質問――。

過去に戻ることができるのなら、人生の何を変えたらいいのか？

やり直しがきくのなら、どの間違いを直せばいいのか？

苦しみ、後悔、未練のどれを消してしまいたいのか？

冒頭からいきなり目にはいってくるのが、この問いである。現在は過去によって規定されると知っていながら、過去に遡《さかのぼ》って禍根《かこん》を断つことが可能なのか、失われてしまったものを、愛をとりもどすことはできるのか、と。


二〇〇四年のデビュー作『メッセージ　そして、愛が残る』（小学館文庫、二〇一〇年）をひっさげて現れるなり、一気にフランスのベストセラー作家のスターダムにのし上がったギヨーム・ミュッソは、本書『あなた、そこにいてくれますか』（原題：Seras-tu là?）で人生の決定的瞬間に犯してしまった過ちを改めるというそのミラクルの実現に挑戦する。

（このあとは、読了後にお読みください）

舞台は一九七六年のアメリカ、三十歳のエリオットは理想家肌の医師で、サンフランシスコで充実した毎日を送っていた。運命の女性と思っている美しい恋人や、何でも分かちあう親友もいて、やりがいのある仕事があった。とはいうものの、核開発競争の終わらない世界情勢とか、身近にも貧困や麻薬の脅威をひしひしと感じている。つまり将来を楽観視できないのだ。

それから三十年が経った。エリオットは独身のままだが、医学部に通う娘がいる。サンフランシスコの救急病院で医長の仕事のほかにも、国際赤十字社の医療活動に積極的に参加している。あるとき彼は、カンボジアに来ていた。とある離村の長老から、医療奉仕の礼として、過去に戻れるという薬をもらった。十錠、十回分。一回十数分だけ。もちろん、そんなばかげた話を信じたわけではない。ただ、夢でもいいから過去にもどって、どうしても会っておかねばならぬ女性がいた。イレナ……。

かくしてタイムトリップが現実のものとなり、三十歳離れた自分同士は邂逅《かいこう》する。双方は、最初の驚きから立ち直ると、警戒心と親愛の情が入りまじった気持ちを抱きあう。しかし、二〇〇六年から来た男の言うことからうかがい知れる自分の未来に、若いエリオットは愕然とした。仔細を尋ねるのだが、相手は言を左右にして、未来へ逃げもどってしまった。時空を超えた奇跡の出会いは悪夢と化し、エリオットは三十年の時空を挟んで対峙する自分への敵愾心《てきがいしん》を燃やす。三十年間の出来事から生まれてしまった究極のジレンマ――最愛の恋人を救うのか、最愛の娘を護るのか。未来を牛耳《ぎゅうじ》るのは過去なのだと言いはる若いエリオットに対し、未来の秘密を握っているのはこっちだと年長のエリオットも譲らない。時の流れを前に、人間のあがきなど無力なことは、だれでも知っている。しかしエリオットは、かつて味わった苦汁を若い自分に嘗《な》めさせるわけにはいかない。宿命を変えてあげたいと思う。危険な誘惑がむくむくと頭をもたげてきた。

　自分との奇妙な闘いは、七〇年代半ばのアメリカ、主にサンフランシスコを舞台にくり広げられる。アメリカ軍がベトナムから撤退し、世界は緊張緩和《デタント》の時期にはいっていた。ヒッピー・ムーブメントが終焉したあと、サンフランシスコは自由な雰囲気を求める、今でいうＬＧＢＴの新天地となる。社会復帰のできないベトナム帰還兵もなだれこんでいた、麻薬と貧困とともに。

　本書の魅力はなんといっても、このノスタルジックな背景に、ひとつの悲劇をハッピーエンドに変えようと、過去と未来がちょっかいを出し合うという奇想天外なプロットにある。やがて悲劇はある結末――あるいはひとつのはじまり――へと昇華されていくのだが……。

　ギヨーム・ミュッソは、ニースのベ・デ・ザンジュ（天使の湾）をはさんだ対岸、古い港町アンティーブで一九七四年に生まれた。十歳のときにアガサ・クリスティーの『そして誰もいなくなった』と出会い、小説を書くことの契機になったと述べている。十九歳でアメリカを旅し、アルバイトをしながら数カ月滞在、そのときすでにアメリカを舞台とする将来の小説を練っていた。帰国し、ニース大学にて商業経済学の教員資格を取得した後、地元アンティーブで高校教師となった。そのころから執筆を開始した。

自作についてミュッソが語る。「ぼくの小説は、ロマンスと、ノワール小説とは違う意味のサスペンスを重視しています。つまり、次々とページをめくりたくなるようなテンション、合理性と非合理性の境界を行ったり来たりするようなファンタジー、そして鳥肌がたつような感動を伝えられればと思っています。というのも、ある晩ぼくは、高速道路でガードレールに激突しました。幸いにもぼくは無事だったのですが、車はこっぱみじんになっていました。それ以前は死のことなど考えもしなかったのに、その半秒のあいだ、生命が自分から抜け出ているあいだに、疑問が浮かんできたのです。ほんとうに終わりだろうか？　それとも、だれもが向かうべき場所があるのだろうか、と」

ミュッソは、自らにとってのこの根源的な問いから書き起こしているようだ。やはり人気抜群のマルク・レヴィやアンナ・ガヴァルダの作品と同じように、ミュッソの作品はロマンスとファンタジー、夢、冒険を混合させる錬金術を思わせるけれど、彼がその処方箋をついに発見したのだとしか思えない、とある評者は言った。

映画を観ているような奔放なイメージの展開と、軽快なリズム感に加え、サスペンスとファンタジーが絡みあう。そうなると、一度手にしたら読み終わるまで本を手放せない。読者はミュッソの牽引力に身をゆだねるほかない。ミュッソの魅力を存分に味わっていただけたかと思う。

読者は本を閉じてからも、知ってはならない秘密に触れてしまったような不思議な感覚からしばらくは逃れられない。錬金術師ミュッソの醍醐味がいかんなく発揮された作品である。

その後も、毎年一作のペースで発表する作品がことごとくベストセラーの首位になるという驚異のミュッソ旋風を巻きおこし、それは二〇一七年になっても吹きやむことを知らない。代表作とされる本書は、二〇〇六年のペーパーブック初版から、ポケット版も併せて版を重ね、この二〇一七年一月にも新装丁のポケット版が出るというもてはやされぶりである。そして驚いたことに、この作品は当初伝えられていたフランスではなく、韓国で映画化されてたいへんな興行成績を上げているという。映画化にひどく慎重であるといわれるミュッソのメガネに適《かな》ったということか。しかも、韓国の若者たちがミュッソの本をバレンタインデーに贈って相手に自分の思いを届ける、そんなレジェンドがまことしやかにフランスまで伝わっている。

たしかにホン・ジョン監督の映画《あなた、そこにいてくれますか》は原作に忠実であり、日常の反対極にある出来事が続いて起こっていくなか、当事者たちが唖然とさせられながらも宿命と果敢に対峙していく姿に好感を覚えた。フラッシュバックがミュッソの疾走のようなテンポをそのままに再現させる。筆者も、俳優たちのごく自然が故に感動的な演技に不覚の涙を流したことを白状しておこう。

さて、二〇一一年の『L'Appel de l'ange（天使の呼びかけ）』で、愛読者も気づかぬくらいすっと作風を一変させたミュッソの近況もお伝えしておくと、実際、それまではさりげなく適度の超常現象《パラノーマル》を採りいれることで読者の意表を突いてきたプロットが、警察小説《ポラール》ならではの深い人間考察にとって代わられた。そうなると、彼のブランドともいえるロマンスと急テンポな展開に加え、ビジュアルな筆致にはますます磨きがかかっているため、読者がミュッソの逃げ場を与えないポラールのサスペンスにはまってしまうことは必至である。

昨年二〇一六年発表の『ブルックリンの少女（仮題）』（原題：La Fille de Brooklyn）は拙訳にて集英社文庫から刊行予定であり、また最新作『パリのアパルトマン（仮題）』（原題：Un appartement à Paris）も、これはすでに恒例となっている初版のみで四十五万部というフランスでは破格の扱いであり、人気作家ギヨーム・ミュッソの面目躍如というほかない。その醍醐味を、より多くの方にお伝えできればと思う。

本書は二〇〇八年五月に小学館文庫から刊行された『時空を超えて』を改題し、再版したものです。

あなた、そこにいてくれますか

潮文庫　ミ－1

2017年　10月20日　初版発行

著　者　ギヨーム・ミュッソ
訳　者　吉田恒雄
発行者　南　晋三
発行所　株式会社潮出版社
〒102-8110
東京都千代田区一番町6　一番町SQUARE
電　話　03-3230-0781（編集）
03-3230-0741（営業）
振替口座　00150-5-61090
印刷・製本　中央精版印刷株式会社
デザイン　多田和博

ISBN978-4-267-02098-8 C0197

潮文庫　好評既刊

ミス・ペレグリンと奇妙なこどもたち〈上下〉　ランサム・リグズ
鬼才ティム・バートン監督も魅せられた、奇妙な世界にようこそ！　映画化で話題沸騰のファンタジー＆ホラーが、装いも新たに文庫判で登場。

虚ろな街〈上下〉　ランサム・リグズ
全世界でシリーズ累計1000万部突破！　ダークファンタジーの金字塔、待望の第2巻がついに日本上陸。永遠に年を取らないこどもたちの冒険譚。

定年待合室　江波戸哲夫
仕事を、家族を、そして将来を諦めかけた男たちの、反転攻勢が始まった！　江波戸経済小説の真骨頂に、『定年後』著者の楠木新氏も大絶賛！

龍馬は生きていた　加来耕三
あの日、京都・近江屋で暗殺されたのは影武者だった…!?　大人気歴史作家が龍馬のその後と維新のもう一つの結末を描く、本格シミュレーション小説。